Werner Hulbeisen
Ketschelenstr. 5C
A-6800 Feldkirch

Manfred Jochum

Bis uns Hören und Sehen vergehen

Manfred Jochum

Bis uns Hören und Sehen vergehen

Stolpersteine auf dem Weg zu einer neuen Medienwirklichkeit

K&S
Wien · Muenchen · Zuerich

ISBN: 3-218-00719-4

Schutzumschlag: Zembsch' Werkstatt, München
Satz: Zehetner Ges. m. b. H., A-2105 Oberrohrbach
Druck: Obersteirische Druckerei und Verlagsgesellschaft m.b.H., Leoben

Inhalt

Vorwort

Wir leben, keine Frage, in einem Medienzeitalter. Aber was bedeutet das? Beim Wort genommen kann das nur heißen: die Mittel triumphieren über die Zwecke, die Technik prägt den Inhalt. Die letzten Jahre und Jahrzehnte waren geprägt von neuen Technologien, die Apparate und Maschinen, letztlich also Werkzeuge bereitstellten, mit denen in immer kürzerer Zeit immer größere Mengen von Daten an immer mehr Menschen verteilt werden konnten. Das Medienzeitalter ist stolz darauf, dass es von der Omnipräsenz dieser Mittel gekennzeichnet ist, es gefällt sich darin, das Mittel selbst zum Zweck zu erklären: The medium is the massage. Aus technischen Übertragungs- und Reproduktionsmedien sind Weltanschauungen, Kultobjekte und Hoffungsträger geworden, und die dazugehörigen Kommunikations-, Informations- und Bewusstseinsindustrien galten bis vor kurzem als Indikatoren nicht nur einer neuen ökonomischen Weltordnung, sondern auch eines grundlegend veränderten Weltverhältnisses. Wirklichkeit und Wahrheit, so eine prominente These, haben sich im digitalen Schein der neuen Medien längst aufgelöst und sind damit auch keine Kandidaten mehr für Erkenntnisansprüche.

Natürlich verändern Medien unseren Zugang zur Wirklichkeit. Seit Platon tobt der Diskurs darüber, ob die technischen Mittel der Datengewinnung, der Datenspeicherung und des Datentransfers unser Gedächtnis und unser Urteils- und Erkenntnisvermögen erweitern oder beschränken. Medien wird immer alles zugetraut: die Zerstörung der Kultur genauso wie die Erlösung von allen Übeln. Dem Typus des Apokalyptikers, der in jeder technischen Innovation einen Angriff auf die Integrität des Menschen sieht, steht so immer der Euphoriker gegenüber, der sich vom neuen Medium einen weiteren, ja stets den entscheidenden Schritt in die beste aller Welten erhofft. Es tut immer gut, in den selbst medial hochgerüsteten Schaukämpfen zwischen Verfallstheoretikern und Zukunftsschwärmern die gleichermaßen kompetente wie distanzierte Stimme eines Fachmannes zu vernehmen, der sich weder blenden noch ängstigen lässt, sondern schlicht versucht, jene Dinge auseinander zu halten, die es auseinander zu halten gilt.

Manfred Jochums Arbeiten zu unterschiedlichsten Facetten der

„Medienwirklichkeit" sind geprägt durch die Haltung des skeptischen Aufklärers, der allen Moden zum Trotz daran festhalten will, dass Datenmengen noch keine Informationen, unstrukturierte Informationen noch kein Wissen und Wissensmanagement noch keine Bildung darstellen. Gegen die unhintergehbare Dominanz von Markt und Medien, die alles auf eine Frage von Angebot und Nachfrage, von Einschaltziffer und Quote, von Marktfähigkeit und Wirtschaftsakzeptanz reduziert, beharrt Jochum auf einen Bildungsbegriff, der mit substantiellen Inhalten und mit Kritikfähigkeit, mit Reflexionsvermögen und einem Streben nach Einsicht, mit einer Schulung der vernunftgeleiteten Urteilskraft zu tun hat, wie es das europäische Denken seit der Antike ausgezeichnet hat. Allerdings: Es geht nicht darum, diesen Bildungsbegriff martialisch gegen die Medienwirklichkeit in Stellung zu bringen – da wäre er auf verlorenem Posten –, sondern in dieser Medienwirklichkeit als kritisches Moment ihrer selbst zu entfalten. Alle Klagen über nicht mehr zu bewältigende Informationsfluten und über das Verschwinden der Surfer im weltweiten Datenozean signalisieren unter anderem auch eines: einen Mangel an jener Bildung, die die modernen Informationsnetze aus sich heraus nicht allein generieren können und die dennoch notwendig ist, um mit unüberschaubar gewordenen Informationsmengen umgehen zu können, ohne sich der Beliebigkeit derselben widerstandslos ausliefern zu müssen.

Mittel stellen an sich kein Gut dar. Sie werden zu einem solchen, wenn durch sie erwünschte Zwecke leichter erreicht werden können, und sie werden zu einem Übel, wenn sie diese Zwecke torpedieren. Medienwirklichkeiten sind so wenig wie der Markt ein Naturereignis, dem man sich willenlos ausliefern müsste. Dort, wo die innere Logik des digitalen Kapitalismus nicht nur ungeahnte Zugriffsmöglichkeiten auf Informationen ermöglicht, sondern die Integration derselben in einen Erkenntnis- und Reflexionsprozess gleichzeitig verhindert, darf und muss über die Möglichkeiten und Grenzen der Medien nachgedacht werden. Das Spannende an den Arbeiten von Manfred Jochum liegt nicht nur in seinen klaren Analysen medialer Verstrickungen, sondern auch im Nachweis, was sich in und mit den Medien an Bildungsmöglichkeiten trotz allem eröffnet. Vielleicht könnte man das auch so sagen: Die zweifellos faszinierende Welt der neuen Medien ist noch lange kein Grund, auf den Bildungsbegriff der europäischen Aufklärung zu verzichten – ganz im Gegenteil: dieser könnte zum Kern jener Medienkompetenz werden, die zwar alle fordern, aber, geblendet von der Außenseite der Medien, in der Regel technisch missverstehen.

Wir haben das Instrumentarium unserer Kommunikationsmöglichkeiten durch avancierte digitale Technologien in den letzten Jahrzehnten ungeheuer erweitert; über die Qualität, den Sinn, die Sachhaltigkeit und den Witz einer Kommunikation entscheidet letztlich aber noch immer, was kommuniziert wird und nicht, mit welchen Mitteln oder in welchen Zeitspannen dies geschieht. Die schönste PowerPoint-Präsentation hilft nichts, wenn dabei immer nur dieselben vorgestanzten Phrasen, Verkürzungen und infantilen Schaubilder projiziert werden; was nichts dagegen sagt, dass man sogar dieses Programm – wenn auch mit einiger Mühe – sinnvoll einsetzen kann. Irgendwann könnte man aber die Überlegung riskieren, dass nicht alles in jedem Medium gleichermaßen und in gleicher Intensität präsentiert werden kann. Zwar ist oft vom Medienverbund die Rede, aber was dies in konkreten Situationen und für konkrete Fragestellungen bedeuten kann, bleibt meist im Dunkeln. Manfred Jochum, der große Radio-Mann, ist wie wenige in der Lage, die unterschiedlichen Medien ohne Ressentiment, aber auch ohne falsche Verehrung daraufhin zu befragen, ob und was sie aus ihrer eigenen Logik zur Entfaltung und Etablierung vernünftiger und humaner Verhältnisse beizutragen haben.

Wien, 2. Juli 2003 — Konrad Paul Liessmann

Die seichten Wünsche der breiten Masse oder: Das Radio ist zur Bildung und Erziehung da!

Aus der Frühzeit des Radios in Österreich (1924–1932)

„Im Anfang des Rundfunks war die Langeweile. Da sie mit einer brillanten und reizvoll technischen Maskierung einherging (denn immer wieder blendete das technische Wunder), merkten sie nur wenige. Entsetzliche Dinge wurden damals getrieben. Das Musikprogramm wurde aus vermoderten Konzertsälen bezogen, Literatur aus der ‚Gartenlaube', der Vortragsteil legte Wert auf Sitten und Gebräuche der Minnesänger (unter dem Titel ‚Volksbildung'), Legionen von Gurken wurden eingelegt (‚Für die Haufrau') …"[1]

Das schrieb 1930 rückblickend Hans Flesch, damals Intendant des Senders Berlin, und der Mann hatte Recht. Radiohören muss grauenvoll und faszinierend zugleich gewesen sein. Grauenvoll, weil aus dem Kopfhörer – oder was sich damals so nannte – Rauschen, Brummen, Krächzen, von Wort- und Musikfetzen unterbrochen, herauskam. Aber es war auch faszinierend zugleich – weil neu –, und in der Tat verbesserte sich die technische Qualität sehr rasch.

Es war am 1. Oktober 1924 zwischen 16.00 und 18.00 Uhr, als aus dem obersten Stockwerk des Heeresministeriums in Wien im Beisein von Bundeskanzler Seipel und Bürgermeister Seitz die erste Sendung der RAVAG ausgestrahlt wurde. Ein Richard-Wagner-Konzert der Künstlerkapelle Bert Silving.*

Schon am 9. Oktober gab es die erste Opernaufführung. „La serva padrona" – mit Streichquartett und Klavier; am 3. November die erste Radiobühne „Der Ackermann und der Tod" und bereits im August 1925 die erste Übertragung von den Salzburger Festspie-

---

* Großes Heil ist der Welt erflossen:
Der Hausmeister ist an den Kosmos angeschlossen. Karl Kraus

len. Wenig später – am 5. Oktober – wurde dann auch die Radio-Volkshochschule eröffnet.[2]*

Um diese Zeit gibt es bereits mehr als 100.000 Rundfunkteilnehmer, und das Radio ist bereits so positioniert, wie es die ersten Jahre auch bleiben sollte: Musik mit den Sparten Oper, Operette, Ernste Musik, Leichte Musik und Kinderstunde, Literatur mit den Sparten Radiobühne, Vorlesungen, Jugendstunde, Märchen und Wissenschaft mit den Sparten Wissenschaftliche Vorträge, Sprachkurse, Wanderndes Mikrophon (Reportage).**

Inhaltlich allerdings waren dem Programm zum Teil enge technische Grenzen gesetzt. Wie sollte man im Studio auch eine normale Orchesterbesetzung unterbringen, wenn schon allein das Aufstellen eines Klaviers, den Platz für ein Streichquartett nahezu unmöglich machte? Im „literarischen Programm" wieder wurden hauptsächlich „dramatische Fragmente" aufgeführt, ferner Rezitationen und literarische Vorlesungen gebracht. Das „wissenschaftliche Programm" schließlich, das für sich den Anspruch erhob, „nur erste Fachleute zu verpflichten", die sich allgemein verständlich ausdrücken könnten, um die Sendungen für die Hörer möglichst attraktiv zu gestalten, litt von allem Anfang an darunter, dass diese „ersten Fachleute" vorerst nicht bereit waren, für das Radio zu arbeiten.[3]

So waren diese Programme anfangs vor allem dadurch gekennzeichnet, dass sie Vorträge für Schrebergärtner und Kleintierzüchter brachten, über „Erste Hilfe bei Unfällen" informierten und auf möglichst Unverfängliches aus Sport und Tourismus auswichen. Politische und religiöse Themen waren nicht erlaubt.[4]

---

* Darin besteht der unendlich sittigende Wert des Rundfunks, dass er die stumpfe Menschheits-Mehrheit aus ihrem nur-körperlichen Interessenkreis zu differenzierteren, seelenhafteren Empfindungsformen emporführen kann. Franz Werfel

** Plötzlich begann die Luft zu erklingen! Mit einfachsten, ja lächerlichen selbstgebauten Apparaten konnte man Töne und Stimmen einfangen. Die ersten Erlebnisse einer an sich ungeheuerlichen Entdeckung wurden vor vielen Ohren erprobt. Jeder, der an seinem Detektor saß, fühlte sich als Miterfinder, als Mitentdecker. Nur ein rettungsloser Spießer, nur ein von geistigem Hochmut Besessener konnte an diesem Neuen und Überwältigenden ungerührt vorbeigehen. Diese Übertragung von elektromagnetischen Wellen, die im Kopfhörer zum Tönen gebracht werden konnten, war ein Wunder. Rudolf Henz in: Viktor Ergert: Die Geschichte des Österreichischen Rundfunks I, S. 47

„Der erste Radiovortrag, den ich hörte, fand bei einem Freund statt, der einen Lautsprecher hatte. Wir saßen auf dem Sofa, und der Lautsprecher sprach laut über: ‚Neue Wege in der Fabrikation künstlicher Öle und Fette.' Mein Freund erhob belehrend seinen Finger und sagte: ‚Es ist so, als ob er hier bei uns im Zimmer säße.'

Gewiß, so war es, aber vielleicht mache ich mir gerade deshalb so wenig daraus. Denn ich verstehe unter einem Zimmer einen von allen Seiten abschließbaren, im Winter heizbaren Raum, in dem nicht über ‚Neue Wege in der Fabrikation von Ölen und Fetten' gesprochen werden darf."[5] Dennoch: nicht die Musik und nicht die Literatur, sondern die Wissenschaft bescherte Österreich den ersten „Radiostar". Professor McCallum, der Englischlehrer der RAVAG, wurde in kürzester Zeit zum populärsten Radio-Liebling, was die Annahme von Prof. Dr. Leopold Richtera, dem ersten Leiter des „wissenschaftlichen Programms", bestätigte, dass es primär auf die Persönlichkeit ankomme, ob eine Sendung Erfolg habe oder nicht.[6]

Es ist auch heute noch faszinierend, dass bereits drei Monate nach Start des neuen Mediums die sozialdemokratische Programmzeitschrift „Radiowelt" unter dem Titel „Was wünschen Sie zu hören? – Programmgestaltung durch Volksentscheid!" eine erste Umfrage unter ihren Abonnenten startete.*

Programmatisch heißt es da:

(Es geht darum) „das Volk der Radiohörer darüber abstimmen zu lassen: wie es ‚von oben' behandelt werden, was, wie, und wann es hören will? Und wir sprechen jetzt weder als Volk noch als Regie-

---

* Jeder, der nur halbwegs mit dem Schraubenzieher umzugehen verstand, versuchte sich einen Detektorapparat selbst zu bauen, um so schnell als möglich am Radioempfang teilnehmen zu können. Es war dies ja auch nicht schwer. Etwas Pappe, einige Meter Draht und ein Kristall genügten, um zu Hause die entfernten Klänge hervorzuzaubern. Damals hörten die Menschen noch sehr aufmerksam dem dürftigen Radioprogramm zu. Durch Kopfhörer aneinandergekettet, saß die Familie um den Radioapparat und bemühte sich, den Darbietungen zu folgen. Dabei stellte die geringe Lautstärke und die Erschütterungsempfindlichkeit der damaligen Empfangsgeräte große Anforderungen an die Nerven der Hörer. Man versuchte deshalb die abenteuerlichsten Schaltungen, probierte nacheinander die verschiedenen „Wunderkristalle" und baute vor allem umfangreiche Antennenanlagen, nicht nur im Freien, sondern auch im Zimmer. WILHELM FÜCHSL in: Viktor Ergert: Die Geschichte des Österreichischen Rundfunks I, S. 47 f.

rung: wir sprechen lediglich als Beflissene des Radiostaatsrechts, einer im Entstehen begriffenen jungen und zu schönen Hoffnungen berechtigenden Wissenschaft; wir träumen Fragmente aus dem Gesetzbuche des idealen Radiostaates.

Paragraph eins: regiert wird mit Einverständnis der Regierten. Gesendet wird mit Einverständnis der Sendungs-Empfänger.

Sind Sie einverstanden mit der Sendung, die Sie empfangen, befriedigt Sie sie, ist es das, was Sie haben wollen, nach Qualität und nach Quantität? Ob ein einfaches Ja oder Nein, ob eine Reihe von Zustimmungen und Ausstellungen es ist, was Sie zu sagen haben, sagen Sie es, es ist Ihre Radiobürgerpflicht, nicht länger zu schweigen."[7] Der Stimmzettel listet 30 Sendungsgenres auf, die mit den Noten I (großes Interesse) bis VI (negatives Interesse) bewertet werden können.

Einsendeschluss ist der 1. Jänner 1925.

Die Ergebnisse werden im Mai 1925 veröffentlicht.

Qualifiziert man die Sendungsgenres nach der Kategorie I (größtes Interesse), gelangt man zu folgender Reihung:

1. Konzerte	63,84%
2. Zeitangabe	63,28%
3. Sprachkurse	58,84%
4. Wissenschaftliche Vorträge	57,28%
5. Humore	53,14%
6. Unterhaltende Vorträge	48,64%

Die Negativskala VI (negatives Interesse) lautet:

1. Erbauungsstunde, Predigt	62,24%
2. Rennen	53,88%
3. Politische Vorträge	52,41%
4. Börse	47,45%
5. Warenpreise	34,93%
6. Politische Nachrichten	34,40%

Die „Radiowelt" schreibt zu diesem Ergebnis:

„... Das Fazit aber, der langen Rechnung kurzer Sinn ist dies: Keine Politik, keine Börse, keine Predigt!*

---

* Ich wünsche und hoffe, daß der Rundspruch so lange als möglich dem politischen Kampfe verschlossen bleiben möge.

Der Kärntner Landeshauptmann Vinzenz Schumy am 12. Februar 1927 bei der Eröffnung des Senders Klagenfurt. In: Viktor Ergert: Die Geschichte des Österreichischen Rundfunks I, S. 89

Die Gesellschaft der Radioamateure hat sich klar ausgesprochen: sie möchte von ihnen verschont bleiben, wenigstens im Radio.

Im Negativen ist das Ergebnis unseres Plebiszits überhaupt scharf betont. Einige Geschmacksrichtungen des österreichischen Radioamateurs vom Anfang des Jahres 1925 ... haben sich mit so plastischer Deutlichkeit ausgesprochen, wie wir es angesichts unseres für die allererste Statistik absichtlich etwas undifferenziert gestellten Fragensystems nur erwarten durften."[8]

Der Wiener Musiksoziologe Desmond Mark hat allerdings in einer sehr kenntnisreichen und detaillierten Darstellung darauf hingewiesen, dass von dieser Befragung keine Rücklaufquoten bekannt sind, ihre Ergebnisse schon allein daher mit größter Vorsicht interpretiert werden müssen. Weiter ist zu berücksichtigen, dass durch diese Befragung vor allem die Wiener „Radioamateure" angesprochen wurden, also eine Personengruppe, die bildungsmäßig sicherlich über dem Durchschnitt der Bevölkerung gelegen war, und dass diese Radiohörer der „Pionierzeit" zumeist „technisch versierte und wissensdurstige Radiobastler und Amateure" waren, „die mit dem Kultur- und Bildungsprogramm der RAVAG durchaus einverstanden waren".[9]

Radio der Frühzeit, das war gerade für die Sozialdemokratie ein Instrument zur Bildung der Massen, zur „Emanzipation der Arbeiterschaft".* Aber auch für den „katholisch-konservativen" Rudolf Henz, ab 15. Februar 1931 Leiter der „wissenschaftlichen Abteilung" der RAVAG, war diese volksbildnerische Aufgabe des Radios von eminenter Bedeutung – wenn er sie auch differenzierter sah:**

„Auch ich habe mir natürlich die Frage vorgelegt: ist der wissenschaftliche Rundfunk ein Volksbildungsmittel? Ich komme aus der Volksbildung und würde diese Frage gerne rückhaltlos bejahen; aber ich sehe, daß alle Schwierigkeiten hier wie überall aus den einseitigen Forderungen entstehen, die man an eine naturnotwendig

---

* Vom Hausknecht bis zum Direktor – ein jeder sitzt jetzt beim Detektor!
Hermann Leopoldi: Ravagiana

** Der Österreichische Rundfunk hat eine dreifache Aufgabe, nämlich zu bilden und zu belehren, ferner zu unterhalten und schließlich für das geistige und kulturelle Österreich und seiner Bewohner im Auslande eine wirksame Propaganda zu machen. Oskar Czeija, erster Generaldirektor der RAVAG, in: Viktor Ergert: Die Geschichte des Österreichischen Rundfunks I, S. 73

vielseitige Sache stellt ... Gerade die moderne, gestaltende Volksbildungsarbeit, die unser Leben in seiner Gänze erfaßt und sich nicht nur an unseren Verstand wendet, gibt uns hier die wertvollsten Hilfsmittel an die Hand."[10]

Mit der Bestellung von Rudolf Henz[11] gelingt der „wissenschaftlichen Abteilung" der RAVAG ein qualitativ beachtlicher Sprung nach vorne.* Unter ihm, dem aus Proporzgründen (bis 1933) Dr. Fritz Brügel[12] als Konsulent beigegeben wird, erweitert sich das wissenschaftliche Programm rasch. Henz führt den „Schulfunk" ein und kann u. a. den Vorstand des Wiener Psychologischen Instituts Karl Bühler[13] für eine Vortragsreihe gewinnen.

„Unter Dr. Rudolf Henz beginnt die RAVAG den Kurs des unfruchtbaren Neutralismus allmählich zu verlassen. Was noch unter der Leitung von Prof. Dr. Richtera fast unmöglich erschienen war, nämlich bei wissenschaftlichen Vorträgen moderne weltanschauliche Strömungen zu behandeln, wurde unter Dr. Henz zur Tugend. In Zusammenarbeit mit seinem Konsulenten Dr. Fritz Brügel wurden wichtige weltanschauliche Abhandlungen in das wissenschaftliche Programm – manchmal sogar zum Schrecken der jeweiligen weltanschaulichen Gegner – aufgenommen."[14]

War dies der Grund – oder doch eher die wirtschaftliche Not –, dass immer mehr Hörer in dieser Zeit um Stundung der Radiogebühren ansuchten oder sogar ihr Gerät abmeldeten? Die RAVAG reagierte darauf jedenfalls sensibel. Sämtliche Hörer(innen), die im Laufe des Jahres 1930 ihr Radiogerät abgemeldet hatten – es waren dies ca. 25.000 –, bekamen eine Fragekarte zugesandt, auf der sie

---

* Für die Auswahl der RAVAG-Verlautbarungen sind allgemein öffentliches Interesse und das Privatinteresse weiterer Kreise der Bevölkerung bestimmend ... Dem allgemeinen öffentlichen Interesse dienen hauptsächlich ... Fahndungsmeldungen und Abgängigkeitsanzeigen, der Polizei oder Gendarmerie und Verkehrserleichterungsverfügungen der Behörden ... Dem Privatinteresse weiter Kreise entsprechen die Meldungen der Amtlichen Nachrichtenstelle. Dieselben sind namentlich für die Landbewohner von großem Interesse, da ja dieselben naturgemäß erst verspätet in den Besitz einer Zeitung gelangen. Schließlich werden Sportnachrichten fallweise und über Ersuchen der großen Sportvereinigungen verlautbart ... Verlautbarungen, die politisches Gebiet berühren, sind von der Sendung ausgeschlossen.

Erich Kunsti über die „Nachrichten" der RAVAG (1925) in: Viktor Ergert: Die Geschichte des Österreichischen Rundfunks I, S. 74 f.

ihre Abmeldung begründen konnten. Die 6751 eingelangten Antworten wurden dem Psychologischen Institut der Universität Wien zur statistischen Auswertung und Interpretation übergeben.[15] In der Zeitschrift „Radio Wien" erschien dann auch eine erste Auswertung dieser Umfrage:

Es kündigen die Teilnehmerschaft:	in Wien	in den Bundesländern	im Ganzen
1. Aus wirtschaftlichen Motiven	40,0%	43,3%	41,3%
2. Aus Gründen örtlicher Veränderung (Übersiedlung, Umschreibung auf anderen Namen etc.)	11,5%	15,4%	13,5%
3. Aus Gründen der Zeiteinteilung	12,2%	11,8%	12,0%
4. Wegen Empfangsstörungen	10,2%	11,8%	10,6%
5. Aus persönlichen Gründen (Krankheit, Tod, anderen Interessen)	10,6%	5,7%	8,5%
6. Wegen des Programms	9,6%	5,4%	7,7%
7. Aus sonstigen Gründen	5,3%	8,6%	5,6%
8. Unklar*	0,6%	1,0%	0,8%

„Es ist doch sehr interessant, festzustellen, welch große Rolle die wirtschaftlichen Gründe bei der Abmeldung spielen, denn nicht nur in der ersten, sondern auch in allen anderen Motivgruppen wird noch häufig ein zweites wirtschaftliches Motiv erwähnt. Nicht jeder kann es sich vorstellen, daß zwei Schilling – der Monatsbeitrag für die RAVAG – in der Wirtschaftsführung der einzelnen Familie eine Rolle spielen können, und doch ist es so, wenngleich die RAVAG in vielen besonders berücksichtigungswerten Fällen die

* Am 15. Juli 1927 bestand die RAVAG auch ihre erste Feuerprobe als Stütze der Regierung in revolutionären Tagen. Als der Justizpalast brannte und aufgewiegelte Menschenmassen über die Ringstraße stürmten, und als wildeste Gerüchte die Stadt durcheilten, war es die RAVAG, welche der Bevölkerung beruhigende Kundgebungen und authentische Nachrichten der Amtlichen Nachrichtenstelle brachte.

Oskar Czeija in: Viktor Ergert: Die Geschichte des Österreichischen Rundfunks I, S. 93

Gebühr erlassen hat. Neben der Abschaffung des Radios aus direkter wirtschaftlicher Not, finden wir auch eine Reihe von Fällen, in denen wirtschaftliche Notlage die indirekte Ursache der Abmeldung ist. So z. B. in Gruppe 4, wo wegen Empfangsstörungen abgemeldet wird. Es handelt sich hier meist um schlechte Apparate, die zu verbessern der Besitzer aus wirtschaftlichen Gründen nicht in der Lage ist. Man findet hier recht häufig mitgeteilt, daß, sobald wieder mehr Geld im Haus ist, ein neuer, besserer Apparat angeschafft werden soll.*

Rechnen wir nun noch die verschiedenen Fälle, in denen sonst wirtschaftliche Gründe neben einem anderen Hauptmotiv, wie Todesfall oder Krankheit in der Familie oder Zeitmangel, eine Rolle spielen, so finden wir, daß in nahezu der Hälfte der Fälle (49,2%) wirtschaftliche Verhältnisse den Anlaß zur Abmeldung liefern."[16]

Diese frühe wissenschaftliche Zusammenarbeit der RAVAG mit einem Universitätsinstitut wurde aller Voraussicht nach durch ein ausdruckspsychologisches Experiment initiiert, das Karl Bühler 1931 gemeinsam mit dem Unternehmen über mehrere Radiosendungen abwickelte.

„An drei verschiedenen Sendeabenden sollten insgesamt neun Personen unterschiedlichen Alters, Geschlechts und Berufs eine Suchmeldung über einen entlaufenen Hund vorlesen. Die HörerInnen wurden aufgefordert, aus den Stimmen verschiedene ‚Persönlichkeitsmerkmale' der SprecherInnen zu erraten. Ein paar Tage vor der Sendung erschien in der Programmzeitung ‚Radio Wien' eine Ankündigung des Experiments, mit dem zugleich ein entsprechender Fragebogen abgedruckt war.[17] Am 19. Mai leitete Karl Bühler die Versuchsreihe mit einem kurzen Vortrag zum Thema ‚Stimme und Persönlichkeit' ein. Die weiteren Sendungen fanden dann am 21. und 23. Mai statt. Paul Lazarsfeld verlas jeweils die Instruktionen zur Handhabung des Fragebogens. Das Echo war erstaunlich groß; 2700 HörerInnen sandten ausgefüllte Fragebögen

---

* Es gibt nicht mehr die Frage: Was fangen wir mit dem Abend an? Die Verführung auszugehen, wird blasser. Die Toilettensorgen für den abendlichen Ausgang fallen auch fort. Gar nicht zu reden von den finanziellen Wohltaten eines nicht verbummelten Abends ... Das Geld, was wir in der Zeit, da wir am Hörer sitzen, nicht ausgeben können, kann uns jetzt der Staat abnehmen ... Funkalmanach 1925, S. 68;
zit. n. HEIDE RIEDEL: 60 Jahre Radio

an die RAVAG zurück. In den folgenden Wochen stattete Paul Lazarsfeld den LeserInnen der Zeitschrift ,Radio Wien' Bericht ab: zunächst ,enttarnte' er die anonymen SprecherInnen mit Fotos und einigen Angaben zu ihrer Person. In einem zweiten Artikel referierte er erste Ergebnisse einer großen statistischen Auswertung der Daten. Die Bearbeitung des Gesamtmaterials im theoretischen Zusammenhang mit Karl Bühlers Ausdrucks- und Sprachtheorie erfolgte schließlich durch Herta Herzog, die mit dieser Studie ihr Doktorat in Philosophie erwarb."[18]

Diese zweimalige erfolgreiche Zusammenarbeit mit der Wissenschaft, in Sonderheit mit dem Psychologischen Institut der Universität Wien, motivierte offensichtlich den Berater in der „wissenschaftlichen Abteilung" der RAVAG, Ing. Paul Bellac[19], dazu, seinerseits eine große Untersuchung über die Hörerwünsche zu initiieren.* Logischer Partner war das Wiener Psychologische Institut bzw. dessen „wirtschaftspsychologische Forschungsstelle"[20], als deren Leiter Paul Lazarsfeld fungierte.

Paul Lazarsfeld[21] erinnert noch Jahrzehnte später an diesen folgenreichen Auftrag:[22] „... Wir hatten am Psychologischen Institut der Universität Wien eine kleine ,wirtschaftspsychologische Forschungsstelle'. Das war eine Gruppe von Studenten und Assistenten, die sich sehr für Erhebungen interessiert hat, und die vom Chef Karl Bühler die Erlaubnis bekam, ein Kuratorium zu bilden, das solche Massenuntersuchungen finanziert hat. Etwa über die Ar-

---

* Nun ist durch den Rundfunk ... der Frau, der häuslichen Fürsorgerin für Leib und Seele ihrer Angehörigen, ein unerwarteter Helfer entstanden. Er trägt Möglichkeiten in sich, das wieder zu binden, was heute gefesselt und zersplittert ist. Nicht nur Mann und Kinder, Freunde und Verwandte werden durch ihn ans Haus gefesselt, er gibt ihnen allen die Möglichkeit, gemeinsam ein künstlerisches geistiges oder auch zerstreuendes, unterhaltendes Erlebnis aufzunehmen und dadurch wieder etwas von der stillen, bindenden, Ruhe und Sammlung schaffenden Kraft der Familiengemeinschaft auszustrahlen. So baut der Rundfunk auf; so kann er Helfer der Frau werden ... Er kann ihr helfen, ihren Platz als Mittelpunkt der Familie, der ihr vielfach zu entgleiten droht, wiederzugewinnen. Hauskultur, die wärmend den Sohn und die Tochter, den Mann und die Freunde umhegte, durch die Nöte der Zeit und die Skepsis des heutigen Menschen aber gefährdet ist, kann wieder im Bunde zwischen Hausfrau und Rundfunk neu entstehen. Rundfunk-Jahrbuch 1929, S. 342 f.; zit. n. HEIDE RIEDEL: 60 Jahre Radio

beitslosigkeit,[23] über die Berufswahl von Jugendlichen und auch über ‚kommerzielle Dinge'. Unter anderem hat uns ein Ingenieur der RAVAG, des damaligen Österreichischen Rundfunks, gebeten, eine Hörererhebung zu machen. Es hat ihn interessiert, wer eigentlich diesem Programm zuhört; und wir waren die natürlichste Gruppe, das zu machen.

Das war eine sehr starke Neuerung, weil die ersten Untersuchungen und Experimente über Radio, sich mit etwas ganz anderem beschäftigt haben. Worüber man damals wirklich nachgedacht hat, das war die ‚körperlose Sprache'; dass man plötzlich jemandem zuhört, den man nicht sieht – nicht auf der Kanzel und nicht im Lehrstuhl –, und alle ersten Experimente waren daher am ‚visiblen Sprecher' und am ‚invisiblen Sprecher' orientiert. Das erste amerikanische Buch war Allports ‚Psychology of Radio', und auch die Engländer haben Versuche gemacht; und die Tatsache, dass wir durch Zufall nicht experimentiert, sondern eine Erhebung gemacht haben, hat dann später eine recht große Rolle gespielt. Die Untersuchung ist im ‚Archiv für die gesamte Psychologie' erschienen, und ich bin noch immer verlegen, wenn irgendjemand sie entdeckt.[24] Sie wissen ja z. B. alle, wie wichtig es ist, zu ‚sampeln', also die genau richtigen Leute zu befragen. Nun, wir haben das so gemacht, dass die Fragebögen in den Tabaktrafiken[25] verteilt wurden, und wer immer sie genommen und eingeschickt hat, der hat zum ‚Sample' gehört. Oder: Sie wissen jetzt, dass es ganz genaue Maschinen gibt, wo man weiß, ob die Leute die erste Minute eines Programms hören, oder die fünfte Minute; wann sie also ihr Radio einschalten, das weiß man heute von Minute zu Minute.

Wir hatten drei Fragen:

‚Wann hören Sie am liebsten zu: am Nachmittag, am frühen Abend, am späten Abend?'

Das also war ungefähr das Niveau; aber tatsächlich war es eine Erneuerung. Und es war vor allem eine Erneuerung, die für mich sehr glücklich war, weil die Rockefeller Foundation auf mich aufmerksam wurde und ich eine zweijährige Reiseeinladung nach Amerika bekam. Unterdessen sind hier im Februar 1934 einige Unannehmlichkeiten vorgekommen, die mich betroffen haben und ich bin nicht mehr zurückgekehrt …"*

---

* Selbstverständlich muss das Verhältnis eines autoritär geführten Staates zum Rundfunk ein anderes sein. Mit der Ausschaltung des Parteienwe-

„Der Fragebogen umfaßte vier Seiten mit insgesamt 65 Sendungsrubriken und mehreren Zusatzfragen. Von den 50 Sendungskategorien im engeren Sinn, nach deren Beurteilung gefragt wurde, bezogen sich 14 auf die Musik, davon neun auf die sogenannte ‚E-Musik' und 5 auf die ‚U-Musik'.

Neun Fragen betrafen die Literatur, 23 die ‚wissenschaftlichen Vorträge' und vier die ‚aktuellen Übertragungen'. Weiters wurde nach dem Interesse an Sprachkursen, Kinder- und Jugendsendungen, bevorzugten Sendezeiten, Instrumentalspiel und Instrumentalunterricht und schließlich nach ‚Besonderen Wünschen und Meinungen' gefragt.

Der hohe Anteil an wissenschaftlichen Themen im Programm, die Erwähnung von Sprachkursen etc. sind ein Hinweis auf die wichtige Bildungsfunktion, die der Rundfunk in diesen Jahren erfüllte und die ihn zu einer Art elektronischer Volkshochschule der Nation machten."[26] Rudolf Henz äußerte sich Jahrzehnte später zu dieser Befragungsaktion durchaus ungenau:

„Es war noch nicht die Gallup-Zeit. Hunderter- oder Tausender-Interviews genügten uns nicht. Unsere Befragung mit großen Fragebogen zu vier Seiten ging an alle. Über 25% der zahlenden Hörer taten mit. Als nach einem Jahr die Auswertung (durch Studenten des Psychologischen Instituts) der 110.000 ausgefüllten Fragebogen vorlag, fand sich das Hörspiel vor dem Reisevortrag und dem Operettenkonzert. Die größte Zustimmung erhielten die ‚Bunten Abende', die größte Ablehnung erfuhr die ‚Kammermusik'."[27] Die RAVAG zog aus der Untersuchung unmittelbare und entscheidende Konsequenzen: „Die gewonnenen Ergebnisse haben auf die Programmgestaltung des österreichischen Rundfunks entsprechenden Einfluß genommen, denn sie bilden eine Bekräftigung der Tendenzen, die im heurigen Winterhalbjahr bei der Einteilung der einzelnen Darbietungen im Gesamtprogramm maßgebend sind. Die frühen Abendstunden, die von der großen Menge

---

sens darf und muss auch der Rundfunk vom Staate zu seinen Zwecken in erhöhtem Maße herangezogen werden. Ein so geleiteter Staat muss sich des Rundfunks bedienen. Wir sind deshalb gewillt, den Rundfunk – innerhalb vernünftiger Grenzen – als ein Instrument der Staatsführung zur Aufklärung, zur Mahnung, zur unerschrockenen Verteidigung der Wahrheit und zu begeisterndem Aufruf zu benützen.

Bundeskanzler Schuschnigg 1933

der Rundfunkhörer als besonders bevorzugte Zeit angesehen werden, sind – dem Wunsche der überwiegenden Mehrheit aller Hörer entsprechend –, wenn irgend möglich, mit Darbietungen leichter und unterhaltender Art besetzt ... Seitdem das Abendprogramm, also die wichtigste Hörzeit in seiner Einteilung den Wünschen nach leichter und schwerer Rundfunkkost durch entsprechende Verteilung Rechnung trägt, haben die Klagen aus den Hörerkreisen ungemein nachgelassen, ein Zeichen, daß hier der richtige Weg beschritten wurde."[28]

Mit Recht konnte also der Historiker und nachmalige Intendant von Studio Wien, Ernst Glaser bemerken: „Die Folgerungen, die man in der RAVAG aus den Ergebnissen dieser Hörerbefragung zog, waren beachtlich. Die Beantwortung der Fragebogen hatte ergeben, daß sich die Interessensphären der verschiedenen Berufs- und Altersgruppen nicht decken und in einem einzigen Programm auch nicht abdecken lassen. Man müsse daher die Hörer dazu anregen ... nicht wahllos zu hören, sondern zu selektieren."[29]

Ungefähr die Hälfte aller Einsender gaben zusätzlich zum Fragebogen noch Kommentare in Briefform ab, die natürlich nicht statistisch verwertet werden konnten, aber deren Bearbeitung und Auswertung angekündigt wurde.* Leider ist dieses wertvolle Material offensichtlich verloren gegangen, sodass man auf die wenigen Hörerkommentare angewiesen ist, die in der Studie selbst bzw. in deren Anhang zitiert werden. Auch sie aber liefern ein farbiges Bild der damaligen Hörer(innen)landschaft.

Inhaltlich gliederten sich die Briefe folgendermaßen:

1. Sendezeit	30%
2. Allgemeine Programmkritik	25%
3. Allgemeine Zustimmung zum Programm	8%
4. Technische Klagen	12%
5. Spezielle Programmwünsche	25%

* Kein Rundfunk-Intendant will als Exponent einer bestimmten Parteirichtung wirken. Jeder ist auf Überparteilichkeit in einer zweckmäßigen Form bedacht. Man sollte dies nicht – wie es vielfach geschieht – als eine Schwäche oder gar Charakterlosigkeit auslegen. Der Rundfunk soll nämlich für das ganze Volk da sein und niemand von uns möchte durch den Rundfunk die Gegensätze, die ohnedies schon bestehen, noch mehr verschärfen. Der deutsche Staatssekretär Hans v. Bredow auf der Wiener Rundfunktagung 1930

zu 1:

„Über 10 h abends Radio zu hören, ist vielen nicht möglich wegen Beleuchtung und Beheizung."

„Da hört man sich langweilige Kammermusik an, dann, wenn Abendkonzert kommt, ist es schon so spät, daß man mit einem Fluch das Radio abdreht."

„Gleichzeitig komme ich im Namen vieler Fürstenfelder mit dem Ersuchen, die Sinfoniekonzerte an Sonntagen nach Tunlichkeit ausschalten zu wollen. Der Sonntag ist der einzige Tag in der Woche, an dem es einen gegönnt ist, den ganzen Tag Radio zu hören, da möchte man doch gerne eine zu Gemüte gehende leichte Wiener Musik hören, die einen aufheitert."

zu 2 und 3:

„Geben Sie doch um Himmels willen keine schwere Musik (Sinfoniekonzerte, Kammermusik etc.). Warum keine Abende des Lachens, der Fröhlichkeit in der jetzigen jammervollen Zeit? Die die Menschen das Radio noch ganz anders schätzen lassen würden?"

„Das Radio ist zur Bildung und Erziehung da. Lassen Sie sich nicht durch die seichten Wünsche der breiten Masse beeinflussen. Der Österreicher wird sagen: ‚da kann man nix machen', und wird doch hören."

„Wir waren früher fleißige Theatergeher, aber bei den jetzigen Zeiten hat sich das aufgehört, wie froh sind wir über unser Radio! Meinen Dank für so schöne Abende!"

„Für alle, die jetzt ihre Beschwerden einbringen werden, gibt's nur eines: man soll ihnen einen kleinen Griff an ihrem Apparat zeigen, den Hebel zum abstellen. Die Ravag bringt für jeden etwas, und das muß man sich aussuchen."

zu 4:

„In der Jakominigasse ist der Verkehr der Straßenbahn besonders rege, besonders zwischen 20 und 22 h, da hört man ein Knattern und Krachen im Lautsprecher, hört jedes Fünkchen und das Rauschen der Gleitbügel mit derartiger Stärke, daß der Empfang davon mit kurzen Unterbrechungen vollkommen unterdrückt wird ... Ich würde den Radioempfang missen, wenn ich das Abonnement kündige, aber doch lieber kein Empfang. Als täglich Ärger und schließlich doch kein Empfang."

zu 5:

„Die Vortragenden möchten nicht rasch herunterleiern, wenn man etwas lernen will, kommt man nicht mit."

„Wenn aus eignen Werken vorgetragen wird und der Vortragende gar kein Talent zum Sprechen hat, soll es lieber der Sprecher vorlesen."[30]

Wie kommt es nun, dass diese Studie – eine Fundgrube für Medienforscher – zwar immer wieder zitiert, aber durch Jahrzehnte nicht gelesen werden konnte, weil sie als verschollen galt?

Niemand weiß das wohl besser zu erzählen als Paul Neurath, Schüler und Mitarbeiter Lazarsfelds und Begründer und Leiter des Wiener Lazarsfeld-Archivs. Es ist fast ein wissenschaftshistorischer Krimi, über den Paul Neurath zu berichten weiß: „Es begann damit, dass, nachdem Paul Lazarsfeld 1976 gestorben war, ich versucht habe, im Einverständnis mit seiner Witwe Patricia Lazarsfeld, eine Sammlung seiner sowohl gedruckten als auch seiner unpublizierten Arbeiten zusammenzubringen, besonders der letzteren, weil solches ja besonders schwierig ist. Das Ganze hat sich durch etwa zwei Jahre hingezogen, denn es waren ja Hunderte von Schriften – ich wusste gar nicht, wie viele das waren. Ich habe also durch etwa zwei Jahre seinen gesamten Nachlass, sowohl in seinem eigenen Arbeitszimmer an der Columbia-University wie bei ihm zu Hause, durchgegangen und schließlich alles beisammen gehabt. Ungefähr um diese Zeit, nach eineinhalb bis zwei Jahren, nachdem ich bereits alles durchgearbeitet hatte, kam eines Tages ein Brief von Frau Professor Noelle-Neumann vom Institut für Demoskopie in Allensbach an Frau Patricia Lazarsfeld mit der Bitte, ob sie eine Kopie des RAVAG-Berichts 1932 haben könnte. Patricia Lazarsfeld hatte überhaupt keine Ahnung was das war, schrieb aber sofort zurück, dass der Einzige, der darüber überhaupt etwas wissen könnte, Paul Neurath sei. Also schrieb Noelle-Neumann mir. Ich hatte natürlich auch keine Ahnung, worum es sich dabei handeln könnte, hatte dieses Manuskript bestimmt nie gesehen, obwohl ich den gesamten Lazarsfeld-Nachlass in der Hand gehabt hatte. Noelle-Neumann hat mir aber zur Orientierung jenen Vortrag geschickt, den Paul Lazarsfeld im Jahr 1974 in Salzburg gehalten hatte, und in dem er aus dieser RAVAG-Studie zitiert, und zwar gleich seitenweise.[31] Und er tut dies, weil er die Methodik der RAVAG-Studie 1932 in Österreich mit dem vergleicht, was danach in Amerika passiert ist. Und dabei sagt er so nebenbei hin: ‚Glücklicherweise habe ich noch eine Kopie des Berichts von 52 Maschinschreibseiten.' Daraufhin habe ich buchstäblich beide Räume – das Arbeitszimmer an der Columbia-University und das Arbeitszimmer in der Wohnung –

nochmals von oben bis unten, Blatt für Blatt durchgesehen, das waren Tage und Tage und Tage Arbeit und ‚alles für die Katz'!"

Die Bemühungen, in den Wiener ORF-Archiven eine Kopie dieser legendären Studie zu finden, verlaufen ebenso erfolglos, wie Neuraths Versuche, bei ehemaligen Mitarbeitern aus der wirtschaftspsychologischen Forschungsstelle vielleicht doch noch ein Exemplar aufzutreiben. Aber so wie manchmal in einem Krimi, kommt auch Paul Neurath „Kommissar Zufall" zu Hilfe. Im Frühjahr 1988 trifft er in New York zufällig Dr. Ann Pasanella, Paul Lazarsfelds Mitarbeiterin bei seinen letzten beiden Büchern und seiner letzten großen Untersuchung.

„... und die sagt mir, dass sie gerade aus ihrem Columbia-Office ausziehen müsse. ‚Ich hab da noch ein paar Kartons von Lazarsfeld-Material, das ich natürlich der Universität übergebe' – an der Columbia-University ist Lazarsfelds wissenschaftlicher Nachlass aufbewahrt – ‚magst du dir das anschauen, vielleicht ist etwas für dein Wiener Archiv dabei'? Ich bin gleich nächsten Tag an die Columbia-University gesaust, stehen dort drei oder vier Kartons voll Material, und ich hab mich schon bereitgemacht für eine große Sucherei. Dr. Pasanella kann nicht Deutsch – Gott sei Dank – und hat deshalb ein deutsches Manuskript ganz oben hingelegt, vielleicht weiß ich, was das sein kann: ‚Bericht über die Hörerbefragung im Radio', 52 Maschinschreibseiten. Da hab ich gewusst: Jetzt haben wir ihn endlich!"[32]

An dieser Studie ist mehrfaches bemerkenswert:

1. „Die vermutete historische Priorität der Wiener empirischen Medienforschung wird durch eine Analyse der internationalen Rundfunkliteratur bestätigt."[33]

2. „Weil Lazarsfeld nicht nur Medienforscher, sondern Sozialwissenschafter mit breit angelegten Interessen und Kompetenzen war, war es für ihn schon vor (mehr als) 60 Jahren selbstverständlich, daß der Umgang mit Medien als soziales Handeln zu betrachten ist, dem ein subjektiver, beispielsweise auf das Verhalten der Kommunikatoren rückbezogener Sinn unterliegt. Diese Einsicht ist der Publizistikwissenschaft später größtenteils verlorengegangen und muß heute mühsam wiedergewonnen werden, als sei sie eine Errungenschaft des wissenschaftlichen Erkenntnisfortschritts."[34]

3. „Schon in diesen ersten Anfängen der empirischen Rundfunkforschung tritt das dialektische Spannungsverhältnis zwischen der volksbildnerischen Bestrebungen des Senders und der Realität

der Hörerwünsche zutage, das sich heute zum Konkurrenzkampf zwischen dem ‚Kulturprinzip' der öffentlich rechtlichen und dem ‚Marktprinzip' der kommerziellen Medienanstalten zuspitzt."[35]

4. „Die allerdings nur kurze Zeitspanne von 1932 bis März 1933 scheint nach all dem das Optimum an Übereinstimmung zwischen dem Programm der RAVAG und den Wünschen der Hörer aufzuweisen. Sie war die Periode, in der die Berücksichtigung pluralistischer Haltungen in jeder Hinsicht im Rundfunk am meisten Anerkennung gefunden hat und auch die erfreulichsten kulturpolitischen Wirkungen von dem neuen Medium ausgegangen sind."[36]

Nicht Populismus also, sondern Pluralismus haben dem jungen Medium Radio in Österreich einen kulturpolitisch so bedeutenden Platz eingeräumt.*

Dass dieser Platz durch die politischen Ereignisse 1933 und 1934, vor allem aber 1938 verloren gegangen ist, ja mehr noch, bewusst ausradiert wurde und im Gegenteil das Radio zu einem Instrument der Ideologie und Indoktrination herabgewürdigt wurde, das ist schon wieder ein anderes Kapitel ...**

---

* Personalanstellungen erfolgten nach Parteizugehörigkeit, und selbst bei der Verpflichtung von Künstlern und Vortragenden sprachen politische Grundsätze mit. Oskar Czeija in: Viktor Ergert: Die Geschichte des Österreichischen Rundfunks I, S. 82

** Der beste Rundfunk wird zwecklos vor ausgeschalteten Apparaten. Oskar Czeija zur Situation, dass 1933 über 66.000 Radiohaushalte in Österreich ihr Gerät abmelden

Vom Homo sapiens zum Homo inform@ticus oder: Mediokrität und Infantilisierung versus Aufklärung

Einen der bekannteren Sponti-Sprüche der späten 60er Jahre: „Gott ist tot und mir ist auch schon ganz schlecht", könnten die Kids der Computergeneration durchaus variieren. „Humanismus und Aufklärung sind tot, aber mir geht's sehr gut."

„Könnten", meine ich, denn real sind Humanismus und Aufklärung für diese Kids kein Thema mehr. Wenn aber der Humanismus passé ist, dann sind Unrecht und Ungerechtigkeit kein Skandal mehr; und wenn das „krumme Holz der Humanität"[1] nur mehr für ein Museum der Aufklärung taugt und Humanismus tatsächlich immer nur Teil jenes Gewaltproblems war und ist, als dessen Lösung er sich ausgibt,[2] dann kommen Überlegungen zur Rehumanisierung der Medien wohl zu spät oder sie zeugen von jener Tollkühnheit und unerschütterlichen Standhaftigkeit, die nach der Überzeugung des Pädagogen Hartmut v. Hentig vor allem dem Pharisäer zu eigen war. „Die Lage des Aufklärers" – so sagt v. Hentig – „die Lage des Aufklärers hat Ähnlichkeit mit der des Pharisäers, der ja nicht durch einen hoffärtigen Charakter am Erkennen des Heils gehindert wird, sondern durch die Unerschütterlichkeit und Intensität seiner Heilsgewißheit."[3]

Das klingt verdächtig altmodisch, nicht nur für die Kids der Computergeneration, es wirkt auch politisch nicht korrekt.*

Aber möglicherweise kann auch eine abgeklärte Wissenschaft

---

* Der Absturz der New Economy hat gezeigt, was unsere Welt im Inneren zusammenhält. Geldgier, Jugendkult, Geschwindigkeitsrausch und ein besinnungsloses Schweigen und Schwelgen im Erfolg. Gleichzeitig setzt sich ein schleichender, aber destruktiver Wandel fort:
Die Sprache wird nicht mehr von Dichtern und Denkern, sondern von Werbestrategen und Unternehmensberatern gemacht, und dieser Einfluss wirkt bewusstseinstrübend wie eine Gehirnwäsche, denn die Sprache dient nicht mehr der Selbstreflexion. Für keine Generation war guter Rat so billig wie heute. Jahrtausende der Weisheit sind für jedermann zu-

beim französischen Historiker Michel Volvelle anknüpfen, für den Aufklärung auch den „Ausgang des Intellektuellen aus seinen selbstverschuldeten Urteilsroutinen“ bedeutete;[4] womit sie jedenfalls ein wichtiges Gegenwartsprojekt bliebe.

Versucht man aus diesen vielleicht ein wenig untypischen Positionen die Informations-, Kommunikations-, Wissens-, Bildungs- und Mediengesellschaft kritisch unter die Lupe zu nehmen, wird man rasch zum pessimistischen und phantasielosen Fortschrittsfeind gestempelt. Aber: auch wenn Optimismus in die Zukunft dieser so etikettierten Gesellschaften wahrscheinlich ein Mangel an Information ist – um im Jargon des Themas zu bleiben –, so eignet sich das Thema doch schlecht für eine Art Kulturkampf. Hier die liberale Gelassenheit, dass der mündige Bürger selbst entscheiden möge, da die ängstliche Sorge, dass dies ihm und uns allen nicht gut tun werde.* Es geht aber nicht um ein Entweder-oder, sondern um

---

gänglich. Aber der Weg der Menschwerdung ist gewiss nicht der Weg des geringsten Widerstands. Das erste Gebot lautet daher, in einfacher Menschlichkeit „Nein“ zu sagen, „das tue ich nicht!“

PETER RUZICKA, Künstlerischer Leiter der Salzburger Festspiele beim fünften Zentraleuropagespräch in Graz 2003

* Das mediale Aufmerksamkeitskarussell lenkt auch davon ab, dass die demokratisch legitimierte Formen von Macht tatsächlich erodiert sind und auch Politiker zu Angestellten dieser Unterhaltungsindustrie geworden sind, oft ohne es zu wissen. Die Macht, einer Gesellschaft ihre Rahmenbedingungen vorzugeben, hat sich von den Parlamenten und den politischen Parteien an andere Instanzen und Verfahren verlagert, die offenbar nicht mehr so leicht lokalisierbar sind. Interessenvertretungen, Lobbys, Seilschaften, die sich nicht mehr in traditionelle weltanschauliche Positionen zwängen lassen, kommen als Kandidaten für moderne Machtflüsse ebenso in Frage wie moderne Finanzmärkte, Mediensysteme und Technologien, die alles ihren Gesetzen und ihrer Eigendynamik unterwerfen wollen. Gerade wer ständig die so genannten Sachzwänge und irreversiblen Entwicklungen einer fortschrittsorientierten Gesellschaft beschwört, huldigt damit einem Geschichtsfatalismus, der die Macht der Mächtigen in Ohnmacht verkehrt. Wer als politisches Programm nur noch den Satz anbieten kann, dass alles getan werden muss, um einer Entwicklung zu gehorchen, die man nicht aufhalten kann, hat offenbar jeden Gestaltungswillen aufgegeben. Wohl mag er noch die Insignien von Macht tragen, reale Macht hat er keine mehr.

KONRAD PAUL LIESSMANN: Die Kanäle der Macht. 5. Philosophicum Lech 2002 ein Sowohl-als-auch. Definieren und analysieren wir die Mediengesellschaft und ihre Konsequenzen nur über technische, rechtliche und ökonomische Fragen, über Macht und Machtverlust, über Kontrolle und Kosten, über Datenschutz und Arbeitsplatzverlust, über internationale Konkurrenz und Globalisierung und nicht auch über die Folgen, die eine uferlose Mediatisierung unserer Wahrnehmungen, Vorstellungen, Beziehungen für unser Leben überhaupt hat, so stellen wir die Mittel der Aufklärung bereits auf den Kopf, weil wir nicht mehr erkennen, dass diese Mittel bereits von der Mediatisierung befallen sind, selber die falschen Verhältnisse schaffen, selber das falsche Bewusstsein hervorbringen.*

„Fernsehen verblödet: Auf diese schlichte These laufen so gut wie alle landläufigen Medientheorien hinaus, gleichgültig wie fein gesponnen oder grob gewirkt sie daherkommen." Dieser erste Satz aus Hans Magnus Enzensbergers berühmten Essay „Das Nullmedium, oder warum alle Klagen über das Fernsehen gegenstandslos sind" aus dem Jahre 1988 empört und amüsiert nun bereits annähernd eine Generation von Medienwissenschaftern und -praktikern.[5] Jochen Hörisch hat erst kürzlich diesen Befund noch verschärft, aber auch umgestülpt, wenn er Fernsehen zuallererst und ursprünglich als das Medium für Idioten bezeichnet.[6] Das griechische Wort „idiotes" meint nämlich den Analphabeten, denjenigen, der nicht an der allgemeinen Diskussionslage teilnehmen kann, weil er eben der Schrift und der ihr anvertrauten Argumente unkundig ist.** Fernsehen ist also nach dem Radio das zweite elektro-

---

* Die Frage nach dem Wichtigen wird nicht gestellt, das Unwichtige hin und her gewendet. Kleine Unterschiede haben ... Priorität vor den großen Parallelen. Mit diesem Programm reduziert sich Sozialwissenschaft auf ein ewiges Palaver über bedeutungslose Details ... Wirklichkeit degeneriert zum Anwendungsfeld für sinnlos verfeinerte Prozeduren.

GERHARD SCHULZE: Erlebnisgesellschaft, S. 26 f.

** Die Gruppe deutlich Dummer oder Infodepravierter schätze ich derzeit auf rund 75 Prozent aller Menschen.
Der kleiner werdende Rest, also unter 25 Prozent, rackert sich damit ab, „auf dem Stand der Dinge" zu bleiben. Er liest, schaut Fernsehen, surft im digitalen Weltenraum. Und verdient immer öfter auch sein Geld mit dem Auswerten, Umformulieren, Destillieren von Informationen aller Art. Diese 25 Prozent sind genauso Opfer der Informationsgesellschaft, wie die anderen 75 Prozent auch. Doch sie leiden zusätzlich unter dem Syndrom, das treffend, und Herrn Postman zitierend, „Info-Aids" ge-

nische Medium, das für Analphabeten besonders gut geeignet ist. Und von daher ist auch seine aufklärerische und volksbildnerische Funktion in der Frühzeit zu erklären. Das öffentlich-rechtliche Radio, vor allem aber das Fernsehen, von den Westalliierten nach dem Krieg in Deutschland und Österreich zur Reedukation verordnet, sollte nach dem Hitlerfaschismus mithelfen, eine demokratische, offene und liberale Gesellschaft zu entwickeln. Das Medium für Idioten wird zum Massenmedium. Idiotisch, anachronistisch, vom Allgemeinen ausgeschlossen ist jetzt nicht mehr der Schriftunkundige, sondern derjenige, der nicht fernsieht. Das Fernsehen der Frühzeit ist auch und ganz wesentlich Bildungsmedium, ist egalitär, informativ und kommunikativ. Die „Fernsehstraßenfeger", wie die Durbridge-Krimis, Kulenkampffs EWG, Rosenthals „Dalli Dalli", „Jede Sekunde ein Schilling" mit Dietmar Schönherr und Vivi Bach, waren Kultsendungen mit vergleichsweise hohem – heute würde man sagen penetrantem pädagogischen – Anspruch. Aber auch avancierte „Soap operas" wie „Holocaust" und höchst Anspruchsvolles wie eine Reihe von Fernsehspielen haben eine echte Fernsehgemeinde vor dem Bildschirm versammelt. Das Fernsehen ermöglichte so etwas wie eine paradoxe Kanonbildung. Man hatte am nächsten Tag etwas, worüber man sprechen und streiten konnte. Fernsehen hatte eine höchst handfeste demokratisch-pragmatische Dimension. Je mehr Fernsehen aber zum Leitmedium avanciert, je stärker der Konkurrenzdruck wird, je weniger man die Zuseher auf einen Inhalt verpflichten kann, desto intimer, privater, schamloser werden diese Inhalte.*

Heute steht das Fernsehen unter dem Diktat der Fernbedienung, konstatiert Thomas Meyer, „jede neue Sequenz in jeder In-

---

nannt werden kann. Der nicht infizierte Rest ist immunisiert. Nicht durch intelligente Formen der Selektion und Abwehr. Sondern durch präventive Dumpfschaltung. Jo Vulner: Info-Wahn, S. 6

* Es ist die Signatur des technischen und anthropotechnischen Zeitalters, dass Menschen mehr und mehr auf die aktive und subjektive Seite der Selektion geraten, auch ohne, dass sie willentlich in die Rolle des Selektors gedrängt haben müssten. Man darf zudem feststellen: Es gibt ein Unbehagen in der Macht der Wahl, und es wird bald eine Option für Unschuld sein, wenn Menschen sich explizit weigern, die Selektionsmacht auszuüben, die sie faktisch errungen haben. Peter Sloterdijk in: „Die Zeit", 16. September 1999

szenierung dient dem Ziel, das Wegschalten gerade aus dieser Sendung gerade in diesem Augenblick abzuwenden. Schon dieser Zwang … begünstigt die Infantilisierung des Angebots."[7] Jede Sendungsdramaturgie verlangt darüber hinaus eine ununterbrochene Abfolge von Knalleffekten, von Sensationellem, zumindest Ungewöhnlichem, aber auch von Obszönem, Banalem und Privatem.

Ausklinken und Wegzappen wird mit finanziellem Verlust bestraft, von daher ist der Dienst am Massengeschmack am Trivialen und Spektakulären ein absolutes „must" und reduziert laufend das kulturelle und politische Anspruchsniveau. „Dieser Zwang teilt sich aus Gründen der öffentlichen Legitimation und des journalistischen Ehrgeizes zwar nicht gänzlich ungefiltert, aber doch im Endeffekt durchschlagend auch den öffentlich-rechtlichen Anstalten mit. Mediokrität wird zum ökonomischen Imperativ der größeren Teile des Fernsehens und aller anderen Medien, die unter seinen Einfluss geraten."[8] Diese Herrschaft der Mittelmäßigkeit entspringt aber nur zu einem Teil einer fahrlässigen Geschmacksverirrung, zum anderen wesentlich dem Diktat der Medienökonomie.* Und medienökonomische Überlegungen kreisen niemals um „Inhalte" oder gar um „Qualität", sondern einzig und allein um Frequenzen und Kanäle, um Beteiligungen, Quoten, Werbeaufkommen und entscheidend um Gewinn.[9] Allerdings weiß auch die Medienindustrie sich insofern mit dem Publikum eines Sinnes, als Mediokrität und Infantilisierung zunehmend dem Massengeschmack entsprechen. Dass man im Seichten nicht ertrinken kann – berühmt-berüchtigter Ausspruch des seinerzeitigen RTL-Chefs Helmuth Thoma –, mag zynisch klingen, er war folgerichtige Erkenntnis medialer Realität.**

---

* Darum: Wer Zusammenhänge herstellt, fliegt raus. Wer denkt, muss aussteigen. Wer bis drei zählt ist ein Phantast. Der Empirismus der Medien duldet nur isolierte Berichte, und diese Isolation ist wirkungsvoller als jede Zensur, weil sie dafür sorgt, dass das, was zusammengehört, nicht zusammenkommt und auch in den Köpfen der Journalisten nur schwerlich sich findet.

PETER SLOTERDIJK: Kritik der zynischen Vernunft, S. 572

** Die Massenmedien haben erst eine Kapazität entwickelt, die keine rationalistische Enzyklopädie, kein Kunstwerk und keine Lebensphilosophie in diesem Ausmaß gekannt hat: mit unermesslicher Fassungskraft steuern sie auf das zu, wovon die große Philosophie immer nur träumen

Auch Qualitätssendungen, Qualitätsprogramme und -kanäle üben keinen „kultivierenden" Einfluss auf das Gesamtangebot aus. Sonst würden „Arte" und „3-Sat" im Sinne der „Quote" ja höchst erfolgreiche Sender sein, das Gegenteil ist aber der Fall. In diesem Sinne trifft Neil Postmans These zu, dass das Fernsehen zur Kulturmetapher der Gegenwart geworden ist, nämlich zu einem magisch wirkenden Beispiel dafür, wie erfolgreiche Kommunikation sein muss.[10] Und diese Kommunikation muss „Spaß" machen, muss unterhaltend sein, darf nicht irritieren, muss die Vorurteile des Massengeschmacks bestätigen, darf die Argumentationskette des Entweder-oder und Sowohl-als-auch nicht strapazieren, muss kurz, plausibel und flott präsentiert sein und darf vor allem nicht anstrengen.

Wahrheit und Wahrhaftigkeit sind in diesem Zusammenhang sekundär.* Sie sind ohnehin „eine Tochter der Zeit" (Andreas Khol) und bei der Flüchtigkeit der Medien – vor allem aber der elektronischen – zu vergessen. (Die hinreißende Feststellung des unvergesslichen ORF-Anchorman Robert Hochner, dass die Rache des Journalisten sein Archiv sei, ist bei der Vergesslichkeit der Öffentlichkeit und der Selektionsmechanismen der Medien nur bedingt wirksam.)

Bei Kirkegaard findet sich der Satz: „Die Freiheit ist immer kommunizierend", und Marshal McLuhan, der wohl bedeutsamste Medientheoretiker, spricht 1964 davon, dass wir „westlichen Menschen" mit den „elektrischen Medien" dieselbe Überflutung erleben wie der ferne Eingeborene. „Wir sind in unserem alphabetischen Milieu nicht besser auf eine Begegnung mit dem Radio und

---

konnte: die Totalsynthese – freilich auf dem Nullpunkt der Intelligenz, in Gestalt einer Totaladdition. PETER SLOTERDIJK: Kritik der zynischen Vernunft, S. 570 f.

* Zweifellos: Medien sind mächtig. Sieht man von der philosophischen Frage einmal ab, welche Macht den Medien dadurch zuwächst, dass sie nahezu konkurrenzlos Weltbilder und Interpretationsmuster anbieten können, so resultiert in einer liberale Gesellschaft die Macht der Medien vorab aus dem Anspruch, die institutionalisierte Macht zu kontrollieren. Anderseits können aber auch traditionellen Formen der politischen Macht nur mehr in und durch die Medien in Erscheinung treten. Macht und Medien: das ist die Geschichte einer höchst ambivalenten Verquickung. KONRAD PAUL LIESSMANN: Die Kanäle der Macht. 5. Philosophicum Lech 2002

Fernsehen vorbereitet, als der Eingeborene von Ghana fähig ist, mit dem Alphabetentum fertig zu werden, das ihn aus der Welt der Stammesgemeinschaft herausreißt und in der Absonderung des Einzelmenschen stranden läßt. Wir sind in unserer neuen elektrischen Welt befangen, wie der Eingeborene in unserer alphabetischen und mechanisierten Welt verstrickt ist."[11] Prophetisch sieht also McLuhan voraus, was wir vom elektronischen „Superhighway", wie er besonders exzessiv vorerst von der Clinton-Administration in den USA propagiert wurde, ehe auch Europa und hier ganz besonders die EU glaubten, den „technologischen Anschluss" nicht versäumen zu dürfen und diesen Unfug sogar als „pädagogisch wichtig" bis in die Schulen trugen.*

„Die elektrische Geschwindigkeit verschmilzt vorgeschichtliche Kulturen mit dem Ramsch der industriellen Markthändler, vereinigt Nichtalphabeten mit Halbalphabeten und Nachalphabeten. Geistige Zusammenbrüche verschiedenen Ausmaßes sind sehr oft das Ergebnis der Entwurzelung und Überflutung mit neuen Informationen und immer neuen Formen der Information."[12]

McLuhan hat also eine höchst frühzeitige Warnung ausgesprochen, die neuen Medien nicht zu überschätzen, sich keinen Heilserwartungen hinzugeben, die vor allem im Jargon der Politik die „neuen Medien" als demokratiepolitische Errungenschaft ersten Ranges und als „Agora" im Meinungsbildungsprozess ansprechen.

Thomas Meyer weist allerdings darauf hin, dass im Unterschied zum versammlungsdemokratischen Marktplatz die Medienöffentlichkeit prinzipiell als eine „hochselektive Schaubühne" mit spezifi-

---

* Die Leben und Welten, die sich der Cyberspace im Zuge seiner Expansion einverleibt, werden nicht nur als Ausgangspunkte für eine unvorstellbare Vielzahl von Geschichten über unmögliche Zukunftsentwürfe dienen, sondern auch als ungeheuer umfangreiche archäologische Schatzkammer, aus der sich die Vergangenheit erschließen lässt. Bewusstseins- und Verstandeskräfte, die sich wie eine Mischung aus Sherlock Holmes und Gott präsentieren werden, werden aus den Daten des Sonnensystems winzigste Details früherer Epochen ableiten. Vollständige Weltgeschichten mit all ihren lebenden und fühlenden Mitwirkenden werden im Cyberspace zu neuem Leben erweckt. Ständig werden Erdzeitalter, historische Epochen und individuelle Lebensläufe als Teile umfassender geistiger Aktivitäten wiedererstehen – als wahrheitsgetreue Wiedergabe, mit künstlichen Freiheiten oder vollkommen fiktional.

Hans Moravec: Computer übernehmen die Macht, S. 261 f.

schen Zugangsbedingungen funktioniert. Anders auch als die Bühnen des Kunsttheaters, die je nach Epoche für eine große Bandbreite unterschiedlicher Spielmöglichkeiten prinzipiell offen waren, wartet die Bühne der Massenmedien, insbesondere die elektronische des Fernsehens, mit einer höchst komplexen und zugleich in ihrem Selektionszwang strikten Prä-Inszenierung als unumgehbare Zugangsbedingung auf.

„Die Regisseure" – so Meyer – „die den Zutritt zu dieser Bühne entweder in Bezug auf das regeln, was sie selber vorführen, oder auf das, was von den Präsentationen anderer Akteure sie durchlassen oder bestellen, sorgen mit eiserner Hand für die Durchsetzung der Regeln dieser Prä-Inszenierung, weil sie wissen, dass in ihrer Einhaltung auch die Voraussetzung ihres eigenen publizistischen Erfolges und wirtschaftlichen Überlebens besteht."[13]

Eine dieser Regeln und wahrscheinlich die wesentlichste ist die nach der Befriedigung der Bedürfnisse des Publikums. Bedürfnisse, so Jürgen Mittelstraß, sind das „Goldene Kalb", um das sich der Reigen der Programme dreht. Dabei – so Mittelstraß – endet der Wettlauf um die Befriedigung faktischer Bedürfnisse immer bei den niedersten: sex and crime, Talkshows und Soap-operas (schon die Terminologie sagt uns, dass dieser Schund ursprünglich in den USA entstanden ist).

Nach dem bisher Gesagten in der Medienwelt nach dem mündigen, verantwortungsbewussten Bürger zu rufen, ist Schimäre.* Der mündige Bürger ist der aufgeklärte Bürger, und zwar aufgeklärt nicht allein im Sinne von „informiert", sondern im Sinne von selbstbestimmt und selbstverantwortet. Das ist der eigentliche Kern des aufklärerischen Programms. In dem Maße aber, in dem die öffentliche Meinung an die Stelle einer eigenen Meinung tritt – will heißen des öffentlichen Gebrauchs des eigenen Verstandes –, ist Mündigkeit eine Beschwörungs- und Beschwichtigungsformel, die sich als schöner gesellschaftlicher Schein über unaufgeklärte Verhältnisse legt.[14]

---

* Mein ganzes Leben ist nichts als ein verzweifelter Versuch, die Arbeitsteilung aufzuheben und alles selbst zu bedenken, damit es sich in einem Kopf zusammenfindet und darüber wieder eines wird. Nicht alles wissen will ich, sondern das Zersplitterte vereinigen. Es ist beinahe sicher, daß ein solches Unternehmen nicht gelingen kann.

Elias Canetti: Die Provinz des Menschen, S. 49

Nun ist der Einwand allerdings sicher real, dass die Weltkommunikation nicht über ein vergleichsweise „altes" Medium wie das Fernsehen hergestellt wird – trotz aller interaktiver Zusatzapplikationen, die pausenlos angeboten werden –, sondern über das junge und neue Medium Internet. Hier kann prinzipiell jeder jeden erreichen, aber auch das sind nur Verknüpfungen von Fall zu Fall. Die Kommunikation läuft blind nebeneinanderher, und nie hat sich eine Gesellschaft weiter von der griechischen Agora, dem Marktplatz der Meinungen, entfernt als die unsere.[15] Wo Glasfaserkabel liegen, gibt es kein Forum mehr, wer sich aktuell informieren will, bleibt vor dem Fernseher, wer hingegen eine Form bürgerlicher Öffentlichkeit herstellen will, verpasst möglicherweise die ZIB und damit eine Form digitaler Öffentlichkeit. Auch hier zeigt sich wieder, wie Begriffe sich verändern. Maschinelle Datenverarbeitung hat eine ganz andere Logik als sinnhafte Erlebnisverarbeitung und technische Medien funktionieren anders als soziale Medien. Das heißt aber auch, dass „verstehen" oder „soziale Nähe", eine Kommunikation, die „persönlich" wird, die „innere Werte" mitteilt, sich nicht für den digitalen Gebrauch eignet.

Das „Chatten" in Newsforen ist zumeist nicht mehr als belangloses Geschwätz. Die Kommunikationspartner sind „black-boxes", tritt jemals so etwas wie soziale Nähe auf, kann man sich gefahrlos ausklinken.[16] Auch unser Alltagsleben ist vor solchen Gefahren nicht gefeit. Wer nach einem anstrengenden Arbeitstag nach Hause kommt, schaltet den Fernseher ein, um abzuschalten. Kommuniziert hat man mit Arbeitskollegen, jetzt reicht die Kraft nur mehr fürs Zappen durch die Kanäle. Man bedient sich dabei aller verfügbaren Knöpfe, um nach Stunden erschöpft ins Bett zu fallen. Im Extremfall hat man an die 60 Stationen besucht, keine länger als zwei Minuten. – „Scheiß Fernsehen."*

„Wir sind wie Katzen", schreibt Jean Baudrillard, „von heimtü-

---

* Die Fernsehgemeinde, wie sie in Zeiten des öffentlich-rechtlichen Monopols selbstverständlich war, mit all ihrer Stabilität und Gläubigkeit, ist tot. Die neue Fernsehordnung legitimiert sich gerade dadurch, daß sie Wahlfreiheit und persönlichen Geschmack wichtiger nimmt als die Einheit der Zuschauerschaft, wichtiger auch als Imperative wie Grundversorgung und Kulturauftrag. Die Zukunft mit digitalem Fernsehen, fünfhundert Programmen und Bezahlfernsehen, dürfte diesem Prinzip bis zum Exzeß Rechnung tragen. BARBARA SICHTERMANN: Hundert Kanäle und kein Ende. In: „ZEITPunkte", 5/96, S. 26

ckischem Parasitentum und gleichgültiger Häuslichkeit. Warm im Sozialen eingebettet, haben sich unsere historischen Leidenschaften im Lichte einer künstlichen Intimität gekrümmt, und unsere halbgeschlossenen Augen erspähen nur mehr das friedliche Defilee der Fernsehbilder."[17] Man schließt sich dem Datenfluss der elektronischen Gemeinschaft an, der zum bestimmenden Faktor der neuen sozialen Existenz wird. Kein Stück Wissen, kein Stück Erkenntnis gar, von Wahrheit oder Weisheit ganz zu schweigen …*

Der große alte Mann der Informatik, Joseph Weizenbaum, hat diese so schwer fassbare Problematik in eine sehr eingängige Mini-Geschichte gebracht: Ein Vater führt seinen Zehnjährigen stolz in die Library of Congress. In der großen Lesehalle unter der Kuppel sagt er überwältigt: „Hier, Jonny, gibt es alle Antworten der Welt!" Nach einem erwartungsvollen Augenblick der Stille sagt Jonny: „Daddy, ask a question!"[18] Erst das Wissen, wozu man das Mittel braucht, macht uns zu seinem Herrn.

Wie groß die Informationsmenge ist, die im Internet liegt, ist nicht mehr abzuschätzen. Fest steht lediglich, dass sie in Trillionen Bytes gemessen werden muss – und sie wächst ständig weiter.** Im

---

* Offensichtlich ist: Ohne die Möglichkeit des Datenaustausches gibt es keine Kommunikation. Doch gilt auch umgekehrt die Einschränkung: Bei einer Datenüberschwemmung sinken die Möglichkeiten der Kommunikation, da keine Zeit mehr bleibt, die Daten entsprechend ihrer Relevanz zu gewichten und zu werten und ihnen die entsprechende Aufmerksamkeit zukommen zu lassen. Gerade in der Möglichkeit einer Informationsüberflutung liegt eine große Gefahr des Missbrauchs. Die auf unserer Erde in über drei Milliarden Jahren entstandenen vielfältigen Lebensformen zeichnen sich nicht durch eine Maximierung ihrer Kommunikationsmöglichkeiten mit ihrem Umfeld aus. Ihre Überlebensfähigkeit hängt vielmehr entscheidend davon ab, in welchem Maße es ihnen gelingt, die für ihr Überleben irrelevante Information erst gar nicht wahrzunehmen oder sie effizient zu unterdrücken. Es ist also nicht in erster Linie die Fülle der verschiedenen wahrnehmbaren Signale, die einen Lebenserfolg unterstützt, sondern mehr die präzise Deutung der für ein Überleben wesentlichen Signalkombinationen, gewissermaßen bestimmter Signalmuster. HANS-PETER DÜRR: Für eine zivile Gesellschaft, S. 227

** Im Jahre 2001 konnten in einer Sekunde mehr Daten über ein einziges Kabel übertragen werden als 1997 in einem Monat über das gesamte Internet. Die Kosten für die Übertragung einer Billion Datenbits von Boston nach Los Angeles sind von 150.000 Dollar im Jahre 1970 auf

Blick auf das Internet kann man mit Recht von einer Anarchie der Information sprechen. Es gibt keine Kontrollmöglichkeit mehr, aber das große Faszinosum, dass jede Information nur einen Mausklick entfernt ist. „Information at your fingertips" heißt das dann und der User vergisst all zu leicht und all zu schnell, dass diese Information kein Maß für den Wert einer Botschaft darstellt. Sinn und Unsinn liegen nahe beisammen, Wahrheit und Lüge, Bedeutendes und Unbedeutendes ebenso. Das heißt aber auch das Netz besitzt nicht nur ein großes Aufklärungs-, nämlich Wissensvermittlungspotential, sondern auch ein gewaltiges Täuschungspotential. Alles, was hier übermittelt wird, trägt den suggestiven Anspruch der Wahrheit vor sich her, bietet sich als Schatzkammer untrüglichen Wissens dar und ist allzu oft doch nur bloße Meinung, oder Trug und Schein.

„Welch Paradies für alle Gaukler, Halbgebildeten, Wissenshabenichtse und kleine Betrüger", konstatiert Jürgen Mittelstraß. „Virtualität als große Gleichmacherin von Wissen und Meinung, Tatsachen und Nicht-Tatsachen, Wahrheit und Betrug. Wir werden auf der Hut sein müssen. Tatsächlich falsch und virtuell falsch ist im Effekt dasselbe, tatsächlich falsch und virtuell wahr nicht."[19]

Daraus aber folgt etwas ganz Entscheidendes. Unsere größten Probleme resultieren nicht aus einem Mangel an Wissen, sondern an Orientierung. Die Sinnfragen des Lebens lassen sich nicht durch Datenfluten bewältigen. Nicht Anklicken und Abrufen, Surfen und Chatten, Networking und Web-Publishing sind die Wesensmerkmale von Lernen, Bildung und Wissenschaft, sondern Ordnung der Vorstellung, Orientierung, Beobachten, Urteilen, Entscheiden. Nicht Tausende von Dokumenten auf eine einfache Frage bringen mein Wissen weiter, sondern Vorwissen, wo ich selektierte Informationen über diese Frage finden kann.*

---

12 Cents im Jahr 2001 gesunken. 2001 hat es 2,5 Milliarden öffentlich zugänglicher Internet-Seiten gegeben, man schätzt, dass täglich 7,3 Millionen neue dazukommen. Wirklich weiß man es längst nicht mehr.

Bericht über die menschliche Entwicklung 2001, S. 40

* Es gibt keine Information, die nicht unter Umständen für irgend jemanden oder irgend etwas von Bedeutung sein könnte. Aber wenn das ein Kriterium für die Aufnahme in den Lehrplan wäre, wäre das Verzeichnis der Telefonteilnehmer vermutlich das wichtigste aller Lehrbücher.

Ernst H. Gombrich: Die Krise der Kulturgeschichte, S. 87

Wenn es allerdings stimmt – und wer bezweifelt das eigentlich –, dass die meisten User gar nicht wissen, was sie suchen sollen, und es erst wissen, wenn sie es sehen, dann wird auch deutlich, dass es dabei weniger um Wissenserwerb geht als ums Surfen, weniger um die Suche nach Information als um die Lust nach Kommunikation.

Wissen müsste man sich erarbeiten, den Informationen muss man glauben. Man vertraut demnach undurchschautem, fremdem Wissen; und so wird auch die angebliche Wissensgesellschaft zu einer Dienstleistungsgesellschaft, in der Wissenschafter als Wissensmanager Wissen anbieten und verkaufen.

Wissen online verschüttet somit die Vorstellung, dass Wissen zuerst einmal etwas ist, das entdeckt, erarbeitet und erworben werden muss, das, wie Mittelstraß sagt, unter anderen Bedingungen als denjenigen des umfassenden Ökonomismus entsteht. Wissen, so scheint es, kommt aus dem Computer, wie Licht aus der Steckdose. Wie das Wissen in den Computer kommt, wird ebenso uninteressant wie die Frage, wie der Strom aus der Steckdose kommt.[20]

All das heißt aber auch, dass der Weg von der Mediengesellschaft in die so sehr erhoffte Wissens- und Bildungsgesellschaft eigentlich ein ganz anderer ist; ein Weg zurück: der von der Information zur Bedeutung, von der Wahrnehmung zum Verstehen, von der Erkenntnis zum Urteil. Dazu allerdings bedarf es des gebildeten Bürgers – wir kommen um diesen Begriff auch in der Mediengesellschaft nicht herum. Von da her muss eine künftige Wissensgesellschaft zuerst und neuerlich über einen klaren Wissensbegriff verfügen, und ihn vom Informationsbegriff trennen. Verstand als Ausdruck eines Verfügungswissens und Vernunft als Ausdruck einer Orientierungskompetenz sind seine wesentlichsten Parameter.*

Das ist eine Vision. Die Realität ist eine andere. In der Datenflut der Multimediawelt hat sich, ähnlich wie beim Essen, eine Art Fast-Food des Wissens durchgesetzt. In der „Mc-Gesellschaft", wie sie Manfred Prisching nennt,[21] wird daher auch der Bildungsprozess

---

* Wissen kann nicht mehr als Repräsentation von Sachverhalten in Aussagen verstanden werden, sondern ist vielmehr eine Form der Partizipation an diesen Sachverhalten. Etwas wissen heißt so viel, wie einen Zugang zu diesem Etwas zu haben, sich in ihm orientieren zu können, mit ihm umgehen zu können und gegebenenfalls darüber Aussagen machen zu können.

GERNOT BÖHME: Bildung als Widerstand.
In: „Die Zeit", 16. September 1999

unter den Bedingungen des Marktes und der Marktbeschleunigung gesehen. Praxisnähe, Teamgeist, Betreuung und Dienstleistung sind seine Parameter. Als ob Bildungseinrichtungen (von der Volksschule bis zur Universität) Schraubenfabriken oder Supermärkte wären. Bildung als kritische Auseinandersetzung, als Suche nach Argumenten, als das Bemühen um selbstbestimmtes Urteil; Bildung durch Wissenschaft an den Universitäten, Menschenbildung durch Erziehung und Unterricht, Aufklärung durch Bildung, das alles scheint nicht mehr gefragt, sondern lediglich rasche Verwertbarkeit, Brauchbarkeit, Nützlichkeit. Zielorientiert muss sie sein die Bildung und anwendungsorientiert, erfolgsorientiert, maßgeschneidert und preiswert. Und natürlich unterhaltsam, das verlangt die Erlebnis- und Spaßgesellschaft, die nicht mehr nach Bildungs-, sondern nach Edutainment-Konzepten sucht. Wie das geht, zeigt uns das „event-marketing".

„Provokation mit großem Kontrast steht an erster Stelle, denn Harmonie ist nett, aber nicht produktiv ... auf Grund der geänderten Wertewelt muss etwas radikal Neues geschaffen werden, etwas Auffälliges, Begeisterndes, Überraschendes ... Der neue Gast ist ein Fanatiker, für den Bühnen geschaffen werden müssen ... Jugendlichkeit dient als neues Konzept ... wir leben in einem übergeschnappten Markt, auf dem vernünftige Events keinen Sinn mehr machen und keine Chance haben ... die Inszenierung steht somit an erster Stelle; die Welt ist langweilig, daher muss man das Besondere bieten ..."[22]

Es mag schon sein, dass das die Zukunft ist. Unberührt bleibt davon, dass es welche geben muss, die mit „common sense" für „common interest" argumentieren.*

---

* Die Verfügbarkeit des Wissens für jedermann, der sich teure Bücher leisten konnte, war durch die theoretisch unbegrenzte Verbreitbarkeit des Buches garantiert. Chancengleichheit hätte schon damals die Losung heißen können, mit der die Frühform einer bürgerlichen Leistungsgesellschaft ihre gar nicht egalitäre Bildungs-Evolution vorantrieb. Ein vehementer Schub an publizitär, also auf einem Markt verfügbaren Wissen wurde durch den Bildungsklassiker des 18. Jahrhunderts ausgelöst: Diderots und d'Alemberts Enzyklopädie, deren Edition 1751 begann und die in Jahrzehnten der Arbeit bis auf 28 Foliobände mit über 70.000 Artikeln wuchs. Nebenbei einer der ersten Bestseller der Wissensliteratur. Und ein Buchmarktprojekt von gleichermaßen editorisch respektablen wie verlegerisch profitablen Ausmaßen. Das Jahrhundert der Aufklärung hatte

„Es gehört zum Wesen jeder Aufklärung, dass sie ihre Einsichten nicht nach Belieben vergessen, sondern nur durch bessere Einsichten korrigieren kann" meint der Salzburger Rechtsphilosoph Michael Fischer. „Der Aufklärung gelingt es nur, durch radikalisierte Aufklärung ihre Fehler wettzumachen. Fatal ist dabei, dass man den Spiegel der Zeit nicht zertrümmern kann."[23] Aber – können wir in diesen Spiegel der Zeit nicht immer wieder hineinschauen? In anderem Zusammenhang spricht der Pädagoge Hartmut v. Hentig davon, wie wir uns Dingen nähern könnten, die uns fremd oder jedenfalls nicht wirklich vertraut sind. „Neugierig, erstaunt, erschrocken, vielleicht aber auch naiv und weise wie ein Kind, das nicht des Kaisers neue Kleider sieht, sondern nur einen nackten Mann …"[24]

Ein solcher Ansatz wäre einen Versuch wert.

endgültig mit einem Offenbarungsbegriff des Wissens aufgeräumt. Die Theologie als Erkenntniswächter und Wissensmonopolist musste seit der Reformation ein Rückzugsgefecht nach dem anderen organisieren. Erfahrungswissen, anthropozentrisch organisiert, wurde Stützpfeiler eines neuen Weltbildes. Jo Vulner: Info-Wahn, S. 90 f.

Der neue Kult der Oberfläche

Vor einer Kriegserklärung informiert der Präsident sein Volk über den Ernst der Lage. Danach bittet er um Entscheidungshilfe per Maus oder Fernbedienung. „Klicken Sie auf eins, wenn wir den Krieg erklären sollen. Auf zwei, wenn Sie dagegen sind. Und klicken Sie auf drei für die Ziele, die wir angreifen sollen.“[1]

Dieses Szenario, das Lawrence Grossmann, ehemaliger Präsident des Public-Broadcasting-Service, in seinem Buch „Die elektronische Republik“ beschreibt, mag irreal sein – vorerst. Aber muss es irreal bleiben?*

Haben sie schon nach dem „Sinn des Lebens“ gefragt und über eine „Karriere ohne Sinn“ oder – noch eingeschränkter – über „Geld und der Sinn des Lebens“ reflektiert? Haben sie vielleicht überlegt, was „Leibhafter Sinn“ wohl sein möge, und wenn sie's nicht wussten, folgerichtig etwas über den „Sinn der Schwermut“ gelesen?

Es handelt sich hier um Buchtitel. – Ebenso wie solche vom „Sinn der Geschichte“ und vom „Sinn des Todes“.[2] Folgerichtig hat Norbert Bolz ganz trendig über die „Sinngesellschaft“[3] publiziert und Jürgen August Alt über das Thema „Wenn Sinn knapp wird“[4]. – Und das ist schon typisch für unsere Zeit. Je weniger „Sinn“ vorhanden ist, desto mehr wird darüber geredet und geschrieben …

Nun wird man – vorerst mit Recht – nicht gerade von einem Journalisten erwarten, dass er über den „Menschen auf der Suche nach Sinn“ (übrigens auch ein Buchtitel) wesentliche Bemerkungen macht,** denn in einem liegt Norbert Bolz – zumindest vordergründig – schon richtig. „Die Suche nach dem verlorenen Sinn ist eigentlich eine Flucht aus der Komplexität. Nach dem Sinn zu

* Es ist natürlich möglich, dass ich übertreibe; ich hoffe ernstlich, dass es so ist. Denn wo keine Übertreibung, da ist kein Verständnis. Nur über Dinge, die einem nicht nahe gehen, hat man ein wirklich unparteiisches Urteil; dies ist der Grund, warum ein unparteiisches Urteil immer vollkommen wertlos ist. Oscar Wilde

** Jedermann kann einen dreibändigen Roman schreiben. Dazu bedarf es nur völliger Unkenntnis des Lebens und der Literatur. Oscar Wilde fragen, heißt die moderne Gesellschaft nicht zu wollen", oder noch viel radikaler: „Wer nach dem Sinn des Lebens fragt, ist krank."[5]

In der Tat ist es eben eine verdammt „unordentliche" Welt, in der wir leben. Wertepluralismus, virtuelle Realitäten, Globalisierung – das alles lässt sich nicht mehr überblicken oder gar durchschauen, geschweige denn verstehen. Verbissen, wie selten zuvor, suchen Zeitanalytiker, Kulturkritiker, Philosophen, Wirtschaftsdenker und Soziologen nach Leitgedanken für ein neues Weltbild. Doch das Ergebnis ist ein Durcheinander aus traditioneller Tugendlehre, überholter Rhetorik und neckischen Sprachspielen.[6] „Soviel Ende, war nie."[7]

In den fünfziger Jahren schien die Welt – aus heutiger Sicht – noch in Ordnung; zumindest, wenn man den Soziologen trauen darf. Da haben die Menschen auf die Frage, welche Ziele sie anstreben, klar und deutlich geantwortet:[8] ein glückliches Familienleben, ein Einfamilienhaus, das neue Auto, die gute Ausbildung für die Kinder und die Erhöhung des Lebensstandards. Heute hingegen ist es so, dass sich keiner wirklich mehr im Klaren sein kann, wann er das, was er sucht, gefunden hat und wie er anderen von seinem Erfolg verbindlich Nachricht geben kann. „Also geraten die Menschen immer nachdrücklicher in das Labyrinth der Selbstverunsicherung, Selbstbefragung und Selbstvergewisserung. Zugleich führt der unendliche Regreß der Fragen ‚Bin ich wirklich glücklich?', ‚Bin ich wirklich selbsterfüllt?', ‚Tue ich wirklich das, was ich tun will?', ‚Wer ist eigentlich Ich?' in immer neue Antwort-Moden. Besessen von dem Ziel der Selbsterfüllung, reißen sich viele Menschen selbst aus der Erde heraus, um nachzusehen, ob ihre eigenen Wurzeln auch wirklich gesund sind."[9]

Verstört sucht auch die Wissenschaft nach Fixpunkten, die zumindest als „Haltegriff" dienen können – mit geringem Erfolg.* „Spätkapitalismus", „Zweite Moderne", „Postmoderne", „Industriegesellschaft", „Dienstleistungsgesellschaft", „Arbeitsgesellschaft", „arbeitslose Gesellschaft", „Freizeitgesellschaft", „Informationsgesellschaft", „Wissensgesellschaft", „Bildungsgesellschaft", „Risikogesellschaft", „Erlebnisgesellschaft", „Beschleunigungsge-

* Wie ist es möglich, Informationen über die Welt und über die Gesellschaft als Informationen über die Realität zu akzeptieren, wenn man weiß, wie sie produziert werden? Niklas Luhmann: Die Realität der Massenmedien, S. 215

sellschaft", „Sinngesellschaft". Auf alle diese widersprüchlichen Nenner ist unsere Gesellschaft schon gebracht worden. Aber ob nur einer der richtige ist, ist unentscheidbar.

Mit Recht hat „Der Spiegel" die Situation der Intellektuellen als „Ratlos unterm Regenbogen" bezeichnet und vertraut schnoddrig gemeint: „Mit Formeln wie Individualisierung, Kontingenz, Diskontinuität, Pluralität oder Kontextualisierung umreißen öffentliche Vordenker, einst Intellektuelle genannt, die Lage. Im Klartext meinen sie stets: Verlässliche Gesamt-Wahrheiten fehlen. Ob Naturbewahrung, Wohlstand, Toleranz oder Solidarität: Jedes Ideal weckt prompt seinen Widerpart. Niemand hofft mehr, dass sich die ‚Großen Erzählungen' über Freiheit, Zweck und Bedeutung, die Jean François Lyotard einmal als Kennzeichen der neuen Utopien ausmachte, noch fortspinnen ließen … die neue Unübersichtlichkeit, vor über einem Jahrzehnt von Jürgen Habermas warnend erspürt, sie ist da – und vorerst alles, worauf sich die Ratlosen einigen können."[10]*

Also gibt es keinen Ausweg? Also gibt es keine Chance, diesem Dilemma zu entkommen? Es sei denn: wir akzeptieren das Chaos nicht als störend und unproduktiv – nicht als Gegenteil von Ordnung –, sondern als ihre Rückseite; ihren Schatten.[11] Schließlich leben wir in einer Welt, die schlechthin riskant ist und in der Weltoffenheit nur durch Risikobereitschaft zu erringen ist.[12]

Aber was helfen uns solche Befunde?

Es ist nur ein scheinbar gedanklicher Sprung, den man vollführt, wenn man festhält, dass sich unsere Welt eben auf keine Formel mehr bringen lässt und uns insgesamt überfordert. Fast überall und fast immer. Zumindest drei Befunde scheinen dafür angebracht:

Was wir über unsere Gesellschaft, ja über die Welt, in der wir leben, wissen, wissen wir durch die Massenmedien. Das gilt nicht nur für unsere Kenntnis der Gesellschaft und der Geschichte, sondern auch für unsere Kenntnis der Natur. Und es gilt natürlich nur für

---

* In einer solchen Welt muss uns auch beschäftigen, was die kleine fünfjährige Angelica und ihre je um ein Jahr älteren fünf Brüder in der Vier-Millionen-Papp-und-Stroh-Hütten-Vorstadt von Lima für eine Zukunft haben – ob sie mehr lernen, als ihre Finger und Rippen zu zählen und die Nationalhymne zu singen, und ob sie eine andere Alternative haben, als Drogendealer oder Drogenopfer zu werden. HARTMUT V. HENTIG: Der technischen Zivilisation gewachsen bleiben, S. 54

den überwiegenden Teil der Gesellschaft, einige einschlägige Wissenschafter und kritische Geister ausgeschlossen. Anders ausgedrückt: „Was wir über die Stratosphäre wissen, gleicht dem, was Platon über Atlantis weiß: ‚Man hat so davon gehört …' oder wie Horatio im Hamlet sagt: ‚So I have heard, and do in part believe it.'" Andererseits wissen wir alle so viel über die Massenmedien, dass wir diesen Quellen nicht grundsätzlich trauen. „Wir wehren uns mit einem Manipulationsverdacht, der allerdings niemals zu nennenswerten Konsequenzen führt, da das den Massenmedien entnommene Wissen, sich von selbst zu einem selbstverstärkenden Gefüge zusammenschließt … Medien produzieren Welt. Man versieht also sein Wissen mit den Vorzeichen des Bezweifelbaren und baut dennoch drauf auf …"[13]*

Realität in den Massenmedien und wie sie zustande kommt, ist darüber hinaus eine höchst spannende Frage. Nicht nur für Medienschaffende, nicht nur für Medienkonsumenten, sondern auch für die Medienwissenschaft. Spätestens seit Heinz v. Foerster, vor allem aber seit dem viel populäreren Paul Watzlawick ist die Frage ja relevant und in aller Munde: wie wirklich die Wirklichkeit nun tatsächlich ist.[14] Auf das Thema bezogen heißt das: Wie konstruieren Massenmedien Realität? Und: Wie verzerren Massenmedien die Realität durch die Art und Weise ihrer Darstellung?

Aber ist die Frage richtig gestellt? – Oder besser: Ist diese Frage vollständig? Mit großer Sicherheit „nein", weil eine solche Frage ja so etwas wie objektiv vorhandene, zugängliche, konstruktionsfrei erkennbare Realität voraussetzte. – „Wie wirklich ist die Wirklichkeit?" Nun mag es wohl sein, dass manche kritischen Köpfe glauben, dass sie die Realität besser erkennen, als sie in den auf Popularisierung verpflichteten Massenmedien dargestellt wird. Aber genau genommen kann auch das nur heißen, die eigene, die wissen-

---

* Die Wissenschaftler sind Computerkünstler avant la lettre, und das Ergebnis der Wissenschaft besteht nicht in irgendeiner „objektiven Erkenntnis", sondern in Modellen zum Behandeln des Komputierten. Wenn man erlernt, dass die Wissenschaft eine Art Kunst ist, dann hat man sie damit nicht entwürdigt, denn sie ist dadurch ganz im Gegenteil zu einem Paradigma für alle übrigen Künste geworden. Es wird deutlich, dass alle Kunstformen erst dann tatsächlich wirklich werden, also Wirklichkeiten herstellen, wenn sie eine Empirie abstreifen und die in der Wissenschaft erreichte theoretische Exaktheit erreichen.

Vilém Flusser: Medienkultur, S. 214

schaftliche Konstruktion von Realität mit einer anderen zu vergleichen, an einer anderen zu messen, mit einer anderen in Beziehung zu setzen. Das ist selbstverständlich legitim, vor allem in einer Welt, die die wissenschaftliche Beschreibung von dieser für authentische Realitätserkenntnis hält. Es wird schwieriger, wenn man daran nicht mehr so ganz und immer glaubt. Auch Wissenschafter tun es zunehmend weniger ...

Marshall McLuhan, der geniale Theoretiker der elektronischen Medien, hatte schon 1964 davon gesprochen, dass die neuen Medien uns „das Pfingstwunder weltweiter Verständigung und Einheit" bringen würden. Fortan könnten wir einander alle in der universellen Sprache der neuen Medien verstehen. Wir gewännen damit den Zustand vor dem Turmbau zu Babel zurück – also, wenn nicht gleich schon das Paradies, so doch vergleichsweise einen paradiesischen Zustand.[15]

Anderen Theoretikern geht das nicht weit genug: Ihab Hassan erhoffte sich 1975 von der elektronischen Kommunikations- und Medienwelt die Erfüllung des alten gnostischen Traums von einer universellen Kommunikation zwischen Mensch, Materie und Kosmos. Der neue paradiesische Zustand werde sogar vollkommener sein als der alte, denn in ihm werde alles Materielle in Geistiges überführt sein. „Wir Menschen werden am Ende nicht bloß zu ursprünglichen Menschen, sondern wir werden zu Engeln, zu reinen Geisteswesen geworden sein."[16]

Pierre Levy, Pariser Professor für Hypermedia, träumt nach seinem schon vor Jahren ausgerufenen „Tod des Subjekts" nunmehr von einer „Anthropologie des Cyberspace", wo dank „Kosmopädie" schlichtweg jedes Lesen, Schreiben sei. Er denkt darüber nach, wie „kollektive Intelligenz" via Datennetz „mit sich selbst kommuniziert und sich selbst denkt, indem sie ihre Beziehungen und Kontexte ständig mit sich teilt und verhandelt. Eine chipgestützte Menschenkunde ohne Menschen ..."[17]*

---

* Es war dann im 17. Jahrhundert die Philosophie des Descartes, die am prägnantesten den wegweisenden Entschluß des Menschen ausdrückte, sich das absolute Wissen und die Kraft des Allmächtigen anzueignen, um nach dem Verlust des mittelalterlichen Gotteskindschaftsverhältnisses ein neues Gleichgewicht zu finden. Nach Wegfall des göttlichen Schutzes wird das Selbstbewußtsein des individuellen Ich zum Garanten eines modernen Sicherheitsgefühls. In psychoanalytischer Betrachtungsweise kann man von einer narzißtischen Identifizierung sprechen. Die gran-

Und Franz Josef Radermacher argumentiert ganz ähnlich, nämlich, dass die „neuen Maschinen künftig mit Sensorik und Emotionalität ausgestattet sein würden", (denn) „mit diesen Maschinen kommen wir um den Menschen herum".[18]

Dies alles ist keine Vision der neuesten Technologien. Es ist der innerste Traum der neuzeitlichen Wissenschaft. Francis Bacon hatte zu deren Beginn davon gesprochen, dass die Arbeit des Geistes künftig „wie durch Maschinen zu bewerkstelligen"[19] sei, und Descartes glaubte, wir würden durch die neue Wissenschaft „ohne jede Mühe zum Genuß der Früchte der Erde und aller Annehmlichkeiten auf ihr" gelangen – bis hin zur Überwindung der herkömmlichen „conditio humana"[20]. Die Medizin beispielsweise werde nicht nur Heilmittel gegen verschiedene Krankheiten, sondern am Ende auch noch ein Remedium gegen den Tod finden. Die Menschen würden durch die neue Wissenschaft und ihre Techniken alles erkennen, alles richtigstellen, alles geistesgemäß einrichten können. Damals schon begann man davon zu träumen, dass es am Ende keine gebrechlichen Menschen, sondern nur mehr reine Intelligenzen geben werde.[21]*

Heute scheinen sich diese Hoffnungen durch die aus jener neuzeitlichen Wissenschaft in einer Art „Quantensprung" hervorgegangenen Medientechnologien zu erfüllen – oder sogar überzuerfüllen. Denn elektronisch erscheinen wir nicht nur engelsgleich, sondern sogar gottesgleich zu werden. Im elektronischen Medienverbund werden alle Realien der Geschichte und Gegenwart zugänglich und alle Formen von Kreativität interaktiv möglich.

Der elektronische Superhighway, den zuerst in den USA die Clinton-Administration propagiert hat, würde, so sagte man da-

---

diose Selbstgewißheit des Ich ist an die Stelle der Geborgenheit in der großen idealisierten Elternfigur getreten. Deren gewaltige Macht taucht nun als maßlose Überschätzung der eigenen Bedeutung und Möglichkeiten auf. Das individuelle Ich wird zum Abbild Gottes.

Horst Eberhard Richter: Der Gotteskomplex, S. 27

* Der lange Zeit als großartige Selbstbefreiung gepriesene Schritt des mittelalterlichen Menschen in die Neuzeit war im Grunde eine neurotische Flucht aus narzißtischer Ohnmacht in die Illusion narzißtischer Allmacht. Der psychische Hintergrund unserer so imposant scheinenden neueren Zivilisation ist nichts anderes als ein von tiefen unbewältigten Ängsten genährter infantiler Größenwahn.

Horst Eberhard Richter: Der Gotteskomplex, S. 29

mals, aus den passiven „Couch-Potatoes“, die sich bislang allenfalls noch bis zum Kühlschrank bewegten, hochaktive „Couch-Commanders“ machen, in einem unerschöpflichen Reservoir interaktiver Informations- und Unterhaltungsmöglichkeiten. Der ehemalige US-Vizepräsident und nachmalige Präsidentschaftskandidat Al Gore, ein unermüdlicher Apologet dieser Vision, hat offenbar untertrieben, wenn er den Datenhighway allzu prosaisch ein Instrument nennt, das die Demokratie fördert, Menschenleben rettet und neue Arbeitsplätze schafft. Er hätte schon damals von neuer Kreativität mittels Computergraphik und Computeranimation sprechen sollen, vom Morphing des Ehepartners oder der Echtzeitsimulation eines Koitus, von Bewusstseinserweiterung durch Multimedia oder vom Trend zur virtuellen Erfahrung auch im Geschmacks-, Geruchs- und Tastbereich. Denn auch hier, so versichert man, wird nach den ersten Anfangserfolgen das Universum den Möglichkeiten einer Allgegenwart künstlicher Welten und Paradiese folgen. Nach der alten Formel also, ein gottesartiger Zustand.[22]

Kurzum: „Der Traum Bacons und der Traum von Descartes, der Traum der Gnosis und der Traum der Neuzeit, der Traum der Politiker und der alte Menschheitstraum scheint sich derzeit und in absehbarer Zukunft in den künstlichen Paradiesen der elektronischen Medien zu erfüllen. Und wenn manches sich dabei anders einlöst als erwartet, so klage man nicht: Einlösungen erfolgen nie im Verhältnis 1:1. Und eventuelle Einlösungsdefizite werden durch unerwartete Einlösungsüberschüsse kompensiert“,[23] wie Wolfgang Welsch nicht unzynisch feststellt.

Genug der Zynismen? Genug der wissenschaftlichen Utopien, die real werden können oder sollen? Wie wirklich ist die Wirklichkeit wirklich?

Die Medienwelt ist im Umbruch. Diese Feststellung ist banal, aber das Zusammenwachsen von Telekommunikation, Informatik, Mikroelektronik, Computer-, Video- und Audiotechnologie ermöglicht ein neues technisches und kulturelles Szenario, in dem interaktives Fernsehen und Radio ganz neue und individuelle Zugänge zu Radio-, Film- und Fernseharchiven ermöglichen werden, zu Bilddokumentationen, Bibliotheken und Museen und laufend aktualisierten elektronischen Nachschlagewerken. Das wird ohne Zweifel Auswirkungen auf die Bildungslandschaft und die Wissensvermittlung haben.[24]

Es ist bezeichnenderweise nicht ein „Medienguru", sondern der sicherlich nicht sonderlicher Euphorie zugeneigte ehemalige Präsident der deutschen Forschungsgemeinschaft Wolfgang Frühwald, der in diesem Zusammenhang meint: „Wir werden in kurzer Zeit am interaktiven Fernsehen teilnehmen und das gute oder schlechte Ende unseres Lieblingsfilms bestimmen (gegen Bezahlung natürlich); wir werden Zugang zu Dutzenden ja Hunderten von Fernsehkanälen, zu Millionen digitalisierter (also über den Bildschirm abzurufender) Buchseiten und zu Milliarden von Zeitungsseiten aus aller Welt haben.* All das können wir künftig durch ein ‚Personal-Informations-Management-System' bewältigen, welches uns die Auswahl wichtiger Informationen nach unseren Wünschen garantiert. Die wachsende Bedeutung von Telearbeitsplätzen, die Freiheit und Selbständigkeit, die Menschen dadurch gewinnen können – aber auch die Veränderungen im Betriebssystem und im sozialen Netz, werden sie entsprechend diskutiert? Wir entdecken neue Formen der sozialen Teilhabe am politischen Leben: Telekonferenzen, Teleunterricht, Teleabstimmung – Telekommunikation in jeder Form … Einst kamen die Menschen zur Information und gingen zur Schule, zum Unterricht, zur Universität. In Zukunft wird die Information zu den Menschen kommen, wo immer sie auch sein mögen."[25]

Der kritische Einwand sei gestattet: Frühwalds Analyse – von einer fast rührend-naiven Technikgläubigkeit geleitet – ist bestenfalls halb richtig. Denn sie vermischt zwei Begriffe in unzulässiger Weise: den der Information und den des Wissens.**

---

* Leute an höherer Stelle, die mühelos in unser kollektives Ohr gelangen, betonen, wenn sie von der Datenautobahn sprechen, dass diese fünfhundert oder tausend Fernsehkanäle ermöglichen werde. Sind wir dann nicht zu der Frage verpflichtet, ob dies ein Problem ist, das die meisten von uns unbedingt rasch gelöst sehen wollen, dessen Lösung wir gar brauchen? Sind wir der Meinung, dass der Zugang zu vierzig oder fünfzig Programmen, die wir heutzutage haben, nicht genügt, nicht dafür ausreicht, um uns mit der nötigen Information und Unterhaltung zu versorgen? NEIL POSTMAN: Die zweite Aufklärung, S. 55

** Wissen ist nicht wie das Wasser in der Wasserleitung. Wissen ist nur, was man sich angeeignet hat. Die uns versprochene Kassette von der Größe einer Zigarettenschachtel, auf der das Wissen der gesamten Welt unterzubringen sei, werde ich mir, wenn sie im Laden zu haben ist, kaufen, um sie genussvoll in den nächsten Gully fallen zu lassen. Der Ge-

Mit dem Schlagwort „Informationsgesellschaft" garniert man eine Medienpolitik und Vorstellungen einer technologischen Zukunft, in der sich die gesellschaftlichen Prioritäten vornehmlich nach den Einfällen der Ingenieure richten sollen. Was dabei übersehen wird, ist die Opposition von Information und Wissen, der Umstand nämlich, dass sich die „Information" an die Stelle des Wissens zu setzen sucht und damit einer neuen Oberflächenexistenz das Wort redet. Es ist ein „neuer Kult der Oberfläche" eben.[26]

Während nämlich Wissen der Gegensatz von Nichtwissen ist, gilt dies von der Information nicht in allen Fällen. Das hat Jürgen Mittelstraß schon vor einigen Jahren festgehalten. Der rasant steigende, völlig uninteressante Datenmüll im Internet ist ein Beispiel dafür. Denn auch im Zeitalter von Internet und CD-ROM bleibt trotz elektronischer Suchmaschinen der letzte Schritt auf der Suche nach dem benötigten Wissen zeitaufwendige individuelle Kopfarbeit. Information fordert denn auch weniger Verarbeitungs- und Wissensbildungskapazität als Vertrauen. Vertrauen in fremdes, undurchschautes Wissen.[27] Wissen kann man sich nur als Wissender aneignen, Informationen muss man glauben. In dem Maße also, in dem die Abhängigkeiten gegenüber Informationen wachsen und das eigene selbst erworbene und selbst beherrschte Wissen abnimmt, wächst auch die Undurchsichtigkeit gegenüber denjenigen Verhältnissen, in denen man als Wissensproduzent und Wissensvermittler lebt.[28]*

Demgegenüber argumentiert Norbert Bolz, dass dies nur

---

nuss wird darin bestehen, dass ich in dem Augenblick beweise, dass die Welt nichts verliert, wenn dieser „materialisierte Geist" verschwindet. Hat sie nichts daran verloren, kann sie auch nichts daran gewonnen haben.

HARTMUT V. HENTIG:
Der technischen Zivilisation gewachsen bleiben, S. 179

* Was man früher einmal politische Kultur nannte, ist in der Trivialität des allumfassenden Parteienstaats untergegangen. Es ist zu einer exklusiven Komplizenschaft von Politikern und Journalisten gekommen, die andere wichtige Elemente der öffentlichen Diskussion unterdrückt. Diese Komplizenschaft befindet sich auf der gemeinsamen Flucht ins Nebensächliche, Oberflächliche, Gefällige. Die politischen Entscheidungsträger haben in diesem Prozess sowohl das Fundament der Tradition wie den Kontakt zur Gegenwart und das Gespür für die Zukunft verkommen lassen. Wir bewegen uns in missbräuchlicher Auslegung der so genannten Vierten Gewalt auf eine Mediendemokratie zu, der die „Checks and

stimmt, wenn man den Übergang von der Buchkultur zur neuen Medienwirklichkeit nicht sieht. Denn der Widerstand gegen die neuen Medien und ihre Theorie am Ende des 20. Jahrhunderts ist ähnlich stark, wie der Widerstand gegen die Psychoanalyse am Anfang dieses Jahrhunderts gewesen. „Humanisten empfinden heute die Wirklichkeit des Programms genauso als Bedrohung ihres Selbstbildes wie ihre Großväter die Wirklichkeit des Unbewussten. Die ignorante Wut, die Vertretern der künstlichen Intelligenz entgegenschlägt, ist nur mit dem Hass zu vergleichen, den Freuds Entdeckungen der Sexualität des Kindes provoziert hatte. ‚Media Literacy' ist also einfach ein neues Stück Bildung, das man sich einverleiben könnte; ihre Einübung hat alle kulturellen Vorurteile unserer Gesellschaft gegen sich."[29] Nun wird aber auch argumentiert, dass in der neuen Medienwelt Effekte wichtiger als Bedeutungen werden und schon von daher die „alten Bildungsstrategien" des Humanismus nicht mehr greifen. Denn „die Kids des Computerzeitalters beugen sich nicht mehr über Bücher, sondern sitzen vor Bildschirmen. Auch diese Kinder sind neugierig und forschen. Aber sie tasten nicht mehr Zeile für Zeile nach der Weisheit überlieferter Schriften. Statt dessen trainieren sie ihr Vermögen der Gestalterkennung. Dieser Abkehr von der humanistischen Bildung entspricht ein völlig verändertes Bild von der Welt. Man glaubt nicht mehr an Substanzen, sondern denkt in Funktionen. An die Stelle von Ursache-Wirkungs-Zusammenhängen treten Schleifenprogramme und Rekursikonen. Effekte werden wichtiger als Bedeutungen. Wir kehren zum Bild zurück."[30]

Aber auch das stimmt nur zum Teil. Nicht zuletzt deshalb, weil hierbei das gesprochene Wort, Mimik, Gestik und Intonation zur vernachlässigbaren Größe werden; ebenso wie die Erkenntnis, dass es neben Kognition auch Emotion gibt.* Und auch daher sind

---

balances", also die Korrektive fehlen. Die Sozialpflichtigkeit der Medien ist eine demokratische Lebensfrage.

ORF-Generalintendant Gerd Bacher
zur Eröffnung des 13. Salzburger Humanismusgesprächs 1986

* Mit dem Siegeszug der Elektronik stellte sich ein neues Anpassungsproblem, nämlich die einseitige Ausbildung rationaler Fähigkeiten im Umgang mit „intelligenten" Maschinen. Fromm sah in dieser Entwicklung, die auf Kosten von emotionalen Bedürfnissen und Kompetenzen geht, die Züchtung eines „kybernetischen Menschen". Die Lebensweise gewis-

Zweifel angebracht, ob durch eine der Prioritäten der österreichischen Schulverwaltung, alle Schulen ans Internet anzuschließen und per Intranet zu vernetzen – abgesehen von den Kosten –, wirklich das „Pfingstwunder“ der Kommunikation eintreten wird. Denn dann wäre uns ja, dank dicker Datenleitungen, Tom in Washington genauso nahe wie Wolfgang aus der Nachbarklasse und Jessica aus Haifa. – Na und ...?*

Es könnte allerdings genauso gut sein, dass die populären Metaphern von den „virtuellen Nachbarschaften“ und dem „globalen Dorf“ möglicherweise einstens zu den dümmsten Schlagwörtern des letzten Jahrzehnts des 20. Jahrhunderts gehören werden. Denn was haben die Menschen einer künstlichen Gemeinde miteinander zu tun, die zunehmend größer wird, Hunderte Subkulturen umfasst und die ganze Welt umspannt?[31]**

Also ist das Internet weniger „Pfingstwunder“ als Geschwätz

---

ser Spitzenmanager scheint sich dieser Prophezeiung anzunähern, wenn ein Top-Banker das Anforderungsprofil an einen tüchtigen Derivat-Händler unter anderem damit beschreibt, dass er bereit sein müsse, ein Drittel seiner Zeit im Flugzeug zu verbringen und 24 Stunden am Tag und 365 Tage im Jahr zur Verfügung zu stehen, notfalls auch unter Absage seines eigenen Hochzeitstermins. CAROLA MEIER-SEETHALER: Gefühl und Urteilskraft, S. 267 f.

* Die Berichte über weltweit vernetzte Schulklassen häufen sich. Da reden bayerische Schüler mit New Yorker Kids über Verhütung, Gewalt, Toleranz, lernen spielerisch den Umgang mit High-Tech, Fremdsprachen und einer ganz anderen kulturellen Umwelt. Vordergründig lobenswert und förderungswürdig. Obwohl hier die grundsätzlichere Frage noch gar nicht gestellt ist, was intellektuelle Vermittlung bedeutet und ob diese überhaupt durch elektronische Medien leistbar ist. Fraglich ist, ob hier nicht ein High-Tech-Exotismus kultiviert wird, der den transkontinentalen Chat als so geil wie eine Disneyland-Tour zu verkaufen sucht. Wenn jeder Schüler auch noch seine eigene Homepage hat, die er für sein privates Fenster in die Welt hält, wird die Marketingdummheit an Kids weitergegeben, von der sich die Industrie gerade distanziert. JO VULNER: Info-Wahn, S. 106

** Und so kann man schon heute Wetten darauf annehmen, dass morgen der Internet-Anschluss in jedem Klassenzimmer genauso langweilen wird wie gestern der marxistisch inspirierte Gemeinschaftskundelehrer, während die Schlangen vor den katholischen Privatgymnasien lang sind, wie eh und je. JAN ROSS: Ein neuer Glaube. In: „Die Zeit“, 15. Juli 1999 und wir kommen damit sicher keiner Wahrheit näher; nicht einmal der Information. Aber vielleicht ist gerade das auch die Botschaft der neuen interaktivren Medien. Man kommuniziert Kommunizieren.

Das wird von den Apologeten der neuen Medien durchaus auch so gesehen – und insofern sind Fax, Notebook und Handy, so wird dann behauptet, keine Werkzeuge zur Erleichterung der Kommunikation, sondern „libidinös besetzte Wunschmaschinen."

Wer keine E-Mail-Adresse hat, blamiert sich, wer nicht im Internet surft, muss mit einem gewissen mitleidigen Lächeln rechnen, wer nicht mobil erreichbar ist, ist überhaupt hoffnungslos „out". Das ist der „Anschlusszwang" der neuen Medientechnologien. Wer nicht Teilnehmer ist, ist Außenseiter.[32]

Allerdings: Ehe man mich jetzt des unerträglichen Kulturpessimismus zeiht und der medientechnologischen Feindlichkeit, will ich gerne festhalten: natürlich besitze auch ich eine E-Mail-Adresse, natürlich benütze ich Inter- und Intranet, natürlich wurde dieser Text auf dem PC geschrieben und bearbeitet und selbstverständlich bin ich mobil erreichbar. Ich meine nur, dass diese Nutzung höchst individueller und aufwendiger „Kopfarbeit" bedarf und eines zunehmend elaborierten Könnens. Die neuen Medien sind eben kein Spielzeug, sondern sehr wohl Handwerkszeug, dessen Gebrauch weniger „Spaß" als Notwendigkeit für Arbeit und Beruf ist. Das ist der Unterschied. „Libidinös besetzt" ist da gar nichts.

Von da her kritisiere ich Norbert Bolz, wenn er sagt: „Seit Computer die Macht übernommen haben, d. h. unsere kulturellen Standards prägen, hat die Altklugheit des kritischen Bewusstseins ausgespielt. Vielleicht wird man rückblickend feststellen, dass sich mit dem Advent des Personalcomputers unsere Kultur radikal verjüngt hat. Denn Computer sind die Zaubertore zur Kindlichkeit. Man versteht sie in ihrer Bedeutung als neues Leitmedium nur, wenn man sie nicht als Werkzeug, sondern als Spielzeug ansieht."[33] Das ist eine durchaus „griffige" Aussage, sie ist dennoch gefährlich falsch. Was ist das Internet für ein „Spielzeug", das auch zur Gewalt und Destruktivität aufruft, in dem die anonyme Anleitung zum Terror vorhanden ist, das in hohem Maße Irrationalismen wie den ganzen New Age und Esoterik-Schmus wahllos befördert? Was ist das für ein Spielzeug, das virtuellen Sex in seinen schamlosesten und beklemmendsten Varianten anbietet und wesentlich zu einer geistig-moralischen Deregulierung beiträgt?[34] Das alles nur als „lästige Kinderkrankheit" einer neuen Technologie zu sehen, ist fahrlässig.[35]

„Ich verbringe täglich mehrere Stunden im Internet. Ich diskutiere in Newsforen, und sende E-Mails an Dutzende Menschen weltweit. Manchmal habe ich den Eindruck, als kenne ich mehr Leute in den USA und in Indien als in dem Haus, in dem ich wohne."[36] Was hier beschrieben wird, hat der New Yorker Psychiater Ivan Goldberg als den Beginn des IAD-Syndroms beschrieben. „Internet-Addiction-Disorder". Und wie bei jeder Sucht, wächst der Zwang des Süchtigen ständig, sich mit dem Objekt seiner Begierden auseinander zu setzen. Er sucht ständig nach neuen Sites und Adressen im World Wide Web, und je größer das Verlangen wird, desto mehr steigt die Angst, nicht ins Netz zu können. Mögliche und unmögliche Szenarien werden evaluiert, weshalb der Internet-Zugang verhindert werden könnte. Stromausfall, Providerprobleme, sogar die Furcht, der Computer könnte gestohlen oder die Browser-Software von einem unbekannten Virus gefressen worden sein.[37]

Die Sucht wird zur Krankheit und ist erklärbar aus der Erkenntnis von Paul Watzlawick, wonach jede Botschaft eine Sach- und eine Gefühlsebene hat. Beziehungsgestörte Menschen streben danach, die Gefühlsebene in der Kommunikation auszuschalten. Und hier rächt sich nun die Missachtung der emotionalen Dimension in den neuen Medien am handgreiflichsten. „Die menschliche Psyche ist eben nicht nur ein Datenspeicher, in dem man unbegrenzte Mengen jeglicher Information füllen kann. Sie hat ihre Grenzen in der Verarbeitungskapazität, die sich sowohl an der Quantität als auch an der Qualität des Dargebotenen bemisst. Das Gefühl als die Auswahlinstanz dafür, was der eigenen Lebensqualität zuträglich ist, und das Mitgefühl, das auf die Lebensbedürfnisse anderer reflektiert, braucht inneren Raum und Zeit zur Verarbeitung."[38]

So fällt es zunehmend schwerer, das Gerede von den neuen Medien und ihren Effekten auszuhalten.*

---

* Schüler sollen auch Demokratie trainieren und mit Parlamentariern übers Internet chatten. Oder High-Tech-Animation durch Online-Talks mit wissenschaftlichen Koryphäen verpasst bekommen. Das gibt es in der Tat: als sauber präparierte Vorzeigeaktion für die Medien. Wobei auch hier Peinlichkeiten und leer drehende Banalitäten nicht zu vermeiden sind. Nach der Show kommt aber der Alltag. Und dann werden sich we-

Es tönt von den Kathedern und von den Straßenecken, aus Redaktionen und Kanzleien, von den Stamm- und den Schreibtischen. Die Elemente des Diskurses sind leicht verfügbar. Je nach sozialer und intellektueller Herkunft variieren Zugänge, Niveau und Tendenzen. In einem einzigen lang andauernden Schub werden alle Lebensbereiche auf ihre Datenförmigkeit und -tauglichkeit und entsprechende digitale Operationalisierbarkeit durchgemustert. Von der Volksschule bis zur Universität, von der endoskopischen Chirurgie bis zum globalen Marketing, von der Geschichtsschreibung bis zur Umwelttechnik. Die graphischen Oberflächen, in denen die Datenprozesse visualisiert werden, verdichten sich zur Ornament-Tape der kognitiven Behausungen.[39] Der neue Kult der Oberfläche ...

So ist es auch zunehmend eine „reiselustige, internationale Gilde modischer Mundwerksburschen",[40] die den Humanismus durch Medienwirklichkeit,[41] Bildung durch Ausbildung und Lernen durch Training ersetzen will – die permanent von der Informations- und Kommunikationsgesellschaft faselt, von Cyberspace und virtuellen Welten ... aber dennoch anerkennen muss, dass diese neuen Medien seltsam stumm bleiben gegenüber der Endlichkeit, Fehlbarkeit und Kreatürlichkeit des Menschen.[42]

Oder anders: „Wenn man den sozialen Aspekt der Menschheit und des Menschseins ignoriert, entwirft man eine Welt für eine Spezies Mensch, die es nicht gibt."[43] – Aber vielleicht ist gerade das das Ziel? Andererseits sind es gerade neuere Veröffentlichungen von Zukunftsdenkern, die ihre Hoffnung auf eine neue Form der Sozialkultur ausrichten. So widmet Ernst Ulrich v. Weizsäcker den letzten Abschnitt seines Buches „Faktor Vier" dem so genannten „informellen Sektor", zu dem er alle Formen von nicht gewinnorientierter Arbeit rechnet, seien es Produktionsgenossenschaften oder Nischen, die der offizielle Markt immer weniger abdeckt, sei es Freiwilligenarbeit im Sozial- und Umweltbereich.[44] Diese Beschwörung des dritten Sektors macht allerdings nur dann Sinn, wenn damit nicht einfach an die traditionell unbezahlten oder unterbezahlten Tätigkeiten oder an neu entstehende, schlecht bezahlte Jobs gedacht wird. Eine neue Dienstbotengesellschaft kann die Lösung nicht sein, in der das gut verdienende obere Drittel oder

---

der Politiker noch Wissenschaftler als gleichermaßen Vielbeschäftigte mit Schülerklatsch voll packen lassen. Jo Vulner: Info-Wahn, S. 106

Viertel im gewinnbringenden Markt die „informellen" Arbeiten an das untere Drittel abschiebt.[45] „Ein Markt, der nur von den Bedürfnissen des Geldes ausgeht, und nicht von den Bedürfnissen der Menschen, wird auf die Dauer nicht funktionieren."[46]

Unter diesem Blickwinkel einer sozialen Wertediskussion bleibt allerdings nicht mehr viel übrig von der zisch-frischen neuen Medienwelt, die angeblich eine neue Lerngesellschaft ermöglichen wird; denn nichts geht ohne Bildung. Und diese Bildung ist dann auch weiterhin mehr als „der Erwerb der Kulturtechniken Lesen, Schreiben, Rechnen, Informatik und Englisch".[47] Dabei kann es nicht darum gehen, das notwendige Wissen und Können, die Welt der Kulturgüter also, gegen die sich autonom entwickelnde Person und die neuen Medienwelten auszuspielen. Enzyklopädisches kontra Kreatives, kontra Technologisches – sondern darum, das alles sinnvoll zu verbinden. „Den Menschen zu stärken und die Sachen zu klären."

Oder radikaler: Wenn wir Bildung beanspruchen, dann brauchen wir keine „neuen Werte", weil die „alten", wie sie etwa der große alte Mann einer liberalen Pädagogik, Hartmut v. Hentig, formuliert hat, absolut gültig sind. Sie heißen: „Abwehr von Unmenschlichkeit – Wahrnehmung von Glück – die Fähigkeit und der Wille, sich zu verständigen – Bewußtsein von der Geschichtlichkeit der eigenen Existenz – Wachheit für letzte Fragen – Bereitschaft zur Selbstverantwortung und Verantwortung für die res publica."[48]

Hoffnungslos veraltet und altmodisch? – Nun vor allem sind diese Werte nicht modisch und neuen Trends entsprechend. Vielleicht aber bieten sie so etwas wie die vorhin angesprochenen „Haltegriffe", die uns auf dem schwankenden Boden des Zeitgeists, der Meinungen und vorschnellen Urteile, Standfestigkeit verleihen.*

---

* Wenn man Lernen auf bloßen Spaß reduziert, verlieren die beiden wichtigsten Dinge, die wir im Leben tun können – lernen und lehren –, ihren Wert. Der Weg und das Ziel stehen auf dem Spiel: Eifrige Lehrer versuchen sich als Entertainer, Schüler erwarten ein Lernen ohne Arbeit, das Studieren wird zum Computerspiel, und im Zweifelsfall greift man auf die elektronische Gedächtnisstütze zurück.

Clifford Stoll: Log out, S. 28

Totale Information? Zu viele Fragen, zu wenige Antworten

Seit über zehn Jahren produzieren Wissenschafter am laufenden Band Bücher, die ein globales Gehirn, welches durch Computernetzwerke zusammengehalten wird, zum Thema haben. Das Internet, das World Wide Web und seine Nachfolger lassen es ja bereits heute zu, dass ein Neuromediziner aus Wien seine Gedanken augenblicklich mit einem Algorithmenjoungleur in Silicon Valley und einem Biochemiker in Japan austauscht. Aber die daraus abzuleitenden Visionen einer Meta-Intelligenz stehen erst am Beginn einer sich möglicherweise abzeichnenden menschlichen Transformation.

1980 bestand das weltweite Fernmeldenetz aus 440 Millionen Telefonen und annähernd einer Million Fernschreibern. Doch so verzweigt dieses Netz auch erscheinen mochte, gegenüber den Kommunikationsterminals im Gehirn, den Milliarden Neuronen, von denen jede einzelne etwa 1000 Verbindungen zu anderen Neuronen hat, war das winzig klein. John McNulty, eine britische Computerautorität, hat in den 80er Jahren nachgewiesen, dass das globale Telekommunikationsnetz 1915 nicht komplexer war als ein Gehirngebiet von Erbsengröße, und er hat prophezeit, dass bald nach dem Jahr 2000 das globale Telekommunikationsnetz dem Gehirn an Komplexität gleichkommen würde.[1] Nun wissen wir heute, dass „bald nach dem Jahr 2000" dieser Zustand mit Sicherheit nicht erreicht ist, es bleibt aber eine realistische Vision, die davon ausgeht, dass in der virtuellen Welt[2] alle Informations- und Wissensnetze zusammengenommen eine Art globales Hirn bilden. Keine Region der Welt ist für dieses zentrale Schaltorgan unerreichbar. Die internationale Kooperation in virtuellen Labors, virtuellen Thinktanks oder virtuellen Task Forces kann auf ein „Nervensystem", ein rechnergestütztes Steuerorgan zurückgreifen, das für alle Nutzer einen neuen Bewusstseinsstand mit sich bringt, der „Mind-State-Innovation" genannt wird.* Diesen besonderen Bewusst-

* Innerhalb des nächsten Jahrhunderts werden die Maschinen so komplex sein wie wir und wir werden stolz sein, wenn sie sich als unsere Abkömm-

seinszustand werden die Nutzer dieses virtuellen Welthirns einnehmen, und er wird sich von Wachen, Schlafen, Träumen, den drei Hauptzuständen, die Menschen bisher kennen, wesentlich unterscheiden.[3]

Was hierbei gedacht wird, ist in der Tat revolutionär. Es ist ein neues Verständnis der Technik als zweckgebundene Vergegenständlichung sozialer, neuronaler und psychologischer Rahmenbedingungen menschlicher Existenz. Technik, so gesehen, ist als Materialisierung emotionaler, kognitiver und sozialer Strukturen des menschlichen Geistes und der menschlichen Gesellschaft zu verstehen. Die Grenzen zwischen Geist und Maschine fallen und das Gehirn wird als Maschine begriffen, mit einer gewaltigen Zahl von Einzelteilen, die in perfekter Übereinstimmung mit den Gesetzen der Physik funktionieren. Die schwerwiegenden Probleme der Zukunft bestehen nach dieser Überzeugung dann auch nicht darin, über die „philosophische" Frage nachzudenken, ob Gehirne Maschinen sind, sondern darin, unsere zu geringe Kenntnis mit Maschinen derartiger Komplexität entsprechend zu erweitern.[4] Man kann diese Überlegungen an einem fast schon klassischen Beispiel festmachen und mit der Frage koppeln: Sind Computer intelligent?*

---

linge ausgeben. Das Ausmaß der schon gegenwärtigen Komplexität der Maschinen kommt in dem Wort „benutzerfreundlich" zum Ausdruck. Da die Maschinen schon komplexer zu bedienen sind, als unser einfacher Verstand es lieb hat, wird darauf Wert gelegt, die Maschinen benutzerfreundlich zu gestalten, d. h. in ihrer Komplexität herabzusetzen. In einer Spirale des Wettbewerbs von Billionen von Jahren haben sich nun unsere Gene ausgetrickst und eine neue Wunderwaffe erzeugt, die intelligente Maschine. Die „Kinder unseres Geistes" werden sich eines Tages von uns befreien und ihr eigenes Leben beginnen. Der intelligente Roboter als Höhepunkt dieser Entwicklung wird sich selbst konstruieren und verbessern können, ohne uns, und ohne die Gene, die uns gebaut haben. Die DNA wird im evolutionären Wettbewerb verloren haben.

PETER WEIBEL: Virtuelle Welten: Des Kaisers neue Körper, S. 15 f.

* Wir wollen ja Maschinen deswegen, weil sie verlässlicher, länger, stärker genauer arbeiten als Menschen.
Die Maschinen perfektionieren die menschliche Eigenschaften so weit, dass sie den Menschen bzw. Teile der Tätigkeit des Menschen ersetzen können. Aber gerade wegen dieser Perfektion der Maschinen, ursprünglich erwachsen aus der Simulation des Menschen, die ihn aber schließlich

Es ist bereits Legende, dass Anfang Mai 1997 erstmals eine Maschine, der IBM-Computer „Deep Blue", den amtierenden Schachweltmeister Garri Kasparow mit 2,5 zu 3,5 Punkten in einigen Aufsehen erregenden Partien geschlagen hat. In einer Disziplin, so glaubte man bisher, wie geschaffen für die Überlegenheit des menschlichen Denkvermögens und Verstandes.

Ist also „Deep Blue" intelligent? Nun, mit Sicherheit nicht. Er ist sogar ein ziemlicher Trottel, ein elaborierter „Kalendertrottel", wie das umgangssprachlich Psychologen bezeichnen würden. Sie bezeichnen als „Kalendertrottel" Menschen, die auf bestimmten Teilgebieten erstaunliche Leistungen erbringen. Sie können uns auf Zuruf sagen, auf welchen Wochentag der 12. April 1897 fiel, sie können das Kursbuch der ÖBB auswendig, sie wissen, mit welchem Namen das Wiener Telefonbuch auf Seite 74 beginnt und auf Seite 254 endet etc. etc. Lauter unnötiges Wissen, lediglich geeignet für irgendwelche Quizveranstaltungen ...*

„Deep Blue" hat auch eine ganze Menge gespeichert. Durchaus Sinnvolleres. Ganze Schachbibliotheken zum Beispiel; und er ist schnell, unvorstellbar schnell. Er rechnet ganz konsequent jede folgende Zugmöglichkeit in Vor- und Nachteile um, gibt in jeder Sekunde für eine Unzahl möglicher Positionen vorausschauend eine

---

übertrifft, kommt es so weit, dass die Dinge sich umdrehen und der Mensch die Maschine selbst simuliert. Die Dinge werden durch ihre perfekte Simulation und Anthropomorphisierung selbständig. Selbsttätig, autonom. Wie die Waren sich verhalten, als hätten sie ein eigenes Leben, als wäre ihnen Leben eingehaucht, so benehmen sich Maschinen wie Golems, als hätten sie einen eigenen Geist und Willen. Wegen dieser neuen Souveränität treten die Maschinen in ein neues Verhältnis zum Menschen, ihrem Produzenten, und die Menschen zu den Maschinen, zu deren Sklaven sie gelegentlich werden.

PETER WEIBEL:
Virtuelle Welten: Des Kaisers neue Körper, S. 10 f.

* Ich definiere Wissen als organisierte Information – als die im eigenen Kontext eingebettete Information, die einen Zweck hat und die einen dazu bringt, sich weitere Informationen zu beschaffen, um etwas zu verstehen. Ohne organisierte Information mögen wir zwar etwas von der Welt wissen, aber sehr wenig über sie. Wer über Wissen verfügt, weiß, wie er Informationen einzuschätzen hat, weiß, wie er sie in eine Beziehung zu seinem eigenen Leben bringt, und vor allem weiß er, wenn Informationen irrelevant sind.

NEIL POSTMAN:
Die zweite Aufklärung, S. 118

Wertung ab und sieht bis zu sechs Züge voraus. Selbst Strategien, die gewisse Stellungen gezielt weiter voraus berechnen und weniger aussichtsreiche bereits früh verwerfen, basieren auf Bewertungen, die von Programmierern „aus Erfahrung" den Stellungen zugeordnet werden.

Der Computer tut also nichts anderes, als mit großer Rechenleistung und unvorstellbarer Geschwindigkeit so weit wie möglich in die Zukunft zu schauen und festzustellen, welche Züge, gemäß dieser Bewertung, langfristig die besten Aussichten auf Gewinn bieten.[5]

„Deep Blue" ist also nicht intelligent, wenn man als intelligent nur solche Systeme bezeichnet, die Fragen nach der Intelligenz überhaupt stellen können. Und „Deep Blue" hat natürlich auch kein Bewusstsein, ein Merkmal von Nervensystemen, das wir nur beim Menschen und einigen Tieren antreffen. Er hat und verarbeitet Information, doch diese Information ist nicht im Computer an sich. Die Übergänge von einem elektrischen Zustand zu anderen, die im Computer stattfinden, sind Symbolmanipulationen, dazu da, dass Programmierer oder Benutzer sie entsprechend interpretieren. Und das ist der Grund, warum man Bewusstsein nicht als Informationsverarbeitung analysieren kann. Bewusstsein ist der Biologie von Nervensystemen intrinsisch, Informationsverarbeitung ist beobachterrelativ.

„Deep Blue" ist also schnell, er hat Informationen in einer größeren Fülle gespeichert, als das menschliche Gehirn in der Lage ist zu speichern, und er kann diese Informationen in höherem Maße miteinander verknüpfen.

Er ist ein supergeschickter Informationsjongleur. Von ihm besiegt zu werden, mag zwar für Kasparow schmerzlich gewesen sein, für die Menschheit ist es aber ungefähr ähnlich schmachvoll, wie wenn ein Fisch schneller schwimmt oder ein Auto sich schneller bewegt als ein Mensch.[6]

Informationsverarbeitung, und sei sie auf höchstem Niveau, ist keine bedeutungserkennende Beurteilung, meint Hubert Markl, Präsident der deutschen Max-Planck-Gesellschaft, aber sie kann zu ihr führen, so wie ein Telefonbuch oder eine Logarithmentafel dazu verhelfen können, Probleme zu lösen. Telefonbuch oder Logarithmentafel sind konzentrierte Information, die Bibel, Goethes Faust oder ein Lehrbuch der theoretischen Physik: das ist begründetes Wissen. „Deep Blue" ist weit davon entfernt.[7]

Der nächste Schritt wäre nun, dass man intelligente Maschinen durch entsprechende Programmierung dazu bringt, dass sie in der weit entwickelten Sprache der mathematischen Logik „Denkoperationen" vollziehen.[8] Demgegenüber vertreten eine Reihe von Forschern den Standpunkt, dass die Computer, welche die Arbeitsweise des menschlichen Gehirns nachzuahmen versuchen, das nicht auf der Basis mathematischer Logik tun können. „Fakten" und „Wahrheit" seien nur in der Mathematik zu gebrauchen, das aber sei eben ein künstliches System; die mathematische Logik könne als brauchbares Schema für die Beschreibung von Ursache-Wirkungs-Zusammenhängen des menschlichen Denkens nicht dienen. Neueste evolutionsbiologische Untersuchungen problematisieren aber auch diesen Forschungszweig der „Künstlichen Intelligenz" ganz generell.*

Ungeachtet dieser technischen und begrifflichen Schwierigkeiten wächst aber das Lager derjenigen, die den Standpunkt vertreten, die Entwicklung künstlicher Intelligenz sei lediglich eine Zeitfrage.[9] Denn was wäre die Alternative? Die Alternative wäre, zu behaupten, es gäbe einen Bereich der Natur, der für die wissenschaftliche Erkenntnis unzugänglich bleibt ... Nichts in der Geschichte der Naturwissenschaften bisher berechtigt zu dieser Hypothese. Man mag eine solche Entwicklung sympathisch finden oder nicht ...

Was aber nun hat das alles mit globaler Information, Informationsverarbeitung, ihrer Folgewirkung für die Wissensgesellschaft und der Konsequenzen für intelligente Unternehmen zu tun?

Das Zauberwort heißt Informationsgesellschaft: Und diese Informationsgesellschaft vollzieht sich von selbst – die Frage ist nur, ob auch in unseren Köpfen oder über unsere Köpfe hinweg, meint der deutsche Medienwissenschafter Norbert Bolz.[10]

Es geht heute nicht mehr darum, die „neuen Medien" nicht zu

---

* In der Mitte (des 20.) Jahrhunderts hat die Menschheit die Macht erreicht, das Leben auf der Erde auszulöschen. In der Mitte des nächsten (21.) Jahrhunderts wird sie fähig sein, Leben zu erschaffen (CH. G. Langton). Diese gegenseitige Manipulation und Kreation von Genotyp und Phänotyp beschreibt genau die von mir vorgeschlagene Sicht der gegenseitigen Simulation von Mensch und Maschine als natürliches Ergebnis der Evolution. Diese Perspektive verschärft das ... angeschlagene Problem der parasitären Symbiose des Menschen durch die Maschine.

PETER WEIBEL: Virtuelle Welten: Des Kaisers neue Körper, S. 15

wollen. Aus der Medienevolution auszusteigen ist keine realistische Option, sondern nur eine solche, zunehmend älter werdender illusionärer Träumer, die wortgewaltig und durchaus beeindruckend vorgetragen wird.

Aber das Gespenst der Technokratie lässt sich nicht durch Medienaskese bannen, sondern nur durch Medienkompetenz.

Dass in diesem Zusammenhang die Informationsgesellschaft als positive und negative Sozialutopie behandelt wird – gleicherweise mit großer Berechtigung –, wird noch zu zeigen sein. Faktum ist, dass wir heute mit einem transnationalen Datenfluss konfrontiert sind, der genauso grenzenlos und unkontrollierbar ist wie der Geldfluss. „Auch Informationen sind inzwischen vaterlandslose Gesellen" (Bolz).

Die positive Sozialutopie[11] besagt nun, dass der Begriff „Informationsgesellschaft" zur Metapher für den kulturellen und gesellschaftlichen Wandel wird, der vor allem durch die digitale Kommunikationstechnologien bedingt wird.

"The future growth in communications lies not in people talking to people, but in machines talking machines, in behalf of their human owners." Die solcherart globalisierte Kommunikation lässt Distanzen in jeder Hinsicht schwinden, das „digitale Sein" bzw. die „virtuelle Gemeinschaft" wird als Zukunft gesellschaftlicher Existenz interpretiert. Die Möglichkeiten der Unterhaltung, der Erwerbsarbeit und der Gestaltung der Lebenswelt werden – nach diesen Prophezeiungen – durch Telelearning, Teleworking, Teleshopping etc. exponentiell steigen. Der Fernseher wird in Verbindung mit dem „persönlichen digitalen Assistenten" zur „Schnittstelle zur Welt" und kann gleichzeitig Kunstgalerie und Hochschule, Einkaufszentrum und Spielsalon, Arbeitsplatz und Kinocenter sein. Die „Ortlosigkeit", die durch solche Techniken möglich ist, bedingt eine Aufhebung der Trennung unterschiedlicher Lebensbereiche. Das „everytime, everyplace Office" tendiert dazu, die Trennung von Lebens- und Arbeitswelt, von Freizeit und Berufskommunikation aufzuheben und eröffnet neue Erwerbschancen für breite Kreise der Bevölkerung.* Dadurch können Standortnachtei-

* Je mehr Büroarbeit automatisiert wird und je mehr Menschen arbeitslos werden, desto mehr werden diese Entlassenen selbständig arbeiten. Die Folge wird sein, daß Firmen immer mehr Aufträge außer Haus vergeben und statt Angestellten Subunternehmer beschäftigen. Diese Trends wei-

le gemildert oder sogar aufgehoben werden. Telepräsenz und Telearbeit erlauben die unmittelbare Zusammenarbeit über beliebige Entfernungen und eröffnen auch kleinen Unternehmen ganz neue Marktchancen.

Der Ersatz des Transports von Materie durch den Transport von Bits ist aber auch – so wird betont – im Hinblick auf die ökologische Krise relevant. Mobilität wird nunmehr unter minimaler Belastung natürlicher Ressourcen möglich, und die Mobilität auf der Straße werde durch die Mobilität auf der „Infoautobahn" substituiert.

Schließlich wird in dieser globalen Gesellschaft – so wird gesagt – Ungleichheit obsolet, werde jeder am gesellschaftlichen Wohlstand beteiligt, werden Probleme der Mobilität, Ökologie, der Demokratie und auch der wirtschaftlichen Entwicklung gelöst und zum Wohle der Menschheit eingesetzt werden.

Die Tendenz der Informationsgesellschaft zur digitalen Gesellschaft wird aber nicht nur positiv gesehen und es sind nicht nur strukturkonservative Kulturpessimisten, die in den digitalen Systemen, dem Internet und dem Datenhighway, Zeugnisse eines unwiderruflichen Kulturverfalls sehen.

Mehr noch: die Informationsgesellschaft überfordert individuell. Und die Forderung nach der gerechten Verteilung der Kommunikationschancen wird durch die digitalen Medien – bisher jedenfalls – in keiner Weise erfüllt.*

Die Kluft zwischen den Informationsbesitzenden und den Uninformierten, der Abstand zwischen den Technikaffinen und technischen Analphabeten wird nationale wie internationale Desintegration fördern. Ein Problem, auf das auch die EU-Kommission aufmerksam macht.[12] Die Kluft zwischen jenen, die in der „virtuel-

---

sen beide in die gleiche Richtung. Bis zum Jahr 2020 wird in den entwickelten Ländern „selbständig" die häufigste Berufsbezeichnung sein. Ist das gut? Aber ja. NICHOLAS NEGROPONTE: Total Digital, S. 289

* Mitte 1998 verzeichneten die Industrieländer mit weniger als 15% der Weltbevölkerung 88% aller Internetnutzer. Auf Nordamerika allein, mit weniger als 5% der Weltbevölkerung, 50% davon. In Thailand gibt es mehr Mobiltelefone als in ganz Afrika, die USA verfügen über mehr Computer als der Rest der Welt. In Madagaskar kostet ein Internet-Anschluss 614% eines durchschnittlichen Monatsgehalts, in Nepal 278% in Bangladesh 191, in Sri Lanka 60 und in den USA 1,2%.

Berechnungen der Weltbank 2001

len Gemeinschaft" oder im „Cyberspace" bzw. in der „Hyperreality" leben, deren Sein also digital ist, und jenen, die sich dieser Medien nicht bedienen können, markiert einerseits den Beginn eines neuen Generationenkonflikts – sogar von einem der Apologeten der Informationsgesellschaft wie Nicolas Negroponte nicht bestritten – oder aber gar ein Abkoppeln der Eliten von der Gesellschaft.[13]*

Echte Interaktivität ist bei den meisten Systemen dieser Art darüber hinaus nicht gegeben, denn auch in den elaboriertesten Netzen entscheiden die Anbieter über die Art und die Natur der dargebotenen Information.

Aber auch in interkultureller und globaler Hinsicht ist die Situation von einer weitgehenden Gleichverteilung der Kommunikationschancen weit entfernt. Im Augenblick jedenfalls werden die Kommunikations- und Lebenschancen, die diese Medien bereithalten, vorwiegend von den jüngeren und männlichen Eliten der westlichen Gesellschaften wahrgenommen, während die Länder der Dritten Welt im Zugang zu den neuen Medien krass benachteiligt sind.

Anders ausgedrückt: 50 Prozent der Weltbevölkerung hat noch nie ein Telefongespräch geführt und leben unberührt von der digitalen Vernetzung in ihrer primären Erfahrungswelt. Derzeit ist die Mediengesellschaft ein Phänomen der reichen Länder; sie ist in Wirklichkeit in der Upperclass der Gebildeten von Toronto bis Tokio, von Rom bis Oslo beheimatet.[14]

---

* Mit den Produktivitätssteigerungen aufgrund aller ihrer Informationen und Informationswerkzeuge können die reichen Nationen und die wohlhabenden Menschen auf dieser Erde ihre ökonomischen Güter und Dienstleistungen verbessern und expandieren, so dass sie noch reicher werden. Indem sie reicher werden, steigern sie die Wirkung des Informationsmarktes noch weiter. So ergibt sich letztendlich ein exponentielles Wirtschaftswachstum. Dagegen schaffen arme Nationen und bedürftige Menschen dabei nicht einmal den Start. Sie nutzen die Informationsressourcen in der Regel zu wenig, weil sie sie nicht bezahlen können. Somit ergibt sich auch kein Steigerungseffekt. Sie werden ökonomisch stagnieren, und das bedeutet, dass sie im Vergleich zu den Reichen exponentiell zurückfallen. Die schmerzliche Schlussfolgerung aus alledem ist: Sich selbst überlassen, wird der Informationsmarkt die Kluft zwischen reichen und armen Ländern wie auch die zwischen wohlhabenden und bedürftigen Menschen vergrößern. MICHAEL DERTOUZOS: What will be, S. 353

Welche Folgerungen sind nun aus einer naiven Fortschrittsgläubigkeit einerseits zu ziehen, wenn sie die Schmerzen der Zivilisation durch Digitalisierung beheben will, und einem larmoyanten Technikpessimismus andererseits?

Informationen werden zur immer begehrteren und umkämpfteren Handelsware, wodurch selbst die Abhängigkeit industrialisierter Länder von einigen Giganten der Informationstechnologie und -wirtschaft verschärft wird.

Jean-François Lyotard hat schon vor mehr als zehn Jahren darauf verwiesen, dass Nationalstaaten in Zukunft ebenso um die Beherrschung von Informationen kämpfen werden, wie sie um die Beherrschung der Territorien und dann um die Verfügung und Ausbeutung von Rohstoffen und billigen Arbeitskräften einander bekämpft haben. Über die Möglichkeit des „Information-war" schließlich hat die „Ars Electronica" 1998 in Linz beeindruckend informiert.[15] Durch die neue Waffengattung „Informatik" hat sich die Welt auch für Militärstrategen grundlegend geändert.* Äußeres Zeichen dafür: Im Juni 1995 graduierten die ersten 16 „Info-War-Officers", speziell für die Verteidigung gegen Computerattacken, für den Einsatz von „Virtual Reality" in der Schlacht- und Manöverplanung und für die Infiltration feindlicher Computeranlagen ausgebildet, an der National Defense University in Washington.[16]

Seit Beginn des Krieges im Kosovo unterlagen die Internetseiten der NATO einem virtuellen Dauerfeuer. Mit Tausenden Datenanfragen täglich wurde der Server immer wieder zum Absturz ge-

---

* Die Frage bleibt allerdings, ob diese neuen globalen Beziehungsstrukturen nicht wieder Machtzusammenballungen von einer ganz neuen Art provozieren und somit zur alten Problematik zurückführen, bei denen kleine Eliten über viele Entrechtete herrschen. Gefahren für die Herausbildung neuer Machtstrukturen im Internet sind leicht auszumachen. Die Informationsfülle schreit nach geeigneten Auswahlprinzipien, damit jeder schnell und effizient jeweils das für ihn Relevante finden kann. Es wird deshalb viele spezialisierte Wegekundige geben, die ihre Dienste als Führer durch den Datendschungel anbieten. Dies eröffnet mannigfache Möglichkeiten, auf unbemerkte Weise in die neu erworbene größere Freiheit der Netzbenutzer einzugreifen. Die Manipulation könnte bei weitem das Maß überschreiten, mit denen die Medien heute schon den Menschen traktieren und ihn mit psychologischer Raffinesse zu einer selbst gewählten Versklavung verführen.

HANS-PETER DÜRR: Für eine zivile Gesellschaft, S. 228

bracht, mit so genannten Mail-Bomben (Tausenden E-Mails am Tag an die gleiche Adresse) die Kommunikation gestört.

Dazu wurden bösartige Viren eingeschleust – Mitte April etwa die berüchtigte „Melissa".

Das wesentlichste Mittel des Informationskrieges besteht im Korrumpieren von Information. Das Eindringen in fremde Computersysteme ist ein Spiel mit Macht und Wissen. Ins System eingebrochen, lässt sich Information verfälschen und strategisch für Propagandazwecke einsetzen. So wurde etwa betont – um beim Kosovo zu bleiben –, die Presseerklärungen auf der NATO-Homepage könnten umgetextet und von den Medien als offizielles Statement der Militärallianz zitiert werden.[17] All das war Grund genug für die Clinton-Administration, bis zum Jahr 2002 3,2 Milliarden Dollar in ein Programm zur Verhinderung und Bekämpfung des Cyberterrorismus zu investieren.

Dass aber die NATO nur Opfer solcher Attacken ist, darf bezweifelt werden. Gerade nach dem Ende des „Kalten Krieges" hat die Militärallianz in Bezug auf virtuelle Waffen massiv aufgerüstet. Angeblich sollen einzelne Cyberattacken bereits während des Golfkriegs im Jahre 1991 die Kommunikationskanäle der irakischen Regierung gestört haben.[18] Und in welcher Weise das alles im Irakkrieg 2003 geschehen ist, wird man erst in einiger Zeit wissen.

In einer Gesellschaft, die immer mehr medial bestimmt ist, geht es zunehmend nicht mehr um Anlieferung von noch mehr Information, sondern um Prozesse der Selektion und damit der angemessenen Reaktion auf den Überschuss an Information. Die eigentliche Leistung der Medien in der Zukunft ist also nicht mehr die Verbreitung von immer noch mehr Information, sondern die Information über Information. In der Terminologie von Niklas Luhmann die „Reduktion von Komplexität durch Selektion."[19]

Anders ausgedrückt: es geht um die Qualität von Information und nicht um Information per se. Und um vorwegzunehmen, wo ich hin will:

Es geht um die Transformation der Informations- in die Wissensgesellschaft.

Fast immer und einhellig preist man an den neuen Medien, dass sie große Mengen an Information zugänglich machen.* Indem die

---

* Der Generalangriff auf Authentizität und Glaubwürdigkeit der in bewegten Bildern eingefangenen Schönheit wird erst mit der durch die Digitali-

Medien Information demokratisierten, waren sie der Feind der Tyrannei. So weit, so richtig. Andererseits, und diese zweite Seite der Medaille wird von den Apologeten der Informationstechnologie geflissentlich übersehen, hat unser zunehmendes Informationsgetöse auch gefährliche Auswirkungen. Die Paradoxie besteht darin, dass die neuen Medien zwar keine Tyrannei über die Information ausüben, dass sie aber eine neuartige Tyrannei durch Information hervorbringen. „Information ist zu einer Art Abfall geworden. Sie trifft uns wahllos, richtet sich an niemanden Bestimmten und hat sich oftmals von jeglicher Nützlichkeit gelöst. Wir werden von Information überschwemmt, sind nicht mehr imstande sie zu beherrschen und wissen nicht, was wir mit ihr tun sollen."[20] Die Informationstechnologien des ausgehenden 20. Jahrhunderts haben das alte Problem der Information auf den Kopf gestellt.

Während die Menschen früher nach Information suchten, um die Zusammenhänge des Lebens zu bewältigen, erfinden sie heute Kontexte, in denen ansonsten nutzlose Informationen scheinbar nutzbringend angewendet werden können.*

Denn Informationsangebote haben es eben an sich, dass der Suchende fast immer mehr bekommt, als er sucht, und zwar weit

---

sierung ermöglichten unbegrenzten Manipulierbarkeit der Bilder erfolgen. Dann wird – für den, der das mag – Marilyn Monroe auferstehen und ein James Dean beliebigen Lebensalters; dann wird es dank interaktiver Programme möglich sein, Claudia Schiffer eine Glatze zu schneiden und Brooke Shields den BH zu öffnen. Wenn alles verfügbar wird und das bewegte und unbewegte Bild jegliche Authentizität verliert, weil es sich der willkürlichen Interaktivität öffnet, dann könnte gerade diese alleräußerste Anstrengung der Abstraktion das Gegenläufige wieder ins Recht setzen: die Abwendung von den Verheißungen des synthetischen Paradieses, die Rückwendung zur unvollkommenen Wirklichkeit, in der das Blut zirkuliert und die Zellen altern.

BERND GUGGENBERGER: Sein oder Design, S, 223

* Unsere Branche, die einmal die Speerspitze der Aufklärung war und nicht zufällig von allen Verfassungen der entwickelten Welt eigens geschützt wird, hat sich in den letzten Jahrzehnten einreden lassen, sie sei eine Unterabteilung der viel größeren Entertainment-Industrie. Wir haben aus unseren Zeitungen, Zeitschriften, Fernseh- und Radioprogrammen tendenziell die verwertbare, die nützliche, die genaue Information zurückgedrängt und durch ein buntes, vergnügliches, ja nicht anstrengendes Allerlei und Vielerlei ersetzt. GERD BACHER 1994

mehr. Darunter vieles, was er hätte suchen sollen und nun glücklicherweise ungesucht erhält, aber eben auch vieles, was er nicht braucht und nun, da er es einmal hat, auch nicht zu ignorieren bereit ist. Es ist zu vermuten und auch schon zu bemerken, dass damit im Wissenstransfer zunehmend das komparatistische Interesse wächst.

Wo alles auf Abruf bereit ist, wächst auch die Lust am Vergleichen, Nebeneinanderstellen, Überblicken. Es wird immer mehr gesammelt, gezählt, dargeboten – und immer weniger gedacht …[21] Am Bildschirm und Computerausdruck nimmt das Unbedeutende dieselben Dimensionen an wie das Bedeutende. Information ebnet die Unterschiede des Wissens ein …

Vielleicht allerdings ist gerade das die Logik der Informationsgesellschaft. immer mehr Informationen, immer schneller … Wer nicht ganz vorne mit dabei ist, bleibt hoffnungslos zurück.[22] Natürlich ist es schwer bei diesem Thema den Wunsch des Users nach Sicherheit und Datenschutz, die politische Sehnsucht nach Kontrolle, das wirtschaftliche Interesse an „persönlichen Datenspuren" und die Angst vor Zensur auseinander zu halten. Aber die Zensur findet ja bereits statt, sie hat sich nur in ihrer Begrifflichkeit auf den Kopf gestellt. Zensur funktioniert heute nicht mehr im klassischen Sinne durch das Zurückhalten an Information, sondern durch ein Übermaß an Information. Es entsteht ein Overkill mit dem gleichen Effekt. Und wenn für Hubert Markl die Sportpalastfrage der modernen Medienwelt lautet: „Wollt ihr die totale Information?", dann gilt auch dabei: „Totale Information ist totale Verdummung, der ‚Fachidiot' ist deren Musterexemplar."[23]*

---

* Eine beträchtliche Zahl von Menschen wird aller Voraussicht nach auch in absehbarer Zukunft nicht über die Fähigkeit und die Bereitschaft zur kompetenten Nutzung des Netzes verfügen. Begrenzte Nutzungskompetenz, eingeschränktes Nutzungsinteresse und die ökonomischen Barrieren bei der Anschaffung der Geräte werden die scharfe Teilung der Gesellschaft in Nutzer und Nichtnutzer des Netzes, die gegenwärtig in allen Ländern zu beobachten ist, langfristig noch verschärfen und als bleibendes sozialkulturelles Muster die Informationsgesellschaft spalten. Diejenigen, die ohnedies über politische Angelegenheiten besonders gut informiert und an ihnen intensiv beteiligt sind, werden beides durch geschickte Netznutzung noch steigern und damit den Abstand zum Rest der Gesellschaft immer weiter vergrößern. THOMAS MEYER: Mediokratie, S. 179 f.

Dennoch liefert uns gerade wieder die Informationstechnologie, vernünftig angewandt, eine Reihe beeindruckender Modelle einer neuen Lern- und Unternehmenskultur. Was alle Unternehmen nämlich und auch „lernende Organisationen“ von der Computerbranche lernen können, ist Optimierung. Und das heißt nicht, auf EDV umzustellen und damit Ende, sondern umzuorganisieren. Bestehende Verfahren lediglich in Software zu gießen, steigert nicht die Effizienz, sondern betoniert die alte Struktur. Computer allein sind keine Antwort auf komplexe Organisationsfragen. Wenn es allerdings stimmt, dass Hierarchie der Gegensatz von Kommunikation ist, dann zeigt uns der technische Standard von Netzwerken, dass es eine tief greifende Veränderung im Entscheidungsprozess von Organisationen geben muss. Der Befehlsfluss läuft nicht mehr von der Spitze zur Basis, sondern in kleinen Schleifen. Unternehmen zerfallen in kleine, flexible Unternehmensmodule, die quasi autonom operieren.

„Anpassung an das Unvorhersehbare“, war eine der einprägsamen Formeln des österreichischen Wirtschaftswissenschafters und Nobelpreisträgers Friedrich von Hayek.

Auf die globalisierte Wirtschaft übertragen hieße das: Grundbesitz, Kapital und Arbeit sind nicht mehr die entscheidenden Produktivitätsfaktoren, sondern Wissen. Der Manager eines Unternehmens muss jemand sein, der für die Performance des Wissens verantwortlich ist. Und je wichtiger die Produktivkraft Intelligenz wird, desto mehr konvergieren Wirtschaft, Bildung und Wissenschaft. „Wissen ist die ultimative Ressource der westlichen Welt.“

Und je mehr die Informationstechnologie die Routineleistungen automatisiert, desto mehr wird überprüft werden müssen, welche Leistungen – nicht nur von Sekretärinnen, sondern auch von mittleren Managern – durch Software ersetzt werden können.

So weit, so gut. Und so weit kann man auch mit den Apologeten des Informationszeitalters mitgehen: bleibt die Frage offen. “What computers can't do?” Das ist keine Frage für Bill Gates, der laufend von einem „digitalen Nervensystem“ spricht, dass seine Firma anbietet,[24] das ist sehr wohl eine Frage für jemanden, der „Wissen“ und nicht nur „Information“ verkaufen will. Informationen allein helfen uns bei Problemen nämlich nicht weiter, sie müssen erst gefiltert, konfiguriert und strukturiert werden. “Information is the enemy of intelligence”, hat angeblich der amerikanische Dichter

Donald Hall gesagt. „Information ersetzt nicht Wissen", war das durchgängige Credo der bisherigen Ausführungen.* Um Informationen intelligent zu machen, brauchen wir in Zukunft nicht nur die Technologen, sondern den sehr gebildeten Wissensmanager, den „Wissensdesigner". Ähnlich selbstverständlich, wie es heute Lernberater, Bildungsberater, Schullaufbahnberater, Marketing-, Steuer- und Rechtsberater gibt. Sie haben die Aufgabe, Wissen sinnvoll zu bündeln, zu selektieren, aufzubereiten und maßgeschneidert an ihre Kunden weiterzugeben. Sie gehören zu jenen Leuten, die mit Problemen handeln und Daten manipulieren. Norbert Bolz spricht in diesem Zusammenhang von „symbolanalytischen Dienstleistungen. Wissensdesigner handeln mit Sinn und verkaufen Orientierung."[25]

Das ist eine Perspektive der Wissensgesellschaft.

Wenn es stimmt, dass die in die Gegenwart hereinreichende Zukunft eine wissenschaftlich-technische Zivilisation ist, dessen beherrschende Technologie die multimediale Informationstechnik mit weltweit vernetzten Hochleistungsdatenbahnen und interaktiven Applikationen in allen Lebensbereichen sein wird, dann wird diese Medien- und Wissensgesellschaft vor allem eines mehr als alles andere benötigen: Inhalte!

Über 30 Kabelkanäle – bald werden es mehrere Hundert sein –, die uns von Wien bis Moskau, von New York bis Tokio mit den gleichen trivialen Shows und dem gleichen kriminellen Schrott und sexuellen Plunder langweilen und verärgern; ein Internet und Supranet, das mit Millionen und Abermillionen „Informationen" unser Gehirn verklebt, kann wohl nicht der Weisheit letzter Schluss in einer mondial vernetzten Gesellschaft sein.

Wenn wir die Informationsgesellschaft überwunden haben, dann können wir beginnen neben der „Hardwareseite der Informations- und Kommunikationstechnologie" uns auch auf die „Soft-

---

* Auch dies gehört zur „Dialektik der Aufklärung": Je mehr „wir" wissen, umso mehr müssen wir glauben! Angesichts einer zunehmend flüchtigeren Wirklichkeit finden wir uns, inmitten eines wissenschaftlich-artifiziellen Sekundärkosmos, plötzlich wieder mit den alten vorrationalen Anforderungen der archaischen Gesellschaft konfrontiert: Wir müssen wieder, um den Preis der Lächerlichkeit und des Reputationsverlustes, glauben wie zu Moses' Zeiten.

Bernd Guggenberger: Sein oder Design, S. 57

wareseite", der durch die „Hardware" transportierbaren geistig-kulturellen Inhalte zu konzentrieren.*

Dann haben wir den Schritt in die Wissensgesellschaft getan.

Und dann besteht die Chance, dass wir auch einen durch die Informations- und Kommunikationsmedien ermöglichten und durch Erziehung, Bildung und Wissenschaft begründeten nächsten Schritt schaffen. Den von der Wissensgesellschaft in die Weltkulturgesellschaft.[26] Das ist eine Vision. – Ich halte sie für realistisch. Vielleicht brauchen wir nur etwas mehr Mut zur Einsicht …

---

* Europa hat das Individuum, die Freiheit, den Erfindungsgeist entwickelt und groß gemacht. Es scheint, dass gerade in der gegenwärtigen Phase der Beschleunigung die andere, ebenfalls mächtige europäische Tradition stärker zum Zuge kommen sollte; die der Skepsis, des Misstrauens und der Vorsicht. Viele ärgern sich über das Europa der Langsamkeit und der Bedenkenträger. Aber vielleicht ist das gerade seine Chance.

RÜDIGER SAFRANSKI beim Europäischen Forum Alpbach 2001

Informiert bis zur Bewusstlosigkeit?

„Nur wenige Vorzüge der Online-Interaktivität sind von solch potentieller Bedeutung … wie die Verbesserung der Demokratie mit Hilfe des Internets. Mit interaktiven Netzwerken verbundene Personalcomputer werden Bürgern die Möglichkeit geben, mit nahezu einzigartiger Leichtigkeit und Unmittelbarkeit an demokratischen Prozessen teilzunehmen."[1]

Allenthalben erwartet man sich von den neuen Medien eine Stärkung des mündigen Bürgers, der ein wesentliches Element der Demokratie darstellt; und stets wird dabei hervorgehoben, dass mit den neuen Medien eine aufgeklärte Öffentlichkeit nicht lediglich „bedient" wird, sondern jeder die ihn besonders interessierende und betreffende Information selbst holen kann. Dabei wäre es eine Binsenweisheit, „dass die Demokratie auf der Datenautobahn höchstens auf der Kriechspur mitfährt. Denn auch den neuen Medien ist nichts a priori gegeben und inhärent, was gewissermaßen automatisch zu einer Stärkung der partizipativen Demokratie führt."[2] Aber weiterhin unverdrossen setzt man voraus, dass dieser mündige Bürger weiß, was er will und was er sucht, dass er in der Lage ist auszuwählen, dass er genügend Zeit und technische Kompetenz hat, um die Informationsfülle zu bewältigen, und dass er genügend Interesse daran aufbringt, um sich diesem zweifelsohne mühsamen Prozess zu unterziehen. Das heißt: Man setzt voraus, was man als Ergebnis erwartet.*

Selbstkultivierung setzt Kultur voraus, sich bilden setzt Bildung voraus, Anteilnahme und Anteilnehmen am Geschick einer Nach-

* Das Public Broadcasting war und ist die wichtigste europäische Kultureinrichtung der Nachkriegszeit. Sie ist dementsprechend so bewahrenswert wie das Theater, die Oper, die Literatur, der Film und die Museen Europas. In Ländern ohne bewusste Kulturpolitik schaut die Kultur so aus wie in den USA: nicht profitable Kultur wird nicht angeboten. Public Broadcasting ist nicht gleich und schon gar nicht schlechter zu behandeln als Commercial Broadcasting, sondern genießt präferentielle Behandlung im nationalen europäischen Gesetzes- und Verordnungswesen, weil es auf Grund seines im öffentlichen Interesse liegenden Qualitäts-Anspruchs strukturelle Wettbewerbsnachteile erleidet. Gerd Bacher bei der Konferenz Europäischer Rundfunkanstalten 1993

barschaft, einer Gemeinschaft oder auch der ganzen Welt, setzt Engagement voraus, das man irgendwann gelernt haben muss.

Kommunikation setzt nicht nur Kommunikationsmittel voraus, sondern auch Inhalte, über die man kommunizieren will, die einem ein Anliegen sind. Vor allem aber setzt Kommunikation soziale Kompetenz voraus. Noch wird deutlich gestritten, ob diese soziale Kompetenz auch auf dem Weg einer nichtpersonalen Kommunikation zustande kommen kann.

Die Apostel der neuen Kommunikationstechniken, die mittels Community-Network und Multi-User-Online-Environments die Demokratie verbessern wollen, glauben daran. Unzweifelhaft ist es allerdings so, dass nahezu zeitgleich zu diesen idealistischen – oder naiven? – Träumen die Diskussion bzw. heftige Auseinandersetzung darüber begonnen hat, ob Peter Sloterdijks düstere Prognose stimmt, dass die Ära des neuzeitlichen Humanismus abgelaufen sei, weil sich die Illusion nicht länger halten ließe, politische und ökonomische Großstrukturen „könnten nach dem amiablen Modell der literarischen Gesellschaft organisiert werden". Die alltägliche Bestialisierung der Menschen in den Medien der enthemmenden Unterhaltung nimmt zu – so Sloterdijk –, die „Entwilderung" des Menschen ist gescheitert und die „Zukunft der Humanität" ist bei den alten „Humanisierungsmedien" in schlechten Händen.[3] Eine solche Aussage klingt seltsam „gestrig", reaktionär, sie verärgert primär, dennoch sollte man den Gedanken ein wenig weiterspinnen.

Konnte man noch bis in die sechziger Jahre die illusionäre Hoffnung haben, die elektronischen Medien würden wesentlich zu einer humanen Bildungs- und Wissensgesellschaft beitragen, den aufgeklärten Bürger ermöglichen, so sind diese Hoffnungen längst geschwunden. Auch die neuen Medien haben diesen Prozess nicht gefördert. Die multimedial bestimmte Informationsgesellschaft, die sich angeblich auf dem Weg zu einer Bildungs- und Wissensgesellschaft befindet, ist eine Schimäre.*

---

* Die Virtualisierung der Politik ist in vollem Gange. Längst inszeniert die Parteiendemokratie im Wechselspiel mit den Medien politische Teilhabe als Zapping-Safari durch die Virtual Reality „errechneter" politischer Wunschräume. Die lässt sich nicht nur an den Tendenzen der Interview-, der Verlautbarungs- und Presseerklärungpolitik ablesen, sondern auch an den jüngsten Erscheinungsformen des Infotainment- und Sound-bite-Journalismus samt der wachsenden Beliebtheit der Talkrundendemokratie.
BERND GUGGENBERGER: Sein oder Design, S. 167

Wir reden von einer Informationsgesellschaft und haben Information noch nicht definiert: Ist sie ein Gut oder eine Ware? Der Zweck der Ware wäre ihre Verkäuflichkeit, jener des Gutes sein Inhalt.

Wir reden von einer Kommunikationsgesellschaft und verstehen darunter zunehmend die Kommunikation von und mit Maschinen. „Jedem Österreicher seine E-Mail-Adresse." „Alle Schulen ans Netz." Wer solches fordert, vernachlässigt leichtfertig oder bewusst die Frage, die davor zu stellen ist: nach der Qualität von Information und damit von Kommunikation.

Wir reden vom Ziel einer Wissensgesellschaft und verstehen darunter allzu oft ein Wissen, das abrufbar in Datenbanken ruht, permanent verfügbar ist, aber nur für diejenigen, die in der Lage sind, es abzurufen.

Wir reden von einer Bildungsgesellschaft und sind zunehmend bereit, nicht nur alle wissenschaftlichen Befunde von der Gleichgewichtigkeit sozialen, emotionalen und kognitiven Lernens über Bord zu werfen, sondern die Bildungsinhalte nahezu ausschließlich über wirtschaftliche Notwendigkeiten zu definieren.

Wir leben also nur scheinbar in einer Informations-, Wissens-, Bildungs- und Kommunikationsgesellschaft und müssen zunehmend erkennen, dass alle diese Metaphern in ihrer Ausschließlichkeit zwar populär, aber falsch sind.

Warum reden wir nie von einer Gesellschaft, die Erkenntnis befördern soll? Die Wahres von Unwahrem, Richtiges von Falschem, Wichtiges von Unwichtigem scheidet?

Warum reden wir nie von einer Gesellschaft, die den Luxus der Nachdenklichkeit und des Nachdenkens bewusst fördert? Die es wieder zur Tugend werden lässt, sich dem Anschlusszwang der Medien nicht zu beugen, immer, überall und unmittelbar in 30 Sekunden Statements „Meinungen" abzusondern, die nicht nur allzu oft unmaßgeblich sind, sondern sich nach nur kurzer Reflexion auch als unrichtig erweisen?

Spätestens seit Niklas Luhmann ist es ja eine Binsenweisheit, dass in einer Gesellschaft, die immer mehr medial bestimmt ist, es zunehmend nicht mehr um die Anlieferung von immer mehr Information, sondern um Prozesse der Selektion und damit um die angemessene Reaktion auf den Überschuss von Information geht.[4]

Weiters um eine kritische Analyse der Begriffe Information, Kommunikation, Wissen und Bildung und ihre entsprechende

Differenzierung auch unter den Stichworten „Humanismus und Aufklärung", und das alles vor dem Hintergrund einer so genannten „e-world", einer „Netzwelt", die uns – und das entspricht dem Mainstream-Denken – nicht nur eine neue Qualität der Demokratie, sondern auch unbegrenzte Wissenszugänge und ungehemmtes Wirtschaftswachstum verspricht.

Der Grazer Soziologe Manfred Prisching hat – durchaus kontroversiell zum vorherrschenden Jargon – davon gesprochen, dass die „e-world-Bewegung" aus einer Mischung aus Liberalismus, Anarchismus und Kapitalismus besteht. Diese Strömungen – so sagte er – gehen eine radikale Synthese ein. „Der Liberalismus strebt eine Welt der vollkommenen Märkte an. Der Anarchismus will eine Welt der globalen Selbstregulierung. Der Kapitalismus beschreibt eine Welt der anti-etatistischen Ökonomisierung aller Lebensbereiche. Alles das beruht organisatorisch auf den neuen technischen Möglichkeiten. Auf Elektronik und Vernetzung."[5]

Ich nähere mich dieser Welt im Unterschied zu den heute in Fülle auftretenden „e-Euphorikern" oder „@-Euphorikern" eher mit Nachdenklichkeit und würde meine Position als die eines „aufgeklärten Skeptikers" bezeichnen. Diese Position entspricht nicht dem „Mainstream", sie ist derzeit auch nicht mehrheitsfähig, sie ist dennoch – wie ich meine – wichtig.*

Wir sind an tägliche Informationen gewöhnt, dennoch sollte man einmal gedanklich innehalten und sich die evolutionäre Unwahrscheinlichkeit vor Augen führen, dass gerade dann, wenn man Informationen mit der Vorstellung des Überraschenden, Neuen,

---

* Postmanns Befürchtungen und Warnungen bedienen sich konsequent aus dem Moralarsenal des wertkonservativen Medienskeptikers. Das ist oft langweilig und nur für Betroffenheitsgespräche auf Elternversammlungen das rechte Selbstbetätigungsfutter. Das macht es Technikeuphorikern einfach, Postman der Rückständigkeit zu zeihen. Doch manches, worauf er warnend insistiert, sollte angesichts aktueller Informationsüberflutung bedacht sein. Weil aber Bücher wie die von Herrn Postman nicht konstruktiv vermitteln, sondern nur als Identifikationsfutter für die genutzt werden, die schon vorab wussten, auf welcher Seite sie stehen, bleibt der eine bei seinem Postman, der andere bei seinem Bolz (dem hippen Techno-Professor aus Essen). Und das finden selbst die lebendigeren unter den Bildungs- und Kulturbetrieblern o. k. – man hat bei aller Entdifferenzierung wenigstens einen kleinen Unterschied, über den man streiten kann. Jo Vulner: Info-Wahn, S. 103

Interessanten, Mitteilungswürdigen, Wissenswerten verbindet, es doch viel näher läge, nicht täglich und stündlich im gleichen Format zu berichten, sondern darauf zu warten, dass wirklich etwas geschieht, das dann bekannt gemacht werden kann und muss.[6]

Stattdessen geschieht das Gegenteil: In der Welt passiert so viel, wie in die Medien hineinpasst. Allerdings: das hat bisher gegolten, und gilt nicht mehr für die neuen Medien, deren Speicherkapazität praktisch unbegrenzt ist.

Jetzt trifft uns Information wahllos, richtet sich an niemand Bestimmten und wird zur Handelsware. Gerade das zwingt Massenmedien dazu, durch ständig neue Information die Gesellschaft wach zu halten. Insofern passen die Massenmedien zu der beschleunigten Eigendynamik anderer Funktionssysteme, wie Wirtschaft, Wissenschaft und Politik, auch Kultur und Sport, welche die Gesellschaft ebenfalls ständig mit neuen Problemen und neuen Fragestellungen konfrontieren. Und weil sich auch die „klassischen Medien" an dieser neuen Situation orientieren, werden sie einander immer ähnlicher und unspezifischer. Der überwiegende Teil der Wochenzeitungen und Magazine gleicht gedruckten Videoclips. Bunt, kurz, schnell, wenig Text – beeindruckend banal.

Der überwiegende Teil der Radioprogramme hat seine Wortanteile auf maximal 90 Sekunden pro Einheit gekürzt. Worthäppchen in einer Einheitsmusiksoße. Fernsehen wird zunehmend zum Unterhaltungsmedium, das den Proponenten von Politik und Wirtschaft, Wissenschaft und Kunst bestimmte Rollen zuteilt. Die Rollen sind vielfältig, der Bedarf an neuen unermesslich.

Das Laute, Schrille und Bunte, das Grelle, Geschmacklose und Banale, auch das Obszöne und Gemeine, der Skandal und die moralische Empörung sind wesentlicher „Stoff" zur Befriedigung atavistischer Bedürfnisse. Und dieser „Stoff" ist mehrheitsfähig.*

* Galt in der bildungsbürgerlichen Phase noch der Kodex, dass es zuerst auf den Inhalt ankomme, während der Erfolg ein notwendiges Übel sei (wenigstens war das dies die offizielle Medienmoral), so hat sich das Rangverhältnis längst umgekehrt. Aus Inhaltsverbesserung wurde marktbezogene Optimierung. Die Inhaltsgläubigen müssen sich den Spott der ökonomischen Realisten gefallen lassen. Unter der Regentschaft des Publikumserfolgs wird Inhalt zur Allüre, mit der sich manche Medienmogule schmücken wie mit einer kostspieligen Geliebten. Sie gilt als Imagefaktor oder „Produktidee eines Spartenanbieters für ein spezielles Publikumssegment". GERHARD SCHULZE: Die beste aller Welten, S. 71

Fast könnte man meinen, der Wettlauf um die Befriedigung faktischer Bedürfnisse endet bei den niedersten Bedürfnissen. Jürgen Mittelstraß spricht vom „Gesetz des ausgeschlossenen Geschmacks", der zunehmend Auflagenhöhe und Quote garantiert.[7]

Und Roger de Weck schreibt dazu unter dem Titel „Die Gier der Medien": „Eine Art Journalismus kommt hoch, der die Wirklichkeit nicht abbildet, sondern inszeniert und sie nicht ungern inszenieren lässt ... Es gedeiht ein Journalismus der Nullinformation. Denn es gibt mehr Medien, als Stoff vorhanden ist – mit zwei Folgen: Einerseits tobt der Verteilungskampf um Informationen, andererseits schaffen viele Medien künstlichen Stoff; die Stunde des Kunststoffjournalismus. Die Gier nach Stoff, wie bei einem Junkie, verleitet zur Dramatisierung des Belanglosen. Die Mediengesellschaft macht Unwichtiges wichtig und Wichtiges unwichtig. Es fehlt der Respekt: Das Angebot richtet sich an übersättigte Medienkonsumenten, nicht mehr an den Staatsbürger. Und weil es – beim Heißhunger solcher Medien – zu wenig verkäufliche Informationen gibt, erfinden sie Events, die eben keine Ereignisse sind."[8]

Führt all das zu mehr Wissen, zur Erkenntnis gar? Natürlich nicht: denn die menschliche Psyche ist eben kein Datenspeicher, in dem man unbegrenzte Mengen jeglicher „Information" füllen kann. Sie hat ihre Grenzen in ihrer Verarbeitungskapazität, die sich sowohl an der Quantität als auch an der Qualität des Dargebotenen bemisst. Und deshalb haben wir ja nicht nur mit der Fülle von Informationen unsere Probleme, sondern auch mit der Geschwindigkeit. Und Beschleunigung ist eines der Wesensmerkmale unserer Gesellschaft. In der Information erzeugt der Zwang zur Aktualität einen Beschleunigungsdruck, dem man nur mehr gewachsen zu sein glaubt, wenn man auf Inhalte verzichtet. Denn Inhalte sind Gedanken und Gedanken brauchen Zeit, sich zu entwickeln. In der „e-world" zählt aber Geschwindigkeit mehr als Argumente. Die Information macht also dem Wissen und der Gesellschaft Beine, aber sie ist damit noch nicht das bessere Wissen. Ganz im Gegenteil. Inhalt der Information ist auch der Irrtum, das Falsche, das Oberflächliche, das Ungeprüfte; gelegentlich Täuschung und Lüge. „Das Banale ist eben nicht fern, wenn das Virtuelle nah ist."*

---

* Die unterschiedlose Anwendung von Kriterien und Verhaltensweisen der intimen Vertrautheit auf Situationen und Beziehungen zwischen eigentlich Fremden verhindert nicht nur die Ausbildung eines differenzierten

Erst kürzlich hat diese Problematik der Wissenschaftstheoretiker und Philosoph Jürgen Mittelstraß, formuliert: „Der Nutzer und Anwender des Mediums Information muss wissen, worauf er sich einlässt. Nicht, indem er den modernen Informationstechnologien misstraut, sondern indem er Informationen mit eigenem Wissen verbindet. Vor dem Bildschirm hat es keinen Sinn, Skeptiker zu spielen, nur sollte der richtige Kopf vor dem Bildschirm sitzen."[9]

Im Übrigen – so Mittelstraß – werden im Medium der Information auch Wissen und Meinung ununterscheidbar. Meinung artikuliert sich im Informationsmedium wie Wissen. „Der Informierte selbst weiß nicht, ob er in einer Wissenswelt oder in einer Meinungswelt lebt. Aber wo zwischen Wissen und Meinung nicht mehr unterschieden wird bzw. dieser Unterschied nicht mehr kenntlich ist, öffnet sich in überraschender Weise eine Nische für eine neue Dummheit. Allerdings für eine Dummheit auf hohem Niveau, die nur deshalb nicht sonderlich auffällt, weil sie eben technologisch gesehen ungeheuer erfolgreich ist."[10]

Sollte das stimmen, dann müssen wir uns von einem Glaubensgrundsatz europäisch-abendländischen Denkens, der weit in das 20. Jahrhundert hereinreichte, verabschieden:

Dieser Grundsatz hat geheißen: Bildung und Wissen, Humanismus und Aufklärung sind unabdingbar miteinander verbunden.

Gilt diese Regel nicht mehr, dann ist Optimismus in die Zukunft einer Wissens- und Bildungsgesellschaft auch im Sinne einer so genannten „neuen" Aufklärung groß angelegter Selbstbetrug, und der Humanismus „als eine der Hypotheken der Aufklärung ist überholt, taugt nur mehr dazu, die vakant gewordene Stelle Gottes zu besetzen".[11]

Wenn aber unsere Gesellschaft nicht mehr an den moralischen Wertmaßstäben der humanistischen Tradition gemessen werden kann, weil dem Gleichheitspostulat der Kant'schen Moral, die gentechnische oder virtuelle Produktion von Ungleichheit gegenüber-

---

Ausduckspotentials und den Aufbau einer sozialen Identität, sondern beeinträchtig gerade auch die Fähigkeit zum spontanen Selbstausdruck. Die „Ideologie der Intimität" (Richard Sennett) zerstört die wichtigste Bedingung für alle wirkliche Nähe: Unterscheidungsfähigkeit. Unsere Zeit- wie unsere affektiven Ressourcen sind zu knapp bemessen, als dass wir allen gleichermaßen nah sein könnten. Allen nah ist niemand nah.

BERND GUGGENBERGER: Sein oder Design, S. 99

steht, dann ist der Weg frei für ein Denken, das bisher geltende universale moralische Wertpräferenzen suspendiert. Cyberspace, der künstliche Mensch des Informationszeitalters und Homunkulus, der geklonte und genoptimierte Mensch des Biotechnologiezeitalters sollen die abstrakte Gattungsidentität aufheben.*

Ist das das Ende der Geschichte und alles, was wir über eine solche Thematik diskutieren, ein nostalgisch müder Abgesang auf eine mehr als 200 Jahre alte bürgerliche Forderung, die ja nur deshalb noch immer so revolutionär klingt, weil sie bis heute nicht eingelöst wurde: „Bildung als Bürgerrecht?" Das mag pessimistisch klingen – ist es aber nicht. Wir müssen nur anders und radikaler denken, um diesen Angriff auf die humanistische Ethik abzuwehren.

Zum einen ist es eine recht naive Annahme, dass die Autorität des Wissens noch immer steigt. Zunächst auf Kosten der Religion, heute auf Kosten der Politik. Die schmerzlichen Enttäuschungen auf beiden Seiten ergeben sich nicht zuletzt dann, wenn Wissenschafter Zukunftsprognosen abgeben, Sicherheitsbewertungen oder Expertenurteile in rechtlich relevanten Fragen.[12] Von da her – so postuliert Niklas Luhman – ist wissenschaftlicher Geist die Paradoxie eines Bekenntnisses zum Nichtwissen.

Zum anderen ist es natürlich ein schwerer Denkfehler gerade daraus zu folgern, dass es keine moralischen Urteile in der Wissenschaft gibt und sich hinter dem Verhältnis von Glaube und Wissen nur die dunkle Absicht verbirgt, Wissenschaft ausschließlich dem moralischen Urteil zu unterwerfen.[13]

Vernunft ist eines der weiterhin uneingelösten Versprechen der Aufklärung. Wahrscheinlich ist es nicht vernünftig, seine Einlösung gerade jetzt und heute zu erwarten, aber vielleicht hilft in dieser Lage die Literatur weiter und Milan Kunderas berührender Satz: „Gott mag klar sehen, aber der Mensch ist einer, der im Nebel voranschreitet."[14]

---

* Denn wenn es einmal Unsinn sein wird, nicht nur künstliche Bakterien von natürlichen, sondern auch künstliche Menschen von natürlichen unterscheiden zu wollen, dann wird sich die Frage nach Leben und Tod in der gleichmütigen Stimmung des Produktionsprogrammierens stellen.

VILÉM FLUSSER: Nachtgeschichten, S. 43

Humane Informationsgesellschaft oder Informationszwang?

„Informationsgesellschaft" ist eines der modernen Zauberworte, zu dessen Wesen seine zauberhafte Unklarheit gehört. Das Informationszeitalter verheißt die totale Kommunikation – zu jeder Zeit. Szenarios dazu gibt es sonder Zahl. Und je monströser sie sind, desto besser, denn die Science-Fiction-Literatur wird von den Propheten des Informationszeitalters geschätzt und je mehr Zeit- Raum- und Bewusstseinssprünge vorkommen, desto besser ...*

Wer liest heute noch Fontane, Gottfried Keller oder Adalbert Stifter? Fades Gewäsch doch offenbar im Informationszeitalter, wo wir demnächst das gute oder schlechte Ende unseres Lieblingsfilms selbst bestimmen werden, bequem auf der Couch sitzend einkaufen können, Zugang zu Hunderten Fernsehkanälen haben werden und zu Millionen digitalisierter Zeitungsseiten; uns ganze Bibliotheken auf den Bildschirm holen, aufgehoben von Raum und Zeit mit der ganzen Welt kommunizieren können und, frei von festen Arbeitszeiten und Verkehrsproblemen, die Ergebnisse unseres elektronischen Wirkens direkt an Arbeitgeber und Kunden senden werden.[1]

„Die Optimisten sehen in der vernetzten Welt nicht nur einen Befreiungsschlag für den einzelnen, sie machen auch geltend, das uns gar nichts anderes übrigbleibt, als die Informationstechnologien anzunehmen und einzusetzen. Denn Länder, die diesem ökonomischen Imperativ nicht folgen, so argumentieren sie, werden künftig nicht mehr wettbewerbsfähig sein.

Die Pessimisten hingegen prophezeien eine Gesellschaft, durch

---

* Dazu angetreten, ihrem Publikum alles begreiflich zu machen, werden die Medien selbst mehr und mehr eine Form des Nichtbegreifens. Dieses Nichtbegreifen zu erfassen wäre ein größerer Gewinn, als ihn die übliche Medienkritik einzubringen vermag, in Gang gehalten von den Aufwallungen Einzelner über Einzelnes. Es stellt sich die Frage, inwieweit Medienmacher und Medienkonsumenten geistig auf der Höhe der Zeit sind. Dabei geht es nicht um Aktualität im Sinne der Zeitnähe von Meldungen und Berichten. Zu verhandeln ist ein allgemeines Thema: Spiegeln die Medien das Entwicklungsstadium wider, in dem sie angekommen sind?

Gerhard Schulze: Die beste aller Welten, S. 75

die sich ein tiefer Graben zieht: Danach werden die Reichen noch reicher, die Klugen noch klüger; aber die meisten Menschen können von der neuen Technik nicht profitieren. Sie werden arbeitslos oder verdingen sich als scheinbar selbständige Nomaden auf der Infobahn – eine breite verarmte Unterklasse im digitalen Zeitalter."[2]

Das alles ist ein recht grobes, holzschnittartiges Bild, ich bin mir dessen bewusst, und Vorhersagen sind schwierig – vor allem wenn sie die Zukunft betreffen, wie schon Niels Bohr wusste. Sicher aber ist, dass ein tief greifender Wandel in unserer Gesellschaft bereits eingesetzt hat und der „Mensch im Netz" zunehmende Realität wird.[3]

„Wissen ist Macht", haben die Sozialdemokraten der Zwischenkriegszeit als eingängiges Schlagwort dafür verwendet, Bildung zu demokratisieren. In der Informationsgesellschaft geht es auch um die Macht des Wissens, das aber nun abermals als gewinnbringendes Monopol gesehen und entsprechend verteilt, vermittelt und bewirtschaftet werden soll.*

„Information. macht. Krieg", war das Thema der „Ars Electronica" 1998 in Linz, und mit diesem beziehungsreichen Wortspiel ist eigentlich bereits alles gesagt. Als die Panzerverbände Norman Schwarzkopfs über die kuwaitische Grenze rollten, war die eigentliche Schlacht schon geschlagen. Gewonnen hatten ihn die Aufklärungssatelliten, die Programmierer der Cruise Missiles, die Yuppies in Uniform am Zielradar, welche die Zerstörung mit dem Joystick auslösten.

Monate zuvor hatte Kuwait mit der irakischen Besetzung im traditionellen Verständnis aufgehört als Staat zu existieren. Und doch lebte er fort in der virtuellen Form seiner Londoner Finanzzentrale, die weiterhin über beträchtliche im Ausland angelegte Kapitalien gebieten, Ölpolitik machen, sich an der Finanzierung der Rücker-

---

* Sind am Ende virtuelle Gemeinschaften wirkliche Gemeinschaften? Ja und nein. Sie sind Gemeinschaften, aber keine physischen, und sie folgen nicht denselben Mustern von Kommunikation und Interaktion wie physische Gemeinschaften. Aber sie sind nicht „unwirklich", sie funktionieren vielmehr auf einer anderen Wirklichkeitsebene. Sie sind interpersonelle Sozialnetzwerke, die zumeist auf schwachen Verbindungen beruhen, hochgradig diversifiziert und spezialisiert sind, es aber immer noch schaffen, durch die Dynamik anhaltender Interaktion Gegenseitigkeit und Unterstützung hervorzubringen.

Manuel Castells: Das Informationszeitalter I, S. 410

oberung seines geopolitischen Ursprungs, sozusagen dessen Re-Realisierung, beteiligen konnte.

In der postmodernen Gesellschaft geht der Raum auf in einem virtuellen oder imaginären Cyberspace. Nicht die „harte Kontrolle“ von Territorien, sondern die „weiche Kontrolle“ von Wissen, die Verarbeitung von Informationen und die Beherrschung der Geschwindigkeit zu deren Umsetzung wird zur eigentlichen Machtressource.[4] War der Krieg in der Vergangenheit auf die Eroberung von Land und Boden und später auf die Kontrolle über Produktionskapazitäten gerichtet, so zielt der Krieg im 21. Jahrhundert vollends auf die Macht über das Wissen. Die vierte Front nach den Boden-, See- und Luftschlachten wird innerhalb der globalen Informationssysteme errichtet.

Angespornt von den Erfolgen des Golfkriegs läuft die Entwicklung des „Information Warfare“ auf Hochtouren. Vom computergestützten Krieg, der Effizienzsteigerung des Vernichtungspotentials militärischer Operationen durch den Einsatz von Informationstechnologie, Virtual Reality, und Hightechwaffen wendet sich die Aufmerksamkeit der Militärstrategen immer stärker dem Cyberwar zu, dessen ultimatives Angriffsziel die globale Informationsinfrastruktur selbst ist: Terminierung der Computer und Kommunikationssysteme, Auslöschung der Datenbanken, Zerstörung der Kommando- und Kontrollsysteme des Gegners.[5]

„Wissen. macht. Krieg.“

„Wissen. macht. Erfolg.“

„Wissen ist Macht.“

Die Wortspiele ließen sich variieren und fortsetzen. Fast immer und einhellig hat man an den neuen Medien gepriesen, dass sie große Mengen von Information zugänglich machen, und dies mit einer egalitären Geringschätzung der Eliten. Indem die Medien Information demokratisierten, waren sie der Feind der Tyrannei. So weit, so richtig. Andererseits, und diese zweite Seite der Medaille wird von den Apologeten der Informationstechnologie geflissentlich übersehen, hat unser zunehmendes Informationsgetöse auch gefährliche Auswirkungen. Die Paradoxie besteht darin, dass die neuen Medien zwar keine Tyrannei über die Information ausüben, dass sie aber eine neuartige Tyrannei durch Information hervorbringen.

„Information ist heute eine Ware, die man kaufen und verkaufen kann, die man als eine Form von Unterhaltung nutzen oder sich anziehen kann, wie ein Kleidungsstück, mit dem man den eigenen Status erhöht. Aus Millionen von Quellen auf dem ganzen Erdball, aus jedem erdenklichen Kanal und jedem erdenklichen Medium – Lichtwellen, Ätherwellen, Telexstreifen, Datenbanken, Telephondrähten, Fernsehkabel, Satelliten, Druckmaschinen, sickert Information hervor. Dahinter hält sich in jeder erdenklichen Form von Speichern – auf Papier, auf Video- und Audiobändern, auf Platten, Film und Silikon-Chips – eine noch viel größerer Masse an Information bereit.* Information ist zu einer Art Abfall geworden. Sie trifft uns wahllos, richtet sich an niemand Bestimmten und hat sich von jeglicher Nützlichkeit gelöst; wir werden von Information überschwemmt, sind nicht mehr imstande, sie zu beherrschen, wissen nicht, was wir mit ihr tun sollen."[6]

Man muss mit Neil Postman – dieser Kassandra des Informationszeitalters – nicht immer und überall übereinstimmen, in einem hat er sicher Recht: Technische Apparate lösen kein Wissensproblem.

„Alle Informationen zur Abgabe einer Steuererklärung finden sich im Netz, in Rechtsdatenbanken oder allenfalls auf einer einschlägigen CD-ROM – sind alle jene Leute, die dennoch einen Steuerberater bemühen, also auch alle kleinen Unternehmer, einfach irrational? Warum machen sie das nicht selbst? Entscheidend ist, dass es nicht um die Informationen geht; dass alle Informationen das Problem nicht lösen; und dass die Problemlösungsfähigkeit eine besondere Wissensart voraussetzt, die nicht automatisierbar ist. Überall, wo es nicht um die Deduktion innerhalb eines axiomatischen Systems geht, wo also auch Menschenverstand, Abwägung, Tacit Knowledge, geschickte Balanceakte, Angemessenheitsüberlegungen und dergleichen Diffusitäten mehr eine Rolle spielen – das heißt in allen komplexen Lebenslagen –, ist das, was IKT- und Multimediatechnologien bieten, hilfreich; aber es ändert sich

* Wie Wasser oder Luft füllen die Medien als allgegenwärtiges, alldurchdringendes Element jeden Winkel des Alltagslebens aus. Musik in jedem Supermarkt, großflächige Bildschirme in den Hauptbahnhöfen, ein breites Angebot an Fernsehprogrammen auch morgens um vier, Unmassen von Zeitungen und Zeitschriften, anschwellende Online-Angebote. Berge von Informationsschaum; sintflutartige Text-, Ton- und Bildermengen jeden Tag; Hunderte von Kellnern, die den einzigen Gast, der mit einem Steak vollauf zufrieden wäre, mit den verschiedensten Gerichten bestürmen. GERHARD SCHULZE: Die beste aller Welten, S. 73

nichts an der Sachlage, dass Expertenwissen gefragt ist, das alle diese Komponenten berücksichtigt."[7]

Also stimmt es doch: Das Netz ist eben eine Wüste.[8]

Will man sich etwa in das Gefilde der Bildung begeben und aktiviert er unter dem – zugegebenermaßen grobschlächtigen Begriff – „Education" seine Suchhilfe und begibt sich auf die Reise, so erhält man allein auf Englisch 10 Millionen Dokumente, obwohl drei bis vier Dutzend durchaus genügt hätten.

Ich höre den Widerspruch:

Es ist nicht das böse Wesen dieser Technologie, das die Menschen in Verwirrung stürzt, sondern es liegt daran, dass nicht nur viele „Netz-Babys", sondern auch manche „Netzprofis" von den Ordnungsangeboten, die das Internet bietet, keinen vernünftigen Gebrauch machen.

Denn schaut man sich die Netzkultur einmal genauer an, dann wird man feststellen, dass durch Verzweigungsordnungen, strukturierte Bookmarks, die nach individuellen Interessen angelegt werden können, intelligenten Suchmaschinen, die jedermann kostenlos zugänglich sind, und Personal Agents, die den Datenraum für uns systematisch vorstrukturieren und nach unseren individuellen Interessen organisieren, bereits für Abhilfe gesorgt ist.* Sie leisten wichtige Dienste bei der Aufgabe, Ordnung ins Datenchaos zu bringen. Und – so wird behauptet – dabei handelt es sich eben nicht mehr um die alte, will sagen, altmodische, Katalog- und Kästchenordnung des Buchzeitalters, sondern um flache, transversal vernetzte und konkrete, weil hochindividualisierte Formen von Ordnung.[9]

---

* Das Internet ist seit Ende des Kalten Krieges vor allem als Spielplatz angelegt gewesen und entwickelt sich derzeit in Gestalt des e-commerce zu einem Marktplatz von prospektiv gewaltiger Kapazität. Vor allem für die transnationale Finanzwirtschaft spielt computervermittelte Kommunikation eine dynamische Rolle, die sich nachhaltig auf die so genannte Wissensökonomie des späten 20. Jahrhunderts ausgewirkt hat. Betrachtet man die gegenwärtig getätigten Investitionen der privaten und öffentlichen Hand, dann wird klar, dass der Ausbau dieser Funktionen für Unternehmen und staatliche Politik absolut vorrangig ist. Auch der Fokus des Medieninteresses, von Internet-Konferenzen und dergleichen liegt eindeutig auf diesem Sektor. Der Rest ist mehr oder weniger bedeutungslos.

Klaus Leggewie: From Voice to Vote: Neue Medien und Demokratie, S. 6

Zwei Praxisbeispiele müssen dieser Euphorie widersprechen: Wobei es für mich ja ein ganz besonderes Phänomen darstellt, dass die Apologeten der Netzkultur so wenig bereit sind, sich mit Gegenargumenten zu ihrer Ideologie ernsthaft auseinander zu setzen.

Nach einer neueren Untersuchung des NEC-Research Institute geht hervor, dass auch die derzeit besten Suchmaschinen nur etwa 34% des World Wide Web abdecken.[10] Bezieht man das auf mein Beispiel der 10 Millionen Dokumente zum Thema „Education", besagt dies, dass auch bei einer höchst intelligenten und aufwendigen Kombination von Suchmaschine, individuell zu erstellenden Bookmarks, Verzweigungsbegriffen etc. eine Trefferquote von etwa zwei bis drei Millionen Dokumenten zu erreichen wäre; ganz abgesehen davon, dass ich nicht weiß, ob dieser „Output" wirklich relevant ist. Und selbst bei einer vernünftigen Einengung des Begriffs „Education" auf einige wenige Subbegriffe würde man letztendlich bei vielen Tausend „Informationen" landen. Will ich das dann wirklich alles wissen, um nach tagelanger Lektüre den überwiegenden Teil als Schrott zu entsorgen? Man wird sich schwer dabei tun …

„Das heißt nicht, dass nicht durch das Internet neue qualitative Formen der wissenschaftlichen Informationsgewinnung und -verarbeitung erzielt werden können. Natürlich sehen Literaturrecherchen im Zeitalter des Internets ganz anders aus als in jener Vorzeit, als man sich noch durch die Handkataloge der Bibliotheken quälen musste. Und natürlich springen einem aus dem Netz auf Anhieb mehr Informationen entgegen, als man verkraften kann. Allein darin liegt, wie wir alle wissen, ein ziemliches Problem. Denn dass alles im Internet platziert werden kann, bedeutet auch, dass aller Schrott dieser Erde dort zu finden ist. Die quantitative Vollständigkeit der Information ist der Tod des Wissens."[11]

Vielleicht allerdings ist gerade das die Logik der Informationstechnologie. Die Konsumenten sollen davon überzeugt werden, dass sie noch immer nicht die perfekte Ausrüstung für das „Freischwimmen" in oder das elegante „Surfen" auf den Informationsfluten haben.* „Was die Firmen in Wirklichkeit verkaufen, ist nicht

* Das wichtigste Wissen besteht heute darin, zu wissen, was man nicht zu wissen braucht.
Die Komplexität der modernen Welt erzwingt zufällige und deshalb riskante Wahlakte: Was ist wichtig? Und jede Bewertung steht unter dem

Hard- und Software, sondern Informationsangst."[12] Und dass diese Informationsangst bei Überreizung in Datenverweigerung und damit auch Technologieabstinenz umschlagen könnte, hat Bill Gates bereits erkannt. Das Firmenmotto „Information at your fingertips" wurde beiläufig wieder aus dem Verkehr gezogen ... Heute ist es eben so, dass wir mit mehr Menschen zusammenleben, als wir ertragen können, mit mehr Information, als wir verarbeiten können, mit mehr Dingen, als wir beherrschen können.[13]

Was Hegel über den Mythos Empirie schrieb, gilt auch vor einem aufziehenden Mythos Information: „Die empirische Erscheinung wächst dem Denken über den Kopf, der nur noch allenthalben das Zeichen der Besitznahme aufdrückt, aber sie selbst nicht mehr durchdringen kann."[14]

Unter dem drastischen Titel „Sterben für Informationen?" veröffentlichte der Datenmulti Reuters eine Befragung von 1300 Managern aller Alters- und Funktionsstufen:

- Zusätzliche Informationen sind das Geld nicht wert, das sie kosten.
- Zwei Drittel der Interviewten gaben an, dass der Stress durch Informationsüberflutung, Beziehungskrisen, schlechtere Zusammenarbeit mit Mitarbeitern und sinkende Jobzufriedenheit zur Folge hatte.
- Über 40 Prozent beklagten, dass sich wichtige Entscheidungen verzögern und dass ihre Entscheidungsfähigkeit von zu viel Information beeinträchtigt ist.[15]

Zu ähnlichen Ergebnissen kommt eine Studie der Wirtschaftsuniversität Wien. Nach ihr beklagen über 60 Prozent der österreichischen Manager, mehr Informationen zu erhalten, als sie benötigen. Und jeder zweite Manager wünscht sich, weniger Zeit für die Verarbeitung und Aufbereitung von Information verwenden zu müssen, denn das Überangebot führt zu höheren Kosten und meist

---

stillschweigenden Vorbehalt: Morgen ist es anders! Wir erleben das immer dann, wenn Zeit und Aufmerksamkeit knapp werden. Das Internet, dieser Supermarkt der Ideen, bietet so viele Optionen, dass ein großer Teil der Zeit beim Scannen der Möglichkeiten verstreicht. Wenn man die Fernsehzeitschrift gründlich lesen würde, hätte man ja auch kaum mehr Zeit zum Fernsehen. Scannen und Zappen sind deshalb die neuen Stilformen im Umgang mit den Weltinformationen. Die Zeitknappheit zwingt dazu, sich auf den ersten Eindruck zu verlassen.

Norbert Bolz: Weltkommunikation, S. 76

auch zu mehr Fehlern, da Entscheidungsprozesse und Aufgabenbewältigung zu lange dauern.[16]

Was bedeutet das?

- Hinter jeder sinnvollen Information muss zuerst ein sinnvolles Bedürfnis formuliert werden. Wozu brauchen wir mehr Informationen in einer Welt, in der wir in Informationen ertrinken und nicht mehr zwischen richtig und falsch unterscheiden können?[17]
- Wir brauchen wieder die „Torwächterfunktionen" in der Information. Diese Funktion, die lange Zeit der klassische Journalismus für eine breite Öffentlichkeit erfüllte, der Lehrer für seine Schüler und Studierenden und das mittlere Management in den Unternehmen für seine Chefs, ist einer falschen Ideologie der Informationsgesellschaft, in der eine zügellose Information als anarchische Befreiungstat für alle gefeiert wurde, weitgehend zum Opfer gefallen.*
- Wir brauchen eine individuelle Informationsökologie, in der jeder für sich bewusst entscheidet, welche und wie viel Information er an sich heranlässt. Auch Informationsverweigerung ist ein Bürgerrecht.[18]

Solche Forderungen mögen Widerspruch hervorrufen. Ich will versuchen, sie zu belegen.

Zum Ersten:

Die wirklichen Probleme unserer Welt erwachsen nicht aus einem Mangel an Information. Ein nuklearer Gau, der Welthunger, Kindesmisshandlungen, der Tod der Familie, das Ende der Erziehung geschehen nicht aus unzulänglicher Information, sondern

---

* Dass das „Netzwerk der Netzwerke" an sich nicht regulierbar sei, war jedoch eine Illusion; selbst und gerade dort, wo Staatsapparate mit ihren traditionellen Regulierungskonzepten tatsächlich kapitulieren müssen, hat das Internet aus sich heraus Autoritäts- und Machtstrukturen ausgebildet, die dem Konzept eines horizontalen virtuellen Raums öffentlicher Kommunikation zuwiderlaufen – ganz abgesehen von den Vorentscheidungen, mit denen der gewöhnliche Internet-Benutzer durch die präfabrizierte Kommunikationsstruktur transnationaler Medienkonsortien konfrontiert ist, ohne sich dessen überhaupt bewusst zu sein. – Der Traum von der Agora und dem „neuen athenischen Zeitalter" dauerte also nur kurz. Realistische Bilanzen über den demokratischen Gebrauch der Netze trugen zur Ernüchterung bei. Klaus Leggewie: From Voice to Vote: Neue Medien und Demokratie, S. 68

weil wir kein zureichendes Bild davon haben, was sinnvoll und bedeutsam ist. Milliarden Seiten „Information“ im Internet werden uns da nicht weiterhelfen, bringen sie doch nur Pseudokontexte hervor, welche die Kluft zwischen Information und sinnvollem Handeln noch weiter vertiefen.

„Digital homeless“ bezeichnet Nicholas Negroponte, Direktor des Medienlabors am renommierten „Massachusetts Institute of Technology“ (MIT), gerne mitleidig-zynisch die Generation der über 25-Jährigen. In einer Art Kultur- und Kompetenzumkehr stellen die Kids die Avantgarde dar, ihnen gehört die Zukunft, sie stellen die Fragen nach der Zukunft, ihrer Zukunft: – wirklich?

Wir wissen, dass Fragen Antworten der Metaphysik und Philosophie bedingen, dass Fragen Forschung bedeutet, dass Fragen letztendlich den ungeheuren Fortschritt der Naturwissenschaften ermöglicht haben. Dass Fragen ein Mehr an Sicherheit der menschlichen Existenz bedeutet …

Wir wissen aber auch, dass das „Abfragen“ in der Welt des Computers sehr oft keine Antworten liefert, sondern vor allem „Informationen“, aber eben auch solche, die keinen Zuwachs an Wissen bedeuten. Mit denen man nichts anfangen kann; mehr noch, die dumm und gefährlich sind. Selbst die der Hochtechnologie so ungeheuer freundlich und meines Erachtens manchmal sehr unkritisch gegenüberstehende „Europäische Kommission“ stellt fest: „Man muß damit aufhören, die Übertragung von Daten mit der Kommunikation von Personen und dem Erwerb von Wissen gleichzusetzen, denn der größte Teil der heutigen Telekommunikationssysteme besteht noch immer aus reinen Datenübertragungssystemen … Es geht darum Fähigkeiten zu entwickeln, Informationen zu nutzen und in Wissen umzuwandeln.“[19]

Geben wir also zu, dass sich das Fragen, dieses ungeheuer wichtige Fragen, selbständig gemacht hat.[20] Es genügt heute schon, dass man irgendwie eine Frage „heranträgt“; kein Mensch redet davon, dass er eine Antwort „anbietet“.

Ja es gibt eine ganze Zunft, hoch bezahlter europäischer Mundwerksburschen, die von Kongressen zu Symposien herumgereicht werden, und von denen wir alle wissen, dass sie quasi Sachwalter einer bestimmten Fragestellung sind; nicht einer Antwort.*

* Dass Wissen heute unstabil ist und eine ständig sich verkürzende Halbwertszeit hat, ist ein Skandal für die Vernunft der Aufklärung und ein

Nach dem Motto „Zu dieser Frage muss man den und den unbedingt gehört haben" pilgert man hin, und während das Auditorium noch ganz betäubt vom Wortgeklingel nunmehr nach Antworten ringt, ist der clevere Fragesteller schon zur nächsten Veranstaltung unterwegs, wo er die gleichen Fragen stellen wird. Der Laptop macht's möglich, noch im Flugzeug die Einleitung zum Referat zu aktualisieren …

Und natürlich gibt es Fragesendungen, um beim Radio und Fernsehen zu bleiben – schlimm genug –, die von der „normalen" Lebensführung bis hin zu den sexuellen Nöten reichen. Warum fragen – nein falsch! –, warum antworten wir nicht, dass eine Vielzahl dieser Auseinandersetzungen entbehrlich sind?

Also müssen wir nach der Frage fragen, müssen lernen, richtige Fragen zu stellen, um überhaupt Antworten bekommen zu können.

Welche Fragen das sind? Eigentlich immer dieselben:

- Die Frage nach dem Stellenwert des Lebens, in den ungeheuerlichen Herausforderungen und Möglichkeiten, vor denen wir heute stehen;
- die Frage des Miteinanderlebens und auf welche Weise wir das tun;
- die Frage nach der Zukunft der Arbeit, der Forschung, der Bildung in einer globalisierten Welt;
- die Frage nach der Natur und Umwelt und wie sie zu erhalten und zu schützen ist; und
- die Frage nach der Zukunft der Politik und der Demokratie,[21] und jeden von uns fallen noch einer Reihe solcher Fragen ein …

Hinter jeder sinnvollen Information muss zuerst ein sinnvolles Bedürfnis formuliert werden, war der erste Punkt:

Anders ausgedrückt: „Frage nur, wenn du Fragen hast!"[22]

Zum Zweiten:

Die schiere Masse an Information erlaubt kaum mehr eine or-

Ärgernis für die Bildungspolitik. Beide sind bis auf weiteres ratlos. Etwas klarer wird die Situation, wenn man die Wissensgesellschaft in ökonomischer Perspektive betrachtet. Nicht Wissen ist Macht, denn Wissen ist universal. Aber Vorsprungswissen ist Macht. Die Wirtschaft betrachtet Wissen als leicht verderbliche Ware … Aktuelles Wissen ist nicht nachhaltig. Deshalb muss unsere Wissensgesellschaft die Sicherheit der Grundlagen durch die Sicherheit des Zusammenhangs ersetzen. Wenn es überhaupt noch Bildung im 21. Jh. gibt, wird sie ein stabiles Ganzes aus unstabilen Teilen sein. NORBERT BOLZ: Weltkommunikation, S. 75 f.

dentliche Qualitätskontrolle. Für Douglas Rushkoff, einen der Stars am Cyberhimmel, gilt dies für jede Information im Cyberspace. Einmal ausgesetzt, finden sie und ihre Schwester, die Desinformation, unhaltbar ihren Weg. Der moderne, vielfach vernetzte Medienkosmos macht die Informationskontrolle zur Illusion.*

„Elektronen kennen keine Loyalität. Es gibt kein Oben und Unten. Hierarchie und Führungsspitze sind demnach unmöglich", meint Rushkoff. Die Information entfaltet sich anarchisch, benimmt sich gleichsam selbst wie ein Medienvirus.[23]

Ist das die Demokratie im Internet – wie vielfach behauptet wird? Nun, richtig ist die Universalität im Internet. Das bedeutet aber auch, dass rechts- und linksradikale Splittergruppen, Obskuranten und schlichte Spinner dieses Medium zügellos benützen, alle bisher bekannten Grenzen und Hindernisse unterlaufen können.

Das Medium macht uns von ohnmächtigen Informationsempfängern zu allmächtigen Informationsproduzenten und damit auch zu Urhebern globaler Gerüchte und gezielter Desinformation. Und so finden sich im Netz eben auch Hunderte Webs zu Neonazismus, Rassismus und Antisemitismus, Bombenbauanleitungen und Aufrufe zur Gewalt[24] ebenso wie übelste Pornographie, okkulter Schmarren und gezielte Verwirrung.

So ist es – um nur ein Beispiel zu nennen – der US-amerikanischen Gruppierung PTP (Power To The People) gelungen, durch eine kleine Veränderung an der Homepage des FBI deren Auftrag ad absurdum zu führen. Nicht als „Federal Bureau of Investigation" meldete sich der zentrale Computer, sondern als „Federal Bureau of Intoxication" – als „Bundesbesäufnisanstalt".

* "The medium is the massage", sagte Marshall McLuhan; er hat nur vergessen hinzuzufügen: "And the massage is emotion." Deshalb sind massenmediale Informationen auch immer Bazillenträger von Sentimentalität. Eine reine Information ist gar keine, sie wird erst dann zu einer, wenn sie ein Interesse anheizt oder das Herz ergreift und damit jene Erregung schafft, die sie zu befriedigen vorgibt. Der Großteil dessen, was wir täglich in der Zeitung lesen und worüber wir uns oft hitzig unterhalten, geht uns schlicht und einfach nichts an, hat nichts mit unserem eigenen Leben zu tun und trotzdem regt es uns auf und an: zu einer Polisgemeinschaft im Imaginären. Der rührendste Ausdruck dieses Zustandes sind Leserbriefe. Wer ihn stört ist asozial.

Rudolf Burger beim Europäischen Forum Alpbach 2001

Und sie forderte die Besucher nicht etwa zur Mithilfe bei der Aufklärung von Straftaten auf, sondern zum Mitsaufen. Worauf der elektronische Briefkasten des FBI mit unzähligen Partyeinladungen bombardiert wurde.[25] Ein Ulk? – Mag sein. Er zeigt nur auch, dass es in der neuen Medienwelt eben ganz neuer Regelungen bedarf.

„Regierungen der industriellen Welt, ihr müden Giganten aus Fleisch und Stahl, ich komme aus dem Cyberspace, der neuen Heimat des Geistes. Im Namen der Zukunft bitte ich Euch, Vertreter einer vergangenen Zeit: Laßt uns in Ruhe! Ihr seid uns nicht willkommen. Wo wir uns versammeln, besitzt Ihr keine Macht mehr ... Ich erkläre den globalen sozialen Raum, den wir errichten, als gänzlich unabhängig von der Tyrannei, die Ihr über uns auszuüben anstrebt. Ihr habt hier kein moralisches Recht zu regieren, noch besitzt Ihr Methoden, die wir zu fürchten hätten, um es zu erzwingen ... In China, Deutschland, Frankreich, Rußland, Singapur, Italien und den USA versucht Ihr, den Virus der Freiheit abzuwehren, indem Ihr Wachposten an den Grenzen des Cyberspace postiert. Sie werden die Seuche für eine Weile eindämmen können, aber sie werden ohnmächtig sein in einer Welt, die schon bald von digitalen Medien umspannt sein wird ...“[26]

Dieser Auszug aus der „Unabhängigkeitserklärung des Cyberspace“ des selbst ernannten Ideologen des Netzes, des Religionswissenschafters und Bürgerrechtlers John Perry Barlow, zeigt, wohin der Weg gehen soll, aber nicht gehen darf. Es ist der Autonomieanspruch virtueller Anarchie gegenüber den Partikularinteressen von Nationalstaaten, Bürokratien, Industrien, Kirchen und allem, was der „alten Welt“ zugerechnet wird. Es ist der mythische Wunschtraum eines gesetzlosen Raumes, der, kollektiviert, wie er ist, den Paradefall für eine zu entwickelnde „Schizoanalyse der Netze“ liefern könnte.[27]

Wir brauchen Torwächterfunktionen!

Wie diese auszusehen haben? – Ich weiß es nicht; aber ich halte es für absolut möglich, dass wir in Zukunft die klassische Gewaltenteilung in Legislative, Exekutive und Judikative um eine „Kommunikative“ als vierter Gewalt erweitern müssen.*

---

* Als Odysseus an den Sirenen vorüberfuhr, da lockte ihr süßer Gesang mit dem Versprechen, alles zu wissen, „was irgend geschieht auf der vielernährenden Erde“. Es waren Todesvögel, die so sangen; und die List der

„Sie wird die Kontrolle über die formale Regelung der Informationsvorgänge, die an der Wurzel der Wissenstransaktionen liegen, ausüben. Die Diskussion um die Macht von Information und Wissen wird eine Verrechtlichung der Informationsvorgänge mit sich bringen und den Wettbewerb um und mit Wissen steuern. Die formelle Regulierung der gesellschaftlichen Kommunikationsprozesse ist Aufgabe der Kommunikative ... Die Kommunikative schlägt der Legislative Gesetze zur Regelung von Massenkommunikation vor. Mit der Überwachung dieser Regelungen muss sich in letzter Instanz die Judikative befassen."[28]

Denn es ist schon richtig. Ein wenig gleicht das Internet den demokratischen Freiheiten schlechthin. Diese stehen zunächst eben auch denen offen, die diese Freiheiten zerstören wollen. Auf diesen Missbrauch in seiner traditionellen Form haben die Demokratien zu antworten gelernt. Auf den Missbrauch in seiner international vernetzten, elektronischen Form müssen die Antworten wohl erst gefunden werden. Vorerst gibt es nur eine: Überlassen wir dieses Medium nicht den Gegnern der Demokratie![29]

Zum Dritten:

Wir brauchen eine sinnvolle Informationsökologie.

Die durch die elektronische Datenerfassung und -verarbeitung gegebene Möglichkeit, viele und damit auch völlig uninteressante Daten leicht zu erfassen und rasch mitzuteilen, trägt zur Verdünnung des Wissens bei. Solche Verdünnungseffekte führen dazu, dass die Menge gedruckter und elektronisch gespeicherter Informationen beispielsweise schneller wächst als das Wissen. Es wird immer schwerer, sich aus diesem Berg die Rosinen herauszupicken.[30] „Wissensmanagement" ist daher eines der Zauberworte. Der Schatz liegt in den Köpfen der Mitarbeiter eines Unternehmens oder einer Organisation, und diesen Schatz an Wissen kann man nicht herumschicken wie ein Paket. Dieses Wissen ist nicht sichtbar, schwer fassbar und schlecht messbar. Es folgt weder einer strengen Metho-

---

Vernunft lag darin, ihrer Lockung nicht zu erliegen und den eigenen Weg fortzusetzen. Man verfehlt dann zwar das ominöse Glück des Allwissens, kommt aber immerhin bis Ithaka. Bleibt nur zu hoffen, dass es in Zukunft nicht der mythischen Kraft, der List und der Ausdauer eines Odysseus bedarf, um den falschen Versprechungen einer Informationsgesellschaft zu widerstehen.

Jürgen Mittelstrass beim Europäischen Forum Alpbach 2000

dik noch universellen Prinzipien. Es ist abhängig vom Kontext, in dem es entsteht. Neben dem ausgesprochenen, niedergeschriebenen oder elektronisch erfassten expliziten Wissen gibt es ein sehr persönliches Gemisch aus Erfahrung, Bauchgefühl und „Gewusst-wie", das sein geistiger Eigentümer oft nicht in Worte kleiden kann.[31] Im Sprachgebrauch der „Wissensmanager" heißt dies, das Potential an Fachwissen, Persönlichkeitskompetenz, Führungskompetenz und Sinnkompetenz zu bündeln und zu aktivieren.[32] Wer Wissen in sinnvolle Kreisläufe binden will, wird auch in Zukunft nicht um eine gute und vertiefte Allgemeinbildung herumkommen. Nur dieser gebildete Bürger wird auch in Zeiten des Cyberspace unterscheiden können zwischen Wissen, an dem man wächst, das man mit der Seele sucht – pathetisch genug, ich weiß –, und einem Pseudowissen, das im Kopf nur Platz wegnimmt und ungefragt ins Haus kommt.[33] Bill Gates macht möglich, dass alles, was einst entbehrungsreich gesucht, dann gefunden, was mühsam und voller Irrwege studierend erarbeitet und von uns ins eigene System eingeordnet werden musste, nun vor uns liegt.* Sauber verpackt und wie bestellt abgeliefert. Von der von uns dafür einzusetzenden Leistung wird kaum mehr gesprochen, sie reduziert sich auf die Auswahl der richtigen Software und die Bezahlung der ermäßigten Telefongebühr für „Net-User".

In dieser bequemen Oberflächlichkeit gaukeln wir uns vor, über ein Wissen zu verfügen, das wir nur scheinbar und schon gar nicht in uns selbst haben, nähren zugleich aber unsere Faulheit. Eine Eigenschaft, die uns auch geistig wehrlos und verwahrlost-anspruchslos machen könnte.[34] Jeder, der von hier aus weiterdenkt, muss

---

* Man hat mir gesagt, dass Bill Gates, dessen fruchtbare Phantasie weder ihm noch uns je einen Augenblick der Ruhe lässt, von einer Technologie träumt, die es unnötig macht, eine Tonaufnahme herauszusuchen und in Gang zu setzen. Man geht einfach zu der Maschine und sagt „Frank Sinatra" oder „Pavarotti" oder, man stelle sich vor, die „Spice Girls", und schon hören wir sie. Darf man die Frage stellen, welches Problem damit gelöst wird? Die Antwort, sagt man mir, ist Geschwindigkeit. Wir sind Leute, die ihr Leben in Sekunden messen. Fünf Sekunden hier gespart, fünf dort, und wenn der Tag zu Ende ist, haben wir vielleicht eine Minute eingespart. Am Jahresende sind es fünf Stunden. Und wenn wir an der Schwelle des Todes stehen, gönnen wir uns vielleicht ein Lächeln, weil uns einfällt, dass wir anderthalb Monate gespart haben, aber nicht wissen, wofür? Neil Postman: Die zweite Aufklärung, S. 55 f.

auch die politischen Perspektiven erkennen, die aus einem scheinbar praktikablen Servicebetrieb heraus – gleichsam einen Speditionsunternehmen für Informationen – Staats- und Regierungssysteme fragwürdig machen können – wenn wir den Dingen unbedacht ihren Lauf lassen.[35]

Wenn man das alles nicht akzeptiert – altmodisch vielleicht –, dann wird man auch in Zukunft nicht akzeptieren, was Nicholas Negroponte kürzlich über die Zukunft der Kommunikation meinte: „Die meisten amerikanischen Kinder können die baltischen Staaten nicht von den Balkanstaaten unterscheiden; sie wissen nicht, wer die Westgoten waren und wann Ludwig der XIV. lebte. Na und? Was ist daran so wichtig? Wussten Sie vielleicht, dass Reno westlich von Los Angeles liegt?“[36]

Ob die digitale Welt auch einen digitalen Humanismus entwickeln wird, ist noch nicht klar. Denn generell gilt in den Sozialwissenschaften Entfremdung als Definitionsmerkmal von Moderne.[37]

Und was Jéan Amery in diesem Jahrhundert formulierte: „Der moderne Mensch tauscht Heimat gegen Welt ein, was für ein glänzendes Geschäft“[38], hat Jean Jacques Rousseau schon zwei Jahrhunderte früher gedacht: „Der Kosmopolit liebt die Welt, damit er seinen Nachbarn nicht lieben muß.“[39]

Ob die Weltgesellschaft eine humane Informationsgesellschaft wird, liegt weitgehend noch in unserer Hand.* Denn die Inhalte der Kommunikation zugunsten von Demokratie und Toleranz werden sich nicht im Selbstlauf herstellen, sondern bedürfen der Anstrengung; und so sind für mich zwei Thesen vorstellbar:

Die eine sieht den Menschen „nicht mehr einheimisch, sondern planetarisch. Seine unmittelbare Umgebung ist nicht mehr lokal, sondern digital. Stolz darauf, ein ‚Surfer‘ zu sein, lässt er die obszöne Stofflichkeit der Dinge für die endlosen Wonnen eines substanzlosen Raumes hinter sich. Der Einwohner wird zum Touristen, und es kündigt sich eine Epoche an, in der mit der gemeinsamen

---

* Fundamentalismus basiert darauf, dass jemand eine Projektion herausgreift und behauptet, dass sei die einzig richtige, und dann alle anderen Kulturen dieser Erde verwirft und bekämpft. Kandidaten dafür sind nicht nur gewisse Weltreligionen. Auch die Naturwissenschaften neigen heute zum Fundamentalismus, weil das objektiv Messbare für die einzige Möglichkeit gehalten wird, das Wesentliche in unserer Welt zu erfassen und das Wahre zu erkennen.

Hans-Peter Dürr: Für eine zivile Gesellschaft, S. 31

Abschaffung der Entfernungen und der Schicksale jeder in gleicher Weise wird alles besuchen können. Nicht mehr die weltoffene Einstellung prägt den Menschen, sondern eine Aufblähung der Subjektivität. Ist das dann die endgültige Ausformulierung der Emanzipation und der Brüderlichkeit?"[40]

Die andere These sieht inmitten der Turbulenzen einer sich elektronisch potenzierenden Welt Menschen, die am Rande der Datenautobahn keine virtuellen, sondern reale Begegnungen suchen; die eine mediale Untangierbarkeit neu entdecken, denen die Einmaligkeit einer unwiederholbaren Stunde oder Begegnung erneut wichtig wird. Eines Spaziergangs, eines guten Gesprächs, des Blicks in die Landschaft ...[41]

Und so werden – vielleicht – viele von uns trotz der Möglichkeiten von Videokonferenzen immer wieder das persönliche Gespräch suchen, wir werden trotz firmeneigener Expertensysteme dem Rat der erfahrenen Kolleginnen und Kollegen folgen, und wir werden, anstatt ein Video oder eine Diskette zu schicken, selbst irgendwohin gehen, um Vortrag und Gespräch in einer Face-to-face-Kommunikation zu erleben ...

Wem die eine These zu monströs-pessimistisch, die andere zu biedermeierlich-optimistisch erscheint, dem kann ich zwar keine Synthese, aber einen dritten Weg anbieten.

Die Möglichkeiten einer elektronischen Mondialvernetzung sind real. Sie sind so großartig und gigantisch wie größenwahnsinnig und gigantomanisch. Damit vergleichbar ist nur unser Umgang mit der Kernspaltung und der Gentechnologie, die auch das sind, was wir daraus machen.

„Eritis sicut deus, scientes bonum et malum. Die Schlange im Paradies hat den Verstand des Delphischen Orakels. Wir schaffen uns unsere Paradiese selbst, aber auch unsere Höllen."[42]

Medientechnologien an sich sind wertfrei. Und Mediensysteme können Brücken sein – zwischen allen Menschen. Aber nur so lange, als wir das menschliche Maß finden und halten. Das ist ein Appell an die viel geschmähte und vielfach denunzierte menschliche Vernunft. Wir sollten auch in Zukunft nicht auf sie verzichten.

Von Mickey-Mouse zu Microsoft
Bildung im Informationszeitalter

Ursprünglich habe ich daran gedacht, diesem sehr journalistischen Titel „Von Mickey-Mouse zu Microsoft“ den Untertitel „eine Polemik“, allenfalls auch „ein Pamphlet“ nachfolgen zu lassen.

Darauf habe ich nach einigem Nachdenken dann doch verzichtet, weil ein solcher Zusatz die Möglichkeit zu gewollten – oder ungewollten – Missverständnissen in einem zu hohen Maße eröffnet hätte. Missverständnisse sind aber im Umfeld eines solchen Themas wenig hilfreich. Dennoch will ich zur Erläuterung dieser geplanten und nunmehr verworfenen Spezifizierung einige wenige Sätze sagen:

Polemiken und/oder Pamphlete gehören zu jener zunehmend in Vergessenheit geratenen Gattung intellektueller Auseinandersetzung, die keinen einzelnen Missetäter anprangern will, sondern „den Trübsinn der Zeit in einer Sache, die sich ändern ließe – mit etwas Mut zur Einsicht“.[1] Dieser Mut ist allerdings oftmals nicht mehr gefragt, ist er doch unbequem für denjenigen, der ihn hat, und ärgerlich für diejenigen, die Objekte seiner Analyse sind.

Wobei Analyse wahrscheinlich zu hoch gegriffen ist; denn sie impliziert auch Antworten: kompakt, schlüssig, anwendungsorientiert – ein Rezept also, oder die Therapie nach der Diagnose ...

Aber so, wie sich die Bildung des Menschen einer Rezeptur verschließt, weil die Dimensionen von Zeit, Ort und Kultur dabei wesentlich sind, so wenig ist die „Zukunft der Bildung“ zu prognostizieren.* Es sollen also in erster Linie Überlegungen dahingehend angestellt werden, welchen Gefahren und Einschränkungen der

* Eine fortschrittliche Erziehung, die das geistige Klima für das Entstehen neuer individueller Bedürfnisse schüfe, geriete in Konflikt mit vielen der privaten und öffentlichen Mächte, welche heute die Erziehung finanzieren. Qualitative Änderung der Erziehung ist qualitative Änderung der Gesellschaft, und es besteht geringe Aussicht, daß sich eine solche Änderung organisieren und verwaltungsmäßig einführen läßt; Erziehung bleibt ihr hauptsächliches Erfordernis. Der Widerspruch ist real: die bestehende Gesellschaft muß die Möglichkeit zur Erziehung für eine bessere Gesellschaft bieten, und eine solche Erziehung kann für die bestehende Gesellschaft bedrohlich werden. Daher können wir keine allgemeine For-

Bildungsbegriff heute unterliegt und was dagegen unternommen werden kann. Dazu eine Vorbemerkung: In seinen Flüchtlingsgesprächen lässt uns Bert Brecht durch seine Figur des Ziffel wissen:

„Wenn der Bildungsdrang in einem Land einen so heroischen und selbstlosen Anstrich kriegt, dass er allgemein auffällt und für eine so hohe Tugend gehalten wird, wirft das ein schlechtes Licht auf das Land."[2]

Noch nie hat es eine Generation gegeben, deren Lebensgefühl so stark von den elektronischen Medien geprägt wurde wie die der heute 14- bis 29-Jährigen. Das Informationszeitalter verändert den Alltag dieser jungen Menschen in den entwickelten Ländern so grundlegend wie kaum eine Technologie zuvor in der Geschichte der Menschheit. Als der deutsche Soziologe Helmut Schelsky 1957 sein viel beachtetes Buch „Die skeptische Generation"[3] vorgelegt und damit den Skeptizismus und die vorsichtige Distanz als Lebensgefühl beschrieben hat, konnte niemand ahnen, dass wir es zwei Generationen später nicht mehr mit einer skeptischen, wohl auch mit keiner kritischen, sehr wohl aber mit einer gehetzten Generation zu tun haben, die in 90 Sekunden um die Welt surft, in allen Lebenslagen telefoniert und wie durch die Fernsehprogramme auch durch das Leben zappt. Aufgewachsen in einer Kultur zwischen Mickey-Mouse und Microsoft, Viva und MTV, ist sie zwar überall auf der Welt zu Hause, aber nirgends daheim.

Hat in dieser Welt Bildung Zukunft? Bildung als kritische Auseinandersetzung, als Suche nach Argumenten, als das Bemühen um selbstbestimmtes Urteil?* Oder anders: Hat diese Bildung Zukunft,

---

derung nach einer derartigen Erziehung erwarten, noch Bestätigung und Hilfe von oben. Herbert Marcuse: Ideen zu einer kritischen Theorie der Gesellschaft, S. 179

* Werden Kinder nun immer dümmer, oder was? Wer eine Antwort darauf hat, liegt schon falsch. Kinder werden immer klüger, und Kinder werden immer dümmer. Computer machen viele immer dümmer. Und nur manche klüger. Und noch undurchschaubarer: Selbst viele der Immerklügeren gehören gleichzeitig zu den Immerdümmeren, wenn man einen Begriff von sozialer Intelligenz als Maßstab an die technikvirtuosen Kids legt, der über die perfekte Manipulation von Informationsmaschinen hinausgeht. Hier einen analytischen Befreiungsschlag zu tun, benötigte zunächst eine Vergrößerung der Unklarheit, ein Aufbrechen der lagerbezogenen Antworten, eine Differenzierungsarbeit, die ohne „Wirs" auskommt. Jo Vulner: Info-Wahn, S. 103

oder eher etwas, was der gehetzten Generation mehr entspricht? Information in 30-Sekunden-Botschaften, gut verpackt, unterhaltsam, schrill und bunt?

Wir können nicht aus der Informationsgesellschaft aussteigen!

Jede Beschreibung des drohenden oder rasch voranschreitenden Kulturverfalls, zeitweilig höchst eloquent vorgetragen, kann nicht darüber hinwegtäuschen, dass seine Propheten ihre beste Zeit auch schon gehabt haben. Es ist vor allem keine realistische Option in die Zukunft. Nicht Medienaskese, sondern Medienkompetenz ist gefragt. Auch dann allerdings ist Optimismus in die Zukunft einer Bildungsgesellschaft im Sinne von Aufklärung und Neuhumanismus schlichtweg tollkühn, zumindest aber groß angelegter Selbstbetrug. Diese Bildung ist nicht mehr gefragt. Der „global mainstream" verordnet Qualifikation und Weiterbildung, verordnet Bildungsinhalte, die marktorientiert und brauchbar sind, Veranstaltern und Kunden nützen, zeitökonomisch und maßgeschneidert Verständliches liefern.

Eines der erfolgreichsten Bücher der letzten Jahre über die Zukunft der Bildung wird folgendermaßen angepriesen: „Leben und lernen im weltweiten Netz. Jeder hat Zugang zum Wissen der Welt. Wer rechtzeitig einsteigt, hat beste Chancen, sein eigener Wissensmanager zu werden. Wissen ist Macht – und Gewinn. Arbeiten wird künftig dezentralisiert und multimedial. Edutainment Companies gestalten die Bildung von morgen. Wertschöpfung und Moneymaking in virtuellen Märkten."[4] Es wird kaum mehr von Bildung gesprochen, und wenn, dann immer im Zusammenhang mit Wissen oder gar „Wissensmanagement".

„Wissen wird hier zu einem Sport, den man nicht mehr selber ausübt, über den man aber alles zu wissen glaubt, zu einem Spiel, wie dem Schachspiel, dessen Regeln man kennt, dessen große Spiele man vielleicht sogar nachzuspielen vermag, das man aber, weil man es nie als eigenes Spiel zu spielen gelernt hatte, gegen jeden Nobody verlieren würde. Mit anderen Worten: es droht eine ungeheure Distanz einzutreten, zwischen dem Wissen und dem Wissenden, dem, was das Wissen vorantreibt, Voraussetzung des Neuen ist, und dem, der das Wissen nutzt und ‚managt', eine Distanz, die dem Wissensprozess insgesamt abträglich ist, die das Wissen zu einem Gut macht, das einfach zur Verfügung steht, und den Wissenden zu einem, der sich nur noch als Dienstleistenden, nicht mehr als Teil des Wissensprozesses selber versteht."[5]

Und entsprechend wird der Lehrer zum „Lernberater in der Lernwerkstatt“, zum Wissensmanager und Coach. Seine Stoffvermittlung übernimmt die Software, er ist Organisator, der für „Gesprächskreise, für Teamarbeit, für Ernährung, Spiel, Bewegung, Muße und eine ausgeglichene Atmosphäre“ sorgt.[6]

Wen stört es dabei, dass sinnerfassendes Lesen für Grundschulabsolventen auch in Westeuropa nicht selbstverständlich ist, dass ein sekundärer Analphabetismus auch in den westlichen Industriestaaten zu einem zunehmenden Problem wird? Mehr als 300.000 gibt es davon in Österreich.*

„Von den neuen Medien wird die Idee humanistischer Bildung dann auch höchstens in jenem Sinne tangiert, als es allenthalben noch Menschen geben mag, die glauben, unbedingt alte gegen neue Kulturtechniken ausspielen zu müssen, und die nicht begreifen wollen, dass auch mit dem Internet nur solche Menschen sinnvoll und effizient umgehen können, die zuvor anderes gelernt haben, vor allem Lesen, Sprechen, Schreiben und Denken. Sich über 15% Analphabeten unter Österreichs Schülern zu beschweren und im selben Atemzug den Deutschunterricht um eine Stunde zugunsten von ‚Informatik‘ zu kürzen, schafft nur, wer von den Segnungen der Logik … ausgeschlossen blieb.“[7]

Wen stört es weiter, dass sich die weltweite Kluft zwischen den Besitzenden und den Besitzlosen, den Wissenden und den Unwissenden ausweitet, nationale und internationale Desintegration fördert? Wen stört es schließlich, dass der Abstand zwischen denjenigen, die in der „virtuellen Gemeinschaft“ oder im „Cyberspace“ bzw. in der „Hyperreality“ leben, deren Sein also digital ist, und denjenigen, die sich dieser Medien nicht bedienen können, den Beginn eines neuen Generationenkonflikts markiert, oder gar ein Abkoppeln der Eliten von der Gesellschaft? Mit Modernisierungsverlierern kann sich die beschleunigte Gesellschaft der Gegenwart nicht aufhalten …

---

* 85% der 14- bis 19-Jährigen und 76% der 20- bis 24-Jährigen haben Zugriff aufs Internet.
Auch insgesamt dominieren die elektronischen Medien Fernsehen, Internet, Handy und Radio. Nur 35% dieser Gruppen lesen täglich eine Tageszeitung, 36% mehrmals pro Woche, 13% höchstens einmal pro Woche, 11% seltener, 5% nie. Jugend Online 2002.
Fessel & GfK bzw. Austrian Internet-Monitor, 1/2002

Und weil das so ist, wird „Bildung“ in dieser postmodernen Mediengesellschaft, die so gerne zur „Wissensgesellschaft“ mutierte, zu einem eigentümlich altbackenen Begriff.

Was ist heute anzufangen mit diesem weitgehend unverstandenen Zauberwort „Bildung“, das „nur“ eine geistig-seelische, kulturell-soziale menschliche Entwicklung vorsieht? Was ist zu erwarten von einem Begriff, der in seiner konsequenten Umsetzung zwar die geistige Freiheit des Individuums erwarten lässt, aber kein klagloses „Funktionieren“ in der Arbeitswelt verspricht, sondern vielmehr „zweckfreies“ kulturelles und politisches Wissen? Verständnis und Einsicht in Zusammenhänge? Kritisches Bewusstsein gar?

So ist das alles nicht mehr gefragt. Wir reden zwar noch von Schul- und Erwachsenenbildung, von Bildung durch Wissenschaft an den Universitäten – einige wenige glauben sogar noch an Menschenbildung durch Erziehung und Unterricht –, aber so unverschämt wie heute ist mit dem Begriff der Bildung noch nie umgegangen worden, wenn man ihn einzig als Ruf nach technischen Lösungen versteht, als Krisenintervention für eine möglichst ungehinderte Wirtschaftsdynamik.[8] „Bildung ist Wirtschaftskraft“ lautete demnach einer der eingängigen Wahlslogans im Vorfeld des österreichischen Wahlkampfs 1999. Ist also Bildung heute wirklich nicht mehr als ungezügelte Wirtschaftsdynamik? Enthält Bildung nicht mehr als diese eine explizite Wissensdimension, die allzu leicht mit „Information“ verwechselt werden kann? Sind alle (historischen) Vorstellungen von der Gleichgewichtigkeit sozialen, emotionalen und kognitiven Lernens tatsächlich nicht mehr aktuell?*

---

* Wer heute die Macht des Wissens in Wissenschaftsform zu preisen versucht, verweist auf immer kürzere Verfallsdaten dessen, was wir eben noch zu wissen meinten. Die Terminologie stammt aus den Lehrbüchern der Kerntechnologie und des Strahlenschutzes. Es heißt, dass sich die Halbwertzeit des Wissens in atemberaubender Weise, derzeit nämlich in einem Zeitraum von etwa fünf Jahren, verringere. Das aber ist Unsinn. Was einmal erkannt oder entdeckt ist, was sich einmal als begründet und erwiesen, als den zu erkennenden Gegebenheiten entsprechend herausgestellt hat, verliert – Irrtumsmöglichkeiten selbstverständlich immer in Rechnung gestellt – nicht alle fünf Jahre seine Wahrheit. Das gilt von mathematischen Einsichten ebenso wie vom Periodensystem der Elemente oder Einsteins Relativitätstheorie. Was hier offenbar gemeint ist, dann aber auch so ausgedrückt werden sollte, ist, dass sich unser Wissen , allem voran unser wissenschaftliches Wissen, immer schneller vermehrt, sich

Kann es wirklich das Ziel sein, Bildung durch eindimensionales Wissen zu ersetzen und dieses durch Information?[9] Oder anders: Warum wir unter dem angehäuften Berg an Information und nutzlosem Wissen das Existenzwissen verschüttet haben, so dass wir zwar zunehmend über alles Auskunft geben können, nur nicht mehr darüber, was wir eigentlich wollen und was für uns und andere gut ist?[10]

Dazu allerdings bedarf es des gebildeten Bürgers – wir kommen um diesen Begriff auch in der Mediengesellschaft nicht herum – und damit natürlich auch nicht um die Frage, welche Bildung auch für die Kinder der Mediengesellschaft möglich sein muss.

Natürlich geht es dabei nicht um ein Bildungskonzept, das ein maßgeschneidertes Curriculum entwickelt und ein dem jeweiligen gesellschaftlichen und wirtschaftlichen Bedürfnis entsprechendes Menschenmaterial liefert. Flexibel und disponibel, teamfähig und anspruchslos, reibungslos funktionierend, dankbar und bescheiden. Bildung ist immer und unabdingbar auch ein Rekurs auf Werte und damit – wenn man so will – ein weltanschauliches Bekenntnis. Dabei gibt es wenig Kompromisse, aber mehr Gemeinsamkeiten als oberflächlich angenommen.

In die zeitgemäße Terminologie der „Schlüsselqualifikationen" übersetzt spricht der Soziologe Oskar Negt von der

- „Identitätskompetenz" im Umgang und dem Verständnis für Obdach- und Arbeitslose, Flüchtlinge sowie psychisch und physisch Kranke;
- der „technologischen Kompetenz", die über die technische Qualifikation im Sinne von Fertigkeiten hinausgeht und auch das Wissen um die gesellschaftlichen Wirkungen von Technologien mit einschließt;
- der „Gerechtigkeitskompetenz", die die Sensibilität für Recht und Unrecht, für Gleichheit und Ungleichheit schärft;
- der „ökologischen Kompetenz", die einen pfleglichen Umgang mit Menschen, mit der Natur und den Dingen vermittelt; und schließlich
- der „historischen Kompetenz", die eine Erinnerungs- und Utopiefähigkeit gerade bei beschleunigtem technologischem Wandel nötig macht.[11]

---

heute – wenn sich diese plakative Feststellung einigermaßen den tatsächlichen Umständen entspricht – etwa alle fünf Jahre verdoppelt.

Jürgen Mittelstrass beim Europäischen Forum Alpbach 2000

Diese Kompetenzen, sehr eng miteinander verknüpft, machen ein Lernen aus, das der Orientierung in unserer Welt dienen kann.

Eine solche Perspektive mag recht altmodisch klingen in einer Zeit, die ja nicht arm ist an Utopien und einer Vielzahl damit verbundener zisch-frischer Medienkonzepte über die Zukunft des Lernens, des Wissens, der Bildung. Tagaus, tagein bieten Bildungsberater und Wissensdesigner ihre durchaus nicht wohlfeilen Dienste an mit neuen Formen des Lehrens und Lernens vom Kindergarten bis ins Greisenalter. Zielorientiert, anwendungsorientiert, erfolgsorientiert, maßgeschneidert, preiswert. Laufend wird das Projekt Bildung in der Erlebnis- und Spaßgesellschaft mit „Edutainment"-Konzepten bereichert, wobei die Qualität des Wissenserwerbs am Unterhaltungswert gemessen wird, an der Lage des Seminarhotels, dem Service und den Freizeitangeboten vor Ort. Das mag zum einen schon notwendig sein in einer Zeit, wo der „Bildungsmarkt" boomt, die klassischen Bildungs-, vor allem aber Weiterbildungseinrichtungen zunehmende Konkurrenz erhalten und sich entsprechend auf dem Markt positionieren müssen.*

Was dabei nicht verloren gehen darf, ist das, was Heinz von Foerster aus konstruktivistischer Sicht argumentierte: „Lernen ist das persönlichste auf der Welt. Es ist so eigen wie ein Gesicht oder wie ein Fingerabdruck. Noch individueller als das Liebesleben."[12]

In der zeitgeistigen Bildungsdiskussion geht es darum nicht

* Unter Hinweis auf die Fortschritte von Gen- und Informationstechnologie, Robotik und Hirnforschung wird von selbst ernannten Propheten die Ablösung des Menschen durch die künstliche Intelligenz von Maschinen geweissagt. Unter ihnen sind viele vom Schlage Ray Kurzweils und Bill Joys, dem jüngst selbst die alte Tante FAZ mit wohligem Grusel ihre Spalten öffnete. Da siegt das unverdaute Zeug über jede Differenzierung, ein makabres Feuilleton, wie wir es auch aus Sloterdijks Menschenparkphantasien kennen, über sachlich und wissenschaftlich informiertes Argumentieren. Und solches Zeug wächst wie Unkraut zwischen den Kulturen, wissenschaftlichen wie medialen, und erfasst z. B. auch manchen wackeren Medienwissenschaftler, der, zwischen allen disziplinären Stühlen, aber auch zwischen Wissenschaft, Kunst und Alltag mit sich und seinen überbordenden Phantasien allein gelassen, von den Tellern der modernen Wissenschaftsgurus und medialen Rattenfängern nascht.

Jürgen Mittelstrass beim Europäischen Forum Alpbach 2000

mehr.* Es geht nicht mehr um die Schaffung gesellschaftlicher Rahmenbedingungen, die auf das größtmögliche Allgemeinwohl unter Wahrung größtmöglicher individueller Entfaltungsmöglichkeiten ausgerichtet sein sollten, sondern um ein „Eventmarketing", das in letzter Konsequenz auf die Unterhaltung vieler und die Erhaltung weniger hinausläuft.[13]**

„Wenn man sich die altmodische Idee, daß in der Schule Bildung sich ereignen sollte, aus dem Kopf geschlagen hat, dann erscheinen die Krisenphänomene in milderem Licht. Sie sind damit aus der Welt, und ein Kinderspiel ist ihre Therapierung auch nach der Beseitigung dieses erstrangigen Handicaps nicht; aber das ganze Problem der Schule ist dann ein strategisches, eines, das man zielgenau und planmäßig angehen kann. Man kann sich zum Beispiel mit Aussicht auf Erfolg die Aufgabe vornehmen, die Schule als entscheidende gesellschaftliche Rangzuweisungsagentur zu perfektionieren. Die Professionalität der Lehrer und die Effektivität ihrer Ar-

---

* Sie finden Sidney langweilig, kommen sowieso nie mehr in die USA, seit sie immerzu vorm Bildschirm hocken, und können auch niemanden mit Dante-Zitaten beeindrucken, weil alle ihre Computer-Freunde „Inferno" für eine Unterhosenmarke halten? Tja, dann haben sie ein Problem, denn dann müssen sie ziellos von einer Website zur nächsten surfen. Von der „Bild"-Traumfrau zum virtuellen Marcy's-Kaufhaus über den Veranstaltungskalender zur Homepage der Karl-May-Stiftung. Wenn Sie ganz viel Pech haben, landen Sie bei Familie Müller (von nebenan) oder Familie Smith (in Chicago gleich nebenan). Da könne Sie in Ruhe die Hochzeitsbilder von Karl und Emma Müller betrachten und nachlesen, wie viele Mäuse der Kater Felix vergangene Woche nach Hause getragen hat. Am Ende wird jeder seine Homepage haben, und das Internet kann nichts anderes mehr sein als die Verdoppelung der Welt mit lächerlichen Mitteln, über die Fachleute allerdings in Ekstase geraten. Schön daran ist, dass die virtuell zappelnde Welt im Netz weniger Platz wegnimmt als ihr gebeuteltes Vorbild, und dass man sie ausschalten kann. SUSANNE FISCHER: Willkommen daheim!
In: „SPIEGEL-Spezial", 3/97, S. 35

** Die ärmsten zehn Prozent der Weltbevölkerung verfügen über 1,6% des Einkommens der reichsten zehn Prozent. Die reichsten zehn Prozent der Bevölkerung der USA (25 Millionen Menschen) haben ein Einkommen, das höher liegt als das der ärmsten 43% der Weltbevölkerung (2 Milliarden Menschen), etwa 25% der Weltbevölkerung verfügen über 75% des Welteinkommens.

Bericht über die menschliche Entwicklung 2001, S. 26

beit ließe sich ausbildungsstrategisch gewiß erheblich steigern, wenn man den Lehrern erprobte Verfahren in die Hand gäbe, wie sie das von ihnen zu erarbeitende Schülermaterial rationell und störungsfrei von einem defizienten Ausgangspunkt A in einen erwünschten Endzustand B überführen können. Man kann – wiederum mit guter Erfolgsaussicht – darüber nachdenken, wie der Part der Schüler bei der Beschleunigung dieser Zustandsänderung auszusehen hätte und welche Rolle dabei den avanciertesten audiovisuellen und Informationstechnologien zufiele.* Der Beitrag der Schule zur Sicherung des so genannten Industriestandorts … könnte gewiß erheblich verbessert werden, vorausgesetzt, die Schule würde den entsprechenden Erfordernissen durch radikale Modernisierung angepasst."[14]

Und noch polemischer: Erst wenn wir die Bildung endgültig aus dem Schulbetrieb entfernt haben werden, ist die Schule zu retten.

Notwendige Nachbemerkung:

Die Philosophen der Postmoderne behaupten, dass die „Großen Erzählungen", Christentum, Sozialismus, Humanismus, Aufklärung etc., tot seien.

Nicht tot sind offenbar die „Großen Märchen".

Etwa das Märchen, dass der Markt das größte Glück auf Erden sei und alles regelt. Der Götze dieses Marktes ist das Geld. Daher gehört alles, was nicht kurzfristig Geld bringt, zunächst einmal problematisiert und gegebenenfalls abgeschafft, zumindest aber diskutiert und jedenfalls privatisiert. Mit Schrecken denke ich daran, was das für Bildung und Wissenschaft, Kunst und Kultur bedeuten kann …

---

* Alles, was man pädagogisch erreichen will, erreicht man besser ohne Computer. Alles, was man pädagogisch vermeiden will, vermeidet man besser ohne ihn. Alle Dummheiten, die die Schule macht, macht sie mit ihm verstärkt.

Eine Schule, die nur vermarktungsfähige Fertigkeiten hervorbringen will, wird dem schicksalhaften Unglück nicht entgehen, vor dem diese vier Sätze warnen. Dies kann nur eine Schule, die den … pädagogischen Auftrag im Sinn hat: jungen Menschen helfen, in ihrer Welt erwachsen zu werden.

Hartmut v. Hentig: Der technischen Zivilisation gewachsen bleiben, S. 208

(K)eine Zukunft für ein Bildungsradio?[1]

Bildung steht auf dem Boden der Aufklärung und dieser Boden gibt nach. Das Vertrauen in die Stärke rationalen Verhaltens schwindet. Den Aussagen der Wissenschaft wird zunehmend Skepsis entgegengebracht, der gepriesene Fortschritt in seinen Auswirkungen kritisiert, die Politik als eine Domäne von Scharlatanen, Egoisten, gnadenlosen Populisten, kleinen und größeren Gaunern und rücksichtslosen Machtmenschen gescholten.

Statt Auflehnung oder Widerstand beschreitet der Großteil der Bevölkerung allerdings den Weg in die Innerlichkeit oder zu Konsum und Unterhaltung.

Der Marktplatz der Öffentlichkeit bleibt leer, wenn über das Gemeinwohl verhandelt wird. Politische Entscheidungen fallen hinter geschlossenen Türen, nur wenige nehmen daran teil.

Journalisten informieren, erläutern und interpretieren, sind der Intrige nicht abhold, versäumen aber die Gelegenheit, zur intellektuellen Auseinandersetzung beizutragen, umgehen Widersprüche und stellen Konflikte entweder als schädlich und gefährlich dar, oder verstärken sie. So verringern sich die Chancen, unterschiedliche Auffassungen wahrzunehmen und zu überlegen. Im Wesentlichen wird die Öffentlichkeit mit fertigen Entscheidungsprodukten konfrontiert. Dort, wo Denkpausen vonnöten wären, ertönt – um im eigenen Jargon zu bleiben – oft nicht mehr als ein Pausenzeichen. – Keine gute Zeit für Bildung also! Denn Bildung braucht Auseinandersetzung, Reibeflächen, Mut zur Öffentlichkeit, Beurteilung, Differenz, Widersprüche und Konflikte. Daraus ergeben sich oft erst Motive und Anlässe, nicht nur wahrzunehmen, sondern auch nachzufragen, welche Ursachen wofür verantwortlich sind.* Bildung als überlegter Ungehorsam findet wenig Platz in ei-

---

* Es ist nicht die Aufgabe der Schule, „up to date" zu sein, sondern die grundlegenden Erfahrungen und Einsichten zu ermöglichen und zur Stärkung und Orientierung der jungen Menschen zu nutzen. Basics oder Grundlagenwissen und Grundfähigkeiten sind ihr Geschäft: das, worauf man im Leben weiter aufbauen kann, nicht Vorwegnahme dieses Lebens. Der Computer gehört nicht zu den Basics, so wenig wie das Essen mit

ner Welt, die Umwege tunlichst vermeidet oder verpönt, die glatte, rasche Lösungen bevorzugt, die Unterordnung, Gehorsam und Anpassung – trotz aller entgegengesetzter Bekenntnisse – fördert und belohnt.[2]

Das scheint die Situation allgemein zu sein. Und wie betreibe ich da Bildung im Radio, in einem „flüchtigen Medium", in einem „Sekundärmedium", das noch dazu unter dem kommerziellen und inhaltlichem Druck privater Anbieter steht?

Vor nunmehr 25 Jahren, im Oktober 1977, erklärte Henri Dieuzeide, Vertreter der UNESCO, auf der europäischen Schulfunkkonferenz in München in seinem Schlusswort: „Die Konferenz machte deutlich, dass der Hörfunk im Bildungswesen keine zentrale Rolle spielt. Er ist vielmehr auf bestimmte, ganz spezielle Gebiete beschränkt – oder um ein Sprichwort zu gebrauchen: ‚Um glücklich zu sein, lasst uns im Verborgenen blühen.'"

Das war schon damals – mehr noch heute – eine problematische, wenn auch diskussionswürdige Aussage.

Erziehungs- und Bildungsprogramme im Radio haben und hatten eine lange Tradition – sie stehen gleichsam am Beginn des Mediums. Lange sah man sie auch als Teil einer Bildungstechnologie. Mit diesem Ausdruck wurden in erster Linie Systeme bezeichnet, bei denen eine Vielzahl von Methoden und Medien zur Erreichung bestimmter Bildungs- und Ausbildungsziele eingesetzt wurden. Radio war und ist eines dieser Medien mit bestimmten Methoden und einer eigenen Mediendidaktik.*

In vielen europäischen Ländern haben die Bildungsprogramme

Messer und Gabel, die Haarwäsche mit Shampoo, das Autofahren. Dies alles ist zwar elementar, aber nicht grundlegend für anderes.

HARTMUT V. HENTIG:
Der technischen Zivilisation gewachsen bleiben, S. 198

* … alles aber mein Teuerster, ist jetzt ultra, alles transzendiert unaufhaltsam, im Denken wie im Tun. Niemand kennt sich mehr, niemand begreift das Element, worin er schwebt und wirkt, niemand den Stoff, den er bearbeitet … Junge Leute werden viel zu früh aufgeregt und dann im Zeitstrudel fortgerissen. Reichtum und Schnelligkeit ist, was die Welt bewundert und wonach jeder strebt; Eisenbahnen, Schnellposten, Dampfschiffe und alle möglichen Fazilitäten der Kommunikation sind es, worauf die gebildete Welt ausgeht, sich zu überbieten, zu überbilden und dadurch in der Mittelmäßigkeit zu verharren.

GOETHE an Zelter am 7. Juni 1845

ihren Anfang mit dem Schulfunk genommen, mitunter auf regionaler und lokaler Ebene. Dem Schulfunk folgte das Schulfernsehen naturgemäß erst Jahrzehnte später. Den klassischen Schulprogrammen im Radio folgten Bildungsprogramme für Erwachsene als Beitrag zum lebensbegleitenden Lernen, zur Auffrischung vorhandenen Wissens, zur Weiterbildung. Diese Entwicklung führte zu Studienprogrammen im Medienverbund, zu Fernlehrgängen und offenen Lernsystemen, wobei die „Open University" der BBC zum bewunderten Vorbild für viele europäische Rundfunkanstalten wurde. Gerade unter diesem Gesichtspunkt hat sich auch in vielen Radioprogrammen der Schwerpunkt der Aufmerksamkeit vom Schulkind zum erwachsenen oder zumindest heranwachsenden Hörer verlagert, der daheim allein oder in einer Vielzahl von Gruppensituationen lernt. Damit wurde auch dem Anliegen der Bildungsexperten nach der „education permanente" Rechnung getragen, die mit Sicherheit auch ein Hauptbestandteil der Bildungsüberlegungen in allen Organisationsformen der Zukunft sein wird.*

Richtig verstandenes und richtig gehandhabtes Bildungsradio bedingt somit einen starken, unablässig demokratisierenden Effekt. Dieser ist unabdingbar, denn er überbrückt die Grenzen zwischen bloßen Produzenten und bloßen Rezipienten, indem er Letztere zur Mitwirkung herausfordert und zur Aktivität anregt.

Mit dieser Feststellung – sie ist wahrlich nicht neu[3] – befindet man sich aber bereits mitten in der Diskussion um die „Programm-

---

* 1) Unsere Gesellschaft hat das traditionelle Wissen eigentlich abgeschafft, denn worauf es ankommt, sind Informationen (im Sinne von „Know-how") und Fertigkeiten/Kompetenzen.

2) So muss der Mensch in der Gegenwart seine funktionalen Kompetenzen, seine „social skills", seine Lernkompetenzen, ja sogar seine „personality skills" trainieren, um eine gute „Performance" im Sinn von Erfolgskriterien zu liefern – und dies bezieht sich auf immer mehr Lebensbereiche, beschränkt sich nicht auf Wirtschaft und die Arbeitswelt.

3) Die zunehmende Performanceorientierung auch in der Wissenschaft zeigt sich in der Umbenennung von „Wissen und Bildung" in „Forschung und Entwicklung". Darin zeigt sich die „Zuliefertätigkeit" für den industriellen Sektor, so dass eine beschleunigte (dritte) Phase der Industrialisierung durch Computerisierung bescheinigt wird, keinesfalls aber (trotz der „knowledege workers") ein Ende der Industriegesellschaft.

Gertraude Mikl-Horke: Entfremdung in der Wissensgesellschaft. In: Zeitschrift für Sozialpsychologie und Gruppendynamik. 28/106 philosophie" eines Bildungsradios. Einer ihrer bedeutsamsten Grundsätze besteht darin, dass es nicht alleiniger Sinn eines solchen Programms sein kann, ja nicht sein darf, unter falsch verstandenem Erfolgszwang nur mehr nach immer höheren Einschaltquoten zu schielen. Gerade der auf enorme Reichweite und Durchdringung angelegte Charakter des Radios allgemein nötigt ein Kultur- und Bildungsradio zu mehr als bloß quantitativem Erfolg. Ein Kultur- und Bildungsradio hat nicht nur den Erfolgssog von „Massenprogrammen" anzustreben, sondern mit gleicher Intensität die Aspekte jeweils bestehender oder sich bildender „Minderheiten" zu berücksichtigen. Und darüber hinaus gebührt auch dem zeitgenössisch Neuen oder gar erst Heraufsteigenden ein entsprechender Platz. Dass gerade diese Anforderungen immer wieder der „Quadratur des Kreises" nahe kommen, ist jedem bewusst, der in diesem Genre arbeitet. Der Anspruch ist real. Möglichst breite Zielgruppen sollen ohne Quotenfetischismus erreicht werden; es geht also vorerst einmal darum, auch im Radio die Rahmenbedingungen zu verändern, unter denen Kultur- und Bildungsradio vor sich geht, und daneben die Programmziele eines solchen Radios neu zu definieren. Dabei geht es zuallererst darum, „heilige Kühe" zu schlachten.

Radio und Fernsehen haben die hoch gesteckten Erwartungen, wesentlich zur Entwicklung einer Lerngesellschaft beizutragen, nicht erfüllt. Noch zu Beginn der siebziger Jahre wurde diese Hoffnung zumindest von den europäischen Bildungstheoretikern und Bildungsplanern, aber auch von zahlreichen Bildungsjournalisten im elektronischen Medium fast generell angenommen.[4] Nicht aber erst seit Neil Postman ist bekannt, dass die Trivialisierung und Banalisierung des Fernsehens nicht aufzuhalten ist,[5] und noch länger wissen wir, dass das Radio kein Leitmedium mehr darstellt, sondern zunehmend ein Begleitmedium geworden ist. Ein solches eignet sich aber schlecht zum systematischen Wissenserwerb, zum Lernen in Einzelschritten. Für viele Bildungsjournalisten der alten Schule war diese Erkenntnis der Abschied von einer Illusion – und auch dann, wenn man Illusionen nicht für grundsätzlich schlecht hält, werden sie gefährlich, sobald man beginnt, sich in diesen Luftschlössern wohnlich einzurichten und so zu tun, als entsprächen sie der Realität.*

* Es kann vermutet werden, dass nicht nur die objektive Situation der Entfremdung auch in der Wissensgesellschaft gegeben ist, sondern eben-

Es war eine Illusion zu glauben, der Schulfunk etwa, in fast allen europäischen Rundfunkanstalten seit Jahrzehnten etabliert, habe die Schule verändert, sie moderner, lebensnäher, praxisbezogener, menschlicher, demokratischer gemacht. Wahrscheinlich haben diese Rolle immer wieder nur einzelne Lehrer erfüllt, und vielleicht haben diese Lehrer dann und wann auch den Schulfunk dazu benützt; grundsätzlich aber hat der Schulfunk immer nur schulische Realität nachvollzogen, sich an den curricularen Erfordernissen der Schule orientiert, in seinen Programminhalten nicht das Leben, sondern den Schulalltag widergespiegelt.

Es war eine Illusion zu glauben, Lern- und Studienprogramme im Medienverbund hätten den institutionalisierten Formen der Erwachsenenbildung oder auch dem Radio auf Dauer neue Hörerkreise erschlossen, neue Zielgruppen für die Idee des „lifelong learning" begeistert. In Wahrheit wurden die bereits Bildungsmotivierten und formal recht gut Gebildeten in ihren Erwartungen und Ansprüchen bestätigt, diejenigen aber, die nicht interessiert und nicht motivierbar waren, wurden nicht erreicht. Alle ergänzenden Kursveranstaltungen in den Einrichtungen der Erwachsenenbildung mit zusätzlicher Lernbetreuung und zusätzlichen Lernbehelfen haben das immer wieder bestätigt.[6]

Da solche Formen „formaler Bildung" durch das Radio keinerlei Zukunft haben, muss ein Konzept „informeller Bildungsinhalte" überlegt werden. Und das nicht allein aus pädagogisch-psychologischen Erkenntnissen, sondern vor allem aus pragmatisch rundfunkpolitischen.* Wenn Bildungsprogramme dringend ein wesentlich

---

so die subjektiven Gefühle der Entfremdung keineswegs am Verschwinden sind, sondern vielmehr in eine seltsam widersprüchliche Beziehung zueinander geraten sind: Zunehmende Anforderungen, Verantwortung und soziale und funktionale Partizipation bei gleichzeitig steigender Kontrolle des Erfolgs, Druck zur Anpassung an immer weiter steigende und sich verändernde Anforderungen.

Gertraude Mikl-Horke: Entfremdung in der Wissensgesellschaft. In: Zeitschrift für Sozialpsychologie und Gruppendynamik. 28/106

* Es kommt zu einer Verschiebung der Risiken der Beschäftigung und der Sicherung der Beschäftigungsfähigkeit hin zu den Arbeitnehmern, und zwar zu jedem einzelnen Arbeitnehmer. Die Risiken werden gleichzeitig individualisiert, sodass die kollektive Interessenvertretung und die Schutzbestimmungen des Arbeitsrechts geschwächt werden. Auch das hat Methode: Man suggeriert Selbstbestimmtheit des Lebens und der

breiteres Ziel- und Hörerpublikum brauchen, weil die Verknappung der wirtschaftlichen Ressourcen der öffentlich-rechtlichen Medienunternehmen im Gefolge der Konkurrenz von Privatrundfunk, der allgemeinen wirtschaftlichen Lage und der Restriktionen durch den Gesetzgeber jeden Programmbereich unter Erfolgszwang stellen, bedeutet dies auch einen notwendigen Umdenkprozess bei Programmplanern und Sendungsgestaltern im Kultur- und Bildungsradio. Denn natürlich stehen auch diese Sparten auf Dauer unter dem Sachzwang einer Kosten-Nutzen-Relation. Geringe Hörerzahlen und vergleichsweise teure Programme glauben sich manche öffentlich-rechtliche Unternehmen auf Dauer nicht mehr leisten zu können – klammheimlich steht da und dort auch der Wunsch dahinter, sie sich nicht mehr leisten zu müssen …

Bildungsprogramme stehen damit zuerst einmal in Diskussion, gefolgt vom Hörspiel, der Wissenschaft, bisweilen auch dem Feature und der zeitgenössischen Musik. Aber natürlich ist die Reaktion der öffentlich-rechtlichen auf das „Wasserleitungsradio" der privaten paranoid, ängstlich und falsch – da und dort aber auch schlichtes Kalkül.

Das „Flächenradio" – schon der Begriff sagt alles –, als Abwehrstrategie gegen die kommerzielle Konkurrenz im Regional- und Lokalbereich „erfunden", zeigt mit seiner beängstigenden Banalität, mit seinem bewussten Verzicht auf jedes intellektuelle Wort, mit seinem öden Musikbrei und seiner provokanten „schulterklopfenden" Anbiederung an seine Hörer(innen), mit welchem Zynismus Radio heute (auch) gemacht wird.*

Arbeit und meint eigentlich Reduktion von Schutz durch Schwächung der sozialstaatlichen Aspekte und der Gewerkschaften. Daraus folgt ein weiterer Anstieg der existentiellen Unsicherheit und des Drucks auf die Arbeitenden, sich den Anforderungen anzupassen.

Gertraude Mikl-Horke: Entfremdung in der Wissensgesellschaft. In: Zeitschrift für Sozialpsychologie und Gruppendynamik. 28/106

* Riesige Mengen von Texten, Bildern, Musik, Gerede haben sich gebildet. Nichtbeachtung ist normal geworden. Dass sie keineswegs zur Einstellung der Produktion führen muss, zeigt sich am Schicksal vieler wissenschaftlicher Publikationen. Der größte Teil von Aufsätzen in Fachzeitschriften bleibt im Grunde ungelesen. In den Kellern der Verlage stauben Fachbücher ein, die nur deshalb nicht in Vergessenheit geraten können, weil sie erst gar nicht beachtet werden. Ihre Autoren mögen vom Ruhm geträumt haben, während sie insgeheim bereits das wahre Schicksal ihrer

Anstatt mit souveräner Überlegenheit alle die Ressourcen auszunützen, die nationalen Rundfunkanbietern (noch) zur Verfügung stehen, scheint es zunehmend der Weisheit letzter Schluss zu werden, die an sich schon anspruchslosen bis primitiven Strickmuster der Kommerzsender noch zu unterbieten. Fast scheint es so, als ob die Weichen für ein zukunftsorientiertes Radio da und dort zunehmend in die Vergangenheit gestellt würden, und nach der obersten Leitlinie Konkurrenz- und Kostendruck reagiert man nach dem Gesetz des kleinsten gemeinsamen Vielfachen; wird die Diskussion um ein „Minimal-Niveau" geführt, das in seiner Anspruchslosigkeit die Normen für eine Einstufung als Radio für Analphabeten erfüllt.

Noch aber haben die nationalen öffentlich-rechtlichen Rundfunkanbieter entsprechendes Kapital in Form journalistischer Professionalität, einer exzellenten Technik und eines Reservoirs an gut ausgebildeten Mitarbeitern. Aber dieses Kapital wird zunehmend und leichtfertig verschleudert, ausgebeutet, frustriert und vertrieben. Gefragt sind allzu oft das schnelle Mundwerk und nicht intellektuelle Redlichkeit, muntere Wortfetzen anstatt kreativem Ernst, „Sound und Klima" an Stelle recherchierter Berichte; eben „Zeitgeistradio", eine als Aktualität verkaufte Oberflächlichkeit ...*

Produkte ahnten ... Der Sinn von Produkten besteht in ihrer Produktion. An die Stelle des aufnahmebereiten Konsumenten tritt der Keller des Verlages, das Archiv, die Regalflucht der Universitätsbibliothek, die Kapazität von Festplatten. An die Stelle des Konsums tritt die Abspeicherung und Aufbewahrung.

GERHARD SCHULZE: Die beste aller Welten, S. 75

* Die Behandlung sexueller Inhalte in den Medien ist nur ein Beispiel für das steigerungslogische Problem der Ausreizung. Längst hat es alle Bereiche der Medienwirklichkeit erfasst: Fernsehen, Printmedien, Rundfunk, Musikindustrie, Online-Anbieter. Gemeinsamer Nenner aller Steigerungsbemühungen ist das Bestreben, in möglichst kurzer Zeit und möglichst voraussetzungslos anschlussfähig an das Bewusstsein von Zappenden, Surfenden, Enteilenden zu sein. Es kommt darauf an, das Publikum im flüchtigen Moment der zufälligen Begegnung mit dem Inhalt zu erreichen und diesen Moment möglichst in die Länge zu ziehen. Dies aber wird immer schwieriger, denn was sich hier erreichen lässt, ist allmählich erreicht. Am Ende etabliert sich bei immer mehr Medien eine Folklore von Steigerungsversprechen, deren Nichterfüllung das Publikum so achselzuckend hinnimmt, wie es dies bei der Werbung seit langem tut.

GERHARD SCHULZE: Die beste aller Welten, S. 70

Keine gute Zeit für Bildung also? Nun, bei aller Skepsis für die Zukunft, darf diese doch nicht lähmend für die Arbeit werden. Noch haben die öffentlich-rechtlichen ja in der Regel ihre Kultur- und Bildungsprogramme. Aufgabe der einschlägigen Redaktionen wird es sein müssen, darüber nachzudenken, welche Inhalte, in welcher Form ausgewählt, gestaltet und transportiert werden.

Wie können Bildung und Kultur sachlich und fachlich seriös informieren und Hörerlebnisse vermitteln? Wie gelingt es, diejenigen Hörer anzusprechen, die als interessierte Laien und nicht als Fachexperten mehr und Genaueres über ein Thema erfahren wollen, sich mit den in Sendungen aufgeworfenen Fragen weiter beschäftigen, ihr Wissen vertiefen und erweitern wollen?

Fragen der akustischen Präsentation sind eine zunehmende Überlebensnotwendigkeit. Dabei ist aber zu bedenken, dass auch ein „modernes“, mit aller Raffinesse ausgestattetes Bildungsprogramm nicht dazu führen kann, dass an die Stelle der Erkenntnis- und Wahrnehmungsanstrengung allein die Unterhaltung tritt. Bildung und Lernen sind immer auch ein Stück Anstrengung und Arbeit, niemals allein Zerstreuung und Unterhaltung. (Eine ungeheure Zumutung in unserer Spaßgesellschaft in der Tat!)

Andererseits können aber auch Bildungssendungen ermöglichen, dass Lernen, Wissensvermittlung und bildende Information zu einer spannenden, anregenden und lustbetonten Aufgabe werden. Wer dabei jemals auf die unglückliche Idee kam, Bildungsprogramme müssten ganz spezifischen „pädagogischen Prinzipien“ unterworfen oder gar von Pädagogen mitgestaltet werden, hat weder diesen Programmen noch den in diesen Bereichen tätigen Redakteuren einen guten Dienst erwiesen. Dieser Mechanismus hat zu den seltsamsten Erscheinungen geführt – dass nämlich die medialen Bildungsprogramme von den anderen, vor allem von der Unterhaltung, streng und fein säuberlich getrennt wurden. Im Bildungsprogramm schalteten und walteten dann die Pädagogen und meinten es gut … man hörte es.*

---

* In der telematischen Gesellschaft verlieren die klassisch gebildeten Kasten die Interpretationsgewalt. Jeder kann am neuen Spiel der Informationsgesellschaft teilnehmen – viel fernsehende Jugendliche, die kaum mehr als die Hauptschule hinter sich gelassen haben, verfügen unter Umständen über mehr Wissen als altgediente Professoren.

Matthias Horx: Trendbuch, S. 17

Es war aber den meisten Menschen und damit auch Hörerinnen und Hörern nicht aus den Köpfen zu bringen, mit diesen Programmen „Schulmäßigkeit" und Langeweile zu assoziieren – auch wenn das ungerecht sein mochte, es war so. Und im Übrigen rettet man mit diesem Dualismus – hier Bildungsprogramm, dort das übrige Radioprogramm – den Medien nicht ihren „Bildungswert", zumal darin auch immer die arrogante Aussage verborgen ist, Unterhaltung sei Unbildung. Es gehört aber zu den wesentlichsten Erscheinungen unserer geschichtlichen Situation, dass sich Individuen nicht mehr, gleichsam aufopfernd für einen „höheren Zweck", ihre Bedürfnisse ohne weiteres absprechen lassen. Im Gegenteil: das Kritisieren und Negativisieren derselben führt erst recht zu unkontrollierbaren, fast trotzigen Gegenreaktionen, die uns allen auch noch aus Schulzeiten geläufig sein sollten. Bildungsjournalisten haben sich daher nicht als „Oberlehrer der Nation" zu gebärden, genauso wenig, wie im Bildungsprogramm schrille Vertraulichkeit, als Lässigkeit getarnter Amateur-Journalismus oder als Lebendigkeit verpackte Ahnungslosigkeit Platz greifen dürfen. Kultur- und Bildungsprogramme werden auch in Zukunft Programme für Minderheiten sein. Aber dass die Basis dieser Minderheit erweitert wird, ist nicht oftmals vermutete Anpassungsstrategie der Bildungsjournalisten, sondern auch bildungspolitisch vernünftig. Niemandem dient ein exzellentes Bildungsprogramm, das keine Hörer (mehr) hat …

Die Zukunft der Bildung im Radio liegt daher weiterhin in der Entwicklung eines medienspezifischen Bildungsbegriffs, weil die Bildungsaufgabe und -möglichkeit eines Massenmediums nicht aus den Bildungsbedürfnissen von Schule oder Erwachsenenbildung heraus entwickelt werden kann. Medien sind nämlich nie nur Mittler; ihre spezifische Gestalt repräsentiert schon die eigene Zukunft; ihre künftigen Möglichkeiten stehen schon in der vorhandenen Realität.* Vor diesem Hintergrund sollte auch ein medienspezifi-

* Auch der große Dulder Odysseus wäre wahrscheinlich wahnsinnig geworden, wenn er einmal, sagen wir zehn Stunden ohne Unterbrechung dem amerikanischen Fernsehen zugesehen hätte. Eine solche Zeitspanne bedeutet den Genuß von insgesamt etwa drei Stunden von Reklamen von unbeschreiblicher Abscheulichkeit. Wieviel Talentlosigkeit, Gemeinheit, Schamlosigkeit, Vulgarität dem Zuseher zugemutet werden, das zu beschreiben, fehlt mir die Kraft. Wenn ein Hollywood-Regisseur den Garten der Lüste von Hieronymos Bosch für ein Publikum von

scher, radiogerechter Bildungsbegriff zum Vorschein kommen, der zur Kenntnis bringt, dass gerade die Notwendigkeit und Wirklichkeit des Radios direkt und indirekt einen Bildungsbegriff unabhängig von den bisher dafür maßgebenden Institutionen konstituiert. Denn die Massenmedien und damit auch das Radio, deren Institutionen und Organisationen werden durch sich selbst, ob sie es wollen oder nicht, zur „Bildungsautorität" in einer Zeit, in der die Bewältigung von Information das erste Bildungsgebot ist.

Will man das Radio als Bildungsträger ernst nehmen, wird es von seiner Organisation her neue Möglichkeiten kollektiver Bildungsprozesse entwickeln müssen. Bildung im Radio heißt Orientierung, Lebenshilfe, Vermittlung gesicherten Wissens, Anregung zu Diskussion, zum Nachdenken und zum Widerspruch. Bildung im Radio kann weder „erziehen" noch „belehren", sehr wohl aber zum selbständigen Handeln anregen, ebenso wie sie –hoffentlich – zur weiteren Auseinandersetzung motiviert.

Was ist daraus zu folgern? Konkret und auf das Radio bezogen werden die Hörerinnen und Hörer immer (sekundär) sozialisiert. Sie entkommen dieser bewusstseins- und verhaltensprägenden Wirkung der Sozialisationsinstanz nicht. Und jede Botschaft, die sie aufnehmen, ist auch eine politische. Selbst wenn ein Programm offensichtlich „unpolitisch" konzipiert ist, wie die Musikberieselung eines permanent Pop- und Schlagermusik verbreitenden Senders: Auch dieses Programm ist natürlich politisch – durch Selektion. Es ist politisch durch das Setzen von Prioritäten. Die Botschaft heißt eben in diesem Fall, dass die Welt der Unterhaltung und des Scheins Vorrang haben vor der Welt des gesellschaftlichen Konflikts, der Auseinandersetzung um die Verteilung von Gütern.*

---

geistig zurückgebliebenen Zwölfjährigen inszeniert und dazu Schauspieler vom Talent des Präsidenten Reagan engagiert hätte, könnte nichts Bizarreres herauskommen als das, was das amerikanische Publikum täglich mit Befriedigung zu sich nimmt.

ERWIN CHARGAFF: Kritik der Zukunft, S. 18

* Bildungsinstitutionen wie Schule und Universität haben heute bildende Wirkung nicht wegen, sondern trotz einer Bildungspolitik, die ihre Energien damit vergeudet, auf unfruchtbare öffentliche Dispute und konjunkturabhängige Industrieanforderungen wetterwendisch zu reagieren. Professoren außerhalb des durchfunktionalisierten Lagers der Naturwissenschaften haben sich meist mit den nach ihren Maßstäben „ungebildeten" Studenten resigniert abgefunden ... Regelmäßig zu Semesterbeginn,

In diesem, wenn man so will, radikalen Verständnis von Bildung im Radio ist diese dann aber auch wesentlicher Programmauftrag aller Sparten und nicht in ein Ghetto genau definierter Sendeplätze oder in ein Korsett von Sendeminuten zu sperren. Solche Bildung, orientiert an der Demokratie und das Ziel verfolgend, Aufklärung zu betreiben, ist niemals bequem, denn sie stört die Zufriedenheit und Selbstzufriedenheit des Spießers, sie stört notgedrungen bestehende Interessen bis hin zu den Interessen der eigenen Institution. Denn es ist keine Frage, dass dabei auch die innere Mediendemokratie der Rundfunkunternehmen selbst auf dem Prüfstand steht. Solche Bildung reibt sich aber auch mit den Interessen einschlägiger Wissenschaften, die bisher glaubten, Bildung sei allein ihr Geschäft und könnte nur aus ihrem Selbstverständnis heraus interpretiert werden.

Jede Sozialisation ist damit auch eine politische, trägt bei zur Entwicklung des Zoon politikon. Sie formt Einstellungen und Verhalten. Zumindest indirekt, zumindest mittelbar ist damit auch jede Sozialisation Bildung – politische Bildung.

Das Radio als Faktor massenmedialer sekundärer Sozialisation ist somit einer der Faktoren dieser politischen Bildung. Und Radio ist dies mit oder gegen seinen Willen, es entkommt dieser politischen und somit auch sozialen Bildungsfunktion nicht. Radio hat damit – wie auch die anderen Massenmedien – gar nicht die Wahl ob, es hat nur die Wahl, wie es diese Bildung betreibt. Wenn das aber alles stimmt, dann erscheint bei aller angebrachten Skepsis diese (politische) Bildung in den öffentlich-rechtlichen Rundfunkunternehmen noch immer um vieles besser, verantwortungsbewusster und qualitätsvoller zu sein als in allen anderen Radiostationen. Schärfer formuliert: Es gibt – auch für das Kultur- und Bildungsradio – keine Alternative zum gemischtfinanzierten öffentlich-recht-

---

also im Frühjahr und Herbst, lässt das gehobene Feuilleton wieder Aufsatzreihen zur Bildungsmisere verfassen. Der Rhythmus gleicht dem der Frisuren-Specials der Frauenmagazine. Vom verschwitzten Pathos der Bildungsklager lassen sich die verklebten Gemüter der gehobeneren Leser immer noch für kurze Zeit aufrappeln. Da die Halbwertszeit der Erinnerung an abgehalfterte und mehrfach aufgebrühte Themenzugriffe auch bei den Besserinformierten und Halbgebildeten so niedrig geworden ist wie bei den … Dummen, merkt auch von denen keiner, dass sie mal wieder medialem Saisonfutter aufgesessen sind.

Jo Vulner: Info-Wahn, S. 101

lichen. Wer anderes behauptet, ist entweder schlecht informiert oder sagt bewusst die Unwahrheit; Politiker mit eingeschlossen.[7] Allerdings mit dem Zusatz, dass sich die öffentlich-rechtlichen Medienunternehmen weiterhin diesem vielfach unbequemen, zumeist unbedankten Auftrag stellen. Tun sie das nicht, dann wird ihnen über kurz oder lang ein wesentliches Standbein fehlen, danach aber wird es zu spät ein, diesen Verlust zu bedauern.

„Irgendwann wird es Sisyphos gelingen, den verdammten Stein über den Berg zu bringen.“ Wissenschaft – Journalismus – Öffentlichkeit im Medienzeitalter

Nach einem Bericht der Fachzeitschrift „Bild der Wissenschaft“ wurden in Westeuropa schon 1994 zweistellige D-Mark-Millionenbeträge mit so genannten „esoterischen“ Waren und Dienstleistungen umgesetzt.[1] Von Horoskopen über „Mind Machines“ bis hin zu Pyramiden, Organstrahlern und Schutzvorrichtungen gegen Erdstrahlen.

Droht uns am Ende der Aufklärung eine millionenfache Spezies an Mitmenschen, die sich ihre Partner nach den Tierkreiszeichen aussuchen, ihre Schlafplätze auspendeln, bei jeder halbwegs wichtigen Entscheidung Tarotkarten zu Rate ziehen, ihre Geschwüre mit Reiki-Energie schrumpfen lassen wollen und ihre Schweißfüße mit Amethysten trockenlegen – wobei Letzteres sicher das Harmloseste ist? Ist das ein irrationaler Boom, der bald überwunden sein wird, oder doch mehr, weil nunmehr auch die Massenmedien entdeckt haben, dass „Übernatürliches“ die Auflagen und Einschaltquoten ebenso wirksam steigern kann wie „sex and crime“?*

Wie kann man diesem esoterischen Schund gegensteuern? Durch „strenge“ Naturwissenschaft etwa? Carl-Friedrich von Weizsäcker hat mehrfach und schon vor Jahren formuliert, dass das Vertrauen in die Naturwissenschaft die einzige universale Religion unserer Zeit sei. Aufgrund dieses Vertrauens – so schreibt er – rückt der Wissenschafter ungewollt in die Rolle eines Priesters dieser säkularen Religion ein. Er verwaltet ihre Geheimnisse, ihre Prophetie, ihre Wunder. Die mythologisierende Darstellung der Naturwissenschaft ist voller Geheimnisse. Die Naturwissenschafter werden zu Hütern dieser Geheimnisse.[2]

---

* Wenn der Journalismus als Filter, Mittler und Erklärer entfällt, beginnen Politiker scheinbar direkt mit dem Publikum zu kommunizieren. Das suggeriert, es stehe die wahre Stunde der liberalen Demokratie bevor. Welcher Trugschluß! Gunter Hofmann in: „Die Zeit“, 39/ 1994

Mit anderen Worten, die Versuchung jedes Wissenschafters, der einen populärwissenschaftlichen Artikel schreibt, eine populärwissenschaftliche Sendung macht oder in einem Interview entsprechende Fragen beantworten soll, ist groß: Die Versuchung besteht darin, das zu liefern, was ein breites Publikum offenbar haben möchte. Gibt man diesem Wunsch nach, so entsteht das folgende Ergebnis: Der „Entzauberung" der Welt durch die Naturwissenschaft tritt eine „Wiederverzauberung" der Welt mit Hilfe der Schlüsselbegriffe dieser Wissenschaft entgegen. Die durch die Naturwissenschaften entmythologisierte Welt wird eben durch diese Wissenschaften wieder remythologisiert. Das entspricht sicher einem weit verbreiteten Bedürfnis und bedeutet, dass zwar nicht die Naturwissenschaften selber als Mythos aufgefasst werden können, aber dass viele der Berichte über die Naturwissenschaften moderne mythische Großerzählungen sind. Mit dem Mythos im engeren Sinn haben sie die Nichtüberprüfbarkeit durch den Leser, Zuhörer oder Zuschauer gemeinsam.[3]

Die Konsequenzen daraus: Weil der Wissenschafter in einer Art Priesterrolle gesehen wird, erfordert die Vermarktung der „Wissenschaft populär" die konsequente Personalisierung.* Auch der Wissenschafter muss medienwirksam sein; das Publikum ist sensationslüstern. Also befragt man den medienwirksamen Kernphysiker auch zur Rolle der Frau in unserer Gesellschaft und den medienwirksamen Systemanalytiker über seine Meinung zur Bedeutung der frühkindlichen Erziehung. Und diese Antworten werden ähnlich einem Orakelspruch ernst genommen, auch dann, wenn sie offensichtlich belanglos und banal sind. Allerdings – und das steht zum bisher Gesagten im Widerspruch – ist auch ein anderes, ebenso bedeutsames Phänomen feststellbar: Das Selbstverständnis der Naturwissenschaft, wonach diese im Besitz einer wissenschaftlichen Wahrheit sei, die weitergegeben und von der Öffentlichkeit mit größter Bewunderung zur Kenntnis genommen werden soll, dieses

---

* Es gibt Wissenschaftler – aber nicht viele –, die sowohl innerhalb der scientific community über wohlerworbene und „nachhaltige" Anerkennung verfügen, als auch in der Welt der Medien zur Prominenz zählen. Der Umstand jedoch, dass in der Mehrzahl der Fälle Medienprominenz und wissenschaftliches Prestige zueinander in „umgekehrter Proportionalität" stehen, gereicht weder der wissenschaftlichen noch der medialen Glaubwürdigkeit zum Vorteil.

Hans Tuppy beim Europäischen Forum Alpbach 2001

Selbstverständnis ist längst vorbei.* Wir haben – im Gegenteil – eine Reihe von gesellschaftspolitischen Kontroversen über naturwissenschaftlich-technische Entwicklungen bereits hinter uns, andere stehen bevor. Nicht alle neuen Erkenntnisse und die daraus abzuleitenden Möglichkeiten sind gesellschaftlich machbar oder wünschenswert.[4] Die Sinnkrise von Natur- und Technikwissenschaft ist somit real. Den „hard sciences" wird zunehmend misstraut, den „soft sciences" hört keiner mehr zu. Und miteinander können diese Wissenschaften schon lange nicht mehr reden. Ein Problem, das der englische Physiker und Romancier Charles Pierce Snow in seinem brillanten Essay „The Two Cultures" schon in den 50er Jahren konstatierte; dass zwischen Natur- und Geisteswissenschaftern keine Verbindung mehr bestehe, weil die einen zu beschäftigt und die anderen zu eingebildet seien.[5]

Der Philosoph Günther Anders hat die Ängste der Gegenwart bereits ab 1956 auf eine suggestive Formel gebracht: „Die Antiquiertheit des Menschen". Das soll besagen: der Mensch fühlt sich nur noch als Störfaktor in einer immer perfekter werdenden technischen Umwelt. Und: unsere Vorstellungskraft ist unseren Produktivkräften längst nicht mehr gewachsen.** Der technologische Pro-

* Forschungsthemen werden oft schon von ihren Autoren selbst oder von Redakteuren dadurch emotional „aufgeladen", dass sie mit mehr oder weniger passenden hoffnungsvollen, ja noch besser, angsterregenden Assoziationen verknüpft werden: krebserregend, libidosenkend, potenzsteigernd, mit Genen „kontaminiert", Gau- und Supergau-riskant … Der Appell an die Gefühle übertönt kritische Prüfung und immunisiert gegen heilsamen Skeptizismus. Während in der Wissenschaft das Forschungsziel und der intersubjektive Erkenntnisgewinn Vorrang vor der Person des Forschers haben, wird der Wissenschaftler mit „Profil" von den Medien in den Vordergrund gerückt: die Persönlichkeit des Forschers inklusive außerwissenschaftlicher Qualitäten.

Hans Tuppy beim Europäischen Forum Alpbach 2001

** Politik und Publikumserwartung vereinigen sich zu einem quasi selbstreferentiellen System der „organisierten Verantwortungslosigkeit": Das aus der Sekundärbeobachtung gewonnene Bild der Publikumserwartung prägt die politische Reaktion, und diese wirkt – verstärkend – auf die Erwartungen und Gestimmtheiten des Publikums zurück – und keiner ist's am Ende gewesen! Deshalb zielen auch die mit schöner Regelmäßigkeit wider die Parteiendemokratie in Stellung gebrachten Geschützlinien immer wieder ins Leere: Die Wahrheit ist einfach – wir zess vollzieht sich gleichsam hinter den Rücken der Menschen; vielleicht gar ohne sie.[6] Um dieser Technikangst gerecht zu werden, ohne aber in eine Sackgasse zu geraten, entwickelt Norbert Bolz, Professor für Philosophie, Ästhetik und Medienwissenschaften an der Universität Essen, eine klare Gegenthese: Nicht der Mensch ist antiquiert, sondern sein humanistischer Begriff. „Ich halte den Humanismus" so schreibt er, „für die stärkste Fessel des Denkens, die uns heute daran hindert, ein vernünftiges Verhältnis zur Umwelt zu entwickeln, die von Mikroelektronik und Computertechnologie, Informatik und Telekommunikation geprägt ist."[7] „Wer macht sich nicht lustvoll zum Servomechanismus seines Rechners, wenn dieser ihm die Herrschaft über das Symbolische vorspiegelt?", fragt er an anderer Stelle,[8] wenn er das „Ende der Gutenberg-Galaxis" prognostiziert.

In der Tat mag die Einschätzung, dass sich unsere Welt zur „keyboard-society" wandelt, in der humanistische Prinzipien sukzessive durch die Simulationskultur graphischer Benutzeroberflächen außer Kraft gesetzt werden, stimmen – befriedigend ist sie trotzdem nicht. Denn so erfrischend und stimulierend dieser Zynismus auch sein mag, es bleibt zu fragen, ob sich der intellektuelle Anspruch darin nicht vorschnell um jene Reserven bringt, die für eine weniger pointenreiche, dafür aber etwas distanziertere Betrachtung zu veranschlagen wären.[9]

Vergleicht man die Erwartungen der Aufklärung in die Verbesserung der Welt auf der Grundlage von Vernunft und Bildung mit dem Status quo, fällt unschwer auf, wie wenig von den seinerzeitigen kardinalen Forderungen bisher eingelöst wurde.* Mehr noch: Längst hat dem aufklärerischen Bildungsenthusiasmus eine aufgeklärte Bildungsskepsis Platz gemacht; und die Vernunft – sprich die wissenschaftliche Rationalität – hat längst ihre Unschuld verloren. Wurde die moderne Wissenschaft – mit Max Weber – lange Zeit

---

haben nicht nur mäßige Politiker, Parteien und Parlamente; die Wahrheit ist – wir sind auch ein mäßiges Volk!

Bernd Guggenberger: Sein oder Design, S. 195

* Bacons veraltetes „Wissen ist Macht" liest sich jetzt besser: „Angebliches Wissen ist echtes Geld." Deshalb kauft sich eine Firma nach der anderen in die amerikanischen Universitäten ein, da die Professoren en gros billiger sind, und genießt dabei noch einen Mengenrabatt.

Erwin Chargaff: Kritik der Zukunft, S. 61

im durchaus positiven Sinne als Motor der „Entzauberung der Welt“ verstanden, als Agentur, deren Erklärungsreichweite sozusagen den hintersten metaphysischen Winkel auszutrocknen vermag, so führte die „Verbetrieblichung“ der Wissenschaft in Form der „Big Science“ sowie ihre maßgebliche Verstrickung in riskante Projekte zu einer sukzessiven „Entzauberung der Wissenschaft“ selbst.

Dennoch – und das ist keine Frage – produziert Wissenschaft Wissen. Aber die Diskrepanz zwischen dem in der Gesellschaft verfügbaren und dem von ihr genutzten Wissen wächst. Zu fragen ist daher: „Wie kann das von wissenschaftlichen Institutionen produzierte Wissen in die Entscheidungen und Arbeitsweisen anderer Systeme eingebracht werden? Wie wird Wissen wirksam?“[10]

Wissenschaft und Wissenschaftsjournalismus begegnen einander noch immer mit einer gehörigen Portion Misstrauen und beachtlichen Vorurteilen. Zumindest zwei Überlegungen erscheinen daher diskussionswürdig:

1. In der traditionellen Vorstellung von Wissenschafts-Popularisierung wird davon ausgegangen, dass es so etwas wie die „Erzeugung von Wissen“ auf der Seite der Wissenschafter gibt, das dann von Journalisten aufbereitet und an die Öffentlichkeit weitergegeben wird. In dieser Sichtweise bedeutet Popularisierung vor allem eine Vereinfachung, um Wissenschaft in informativer bzw. erzieherischer Absicht für Laien verständlich und damit zugänglich zu machen.* Diese rigide Trennung zwischen der reinen Erkenntnis da und dem popularisierten Wissen dort erweist sich bei einem genaueren Blick jedoch als problematisch.[11] So ist insbesondere zu berücksichtigen, dass das popularisierte Wissen über eine Rückkoppelung nicht selten wieder in den Forschungsprozess Eingang findet. Bereits vor mehr als fünfzig Jahren hat Ludvik Fleck diese relativistischen Aspekte der Popularisierung folgendermaßen zusammengefasst: „Wie immer man auch einen bestimmten Fall beschreiben mag, stets ist Beschreibung Vereinfachung, mit apodiktischen

---

* Ein gediegenes Wissen aber sich über die Daten der gegenwärtigen sozialen, politischen, ökonomischen Welt, insbesondere aber über ihre Zusammenhänge anzueignen, ist (in den Grenzen des überhaupt Erreichbaren) wahrscheinlich nur denen möglich, die die Chance der Initiative haben, die also in diesen großen Verhältnissen verantwortlich handeln und in der Lage sind, die Tatsachen auch da, wo sie noch dunkel sind, antworten zu lassen – also sehr wenigen Menschen.

Arnold Gehlen: Die Seele im technischen Zeitalter, S. 46

und anschaulichen Mitteln durchtränkt: durch jede Mitteilung, ja durch jede Benennung wird ein Wissen esoterischer, populärer ... Gewißheit, Einfachheit, Anschaulichkeit entstehen erst im populären Wissen; den Glauben an sie als Ideal des Wissens holt sich der Fachmann von dort. Darin liegt die allgemeine erkenntnistheoretische Bedeutung populärer Wissenschaft."[12] In diesem Verständnis ist die Rolle des Wissenschaftsjournalisten und seine Funktion als „Übersetzer", „Vermittler" und „Popularisierer" von Wissenschaft plötzlich eine ganz andere und auch für die Wissenschaft eine nicht mehr bloß banale, manchmal ärgerliche, sondern eine eminent nötige und hilfreiche. Ich bin mir nicht sicher, ob dies von der Wissenschaft auch immer und überall erkannt wird.*

2. Wissenschaft im klassischen Sinn freier Forschung und Lehre im akademischen Sondermilieu einer elitären Gelehrtenrepublik ohne fachfremdes Publikum und ohne außerwissenschaftliche Öffentlichkeit ist eine Illusion. Die Wissenschaft braucht beides, um all das zu erhalten, was für moderne Forschung und Technologie unerlässlich ist: finanzielle Alimentierung, politische Unterstützung, öffentliche Anerkennung und demokratische Legitimation. Vom Geld für die Forschungsarbeit und von der Akzeptanz der Forschungsergebnisse einschließlich ihrer außerwissenschaftlichen Folgen hängt die Existenz von Wissenschaft in allen ihren modernen Erscheinungsformen ab. In dieses „Spiel" zwischen Wissenschaft, Politik und Publikum schalten sich nun die Medien ein. Aber keinesfalls nur als „neutrale" Vermittler, sondern als „neue Größe" mit eigenständigem Einfluss. Vorerst aber gilt: Angesichts neuer Bewusstseinslagen, für die vor allem die öffentlich wahrgenommenen außerwissenschaftlichen Folgen der innerwissenschaftlichen Forschung ursächlich sind, stellen sich dem Wissenschaftsjournalismus neue und weit schwerere Aufgaben. Sie gehen über das herkömmliche Funktionsverständnis der Wissenschaftsvermittlung – also der außerwissenschaftlichen Veröffentlichung ver-

---

* Heute dagegen hat der Durchschnittsmensch die deutlichsten Vorstellungen von allem, was in der Welt geschieht und zu geschehen hat. Dadurch ist ihm der Gebrauch des Gehörs abhanden gekommen. Wozu hören, wenn er schon alles, was Not tut, selber weiß? Es ist nicht mehr an der Zeit zu lauschen, sondern zu urteilen, zu befinden, zu entscheiden. Im öffentlichen Leben gibt es keine Frage, in die er sich, taub und blind, wie er ist, nicht einmischte, seine Absichten durchsetzend.

Ortega y Gasset: Der Aufstand der Massen, S. 51

einfachter Ergebnisse wissenschaftlicher Forschung, im Einbahnverkehr von der Wissenschaft über die Medien zum Publikum – weit hinaus.

Und das heißt, um ein Beispiel zu nennen: Der öffentlich-rechtliche ORF (aber natürlich jedes öffentlich-rechtliche Medienunternehmen) muss in konsequenter Verfolgung seines Informations- und Bildungsauftrags nicht nur über relevante Veranstaltungen berichten – also reagieren –, sondern er muss, wenn er diesen Auftrag ernst nimmt, auch agieren. Er muss von sich aus tätig werden, um aktuelle und brennende Probleme in geeigneter Form an die Öffentlichkeit zu bringen und den entsprechenden Diskurs darüber anzuregen, der eine öffentliche Wissensbeteiligung durch Publikum, Politiker und Parteien ermöglicht.

Nun ist es der ORF, der seit Jahrzehnten – jeweils zu einem wichtigen Thema im Bereich der Sozial- und Geisteswissenschaften – die „Salzburger Humanismusgespräche" veranstaltet;[13] es ist der ORF, der seit vielen Jahren die „Ars Electronica" in Linz ausrichtet, eine Veranstaltung, die weltweit nicht nur kulturell, sondern auch wissenschaftlich einzigartig ist; es ist der ORF, der mit den „Alpbacher Technologiegesprächen" im Rahmen des „Europäischen Forums" eine neue, internationale Diskussionsplattform für die künftige Technologieentwicklung angeboten hat; es ist der ORF, der durch seine „Zukunftssymposien" im Wiener Funkhaus das Gespräch zu topaktuellen Themen zwischen Wissenschaft, Politik und Öffentlichkeit herstellt.[14] Die Beispiele lassen sich inzwischen nicht mehr fortsetzen; auch das ist typisch ...[15]

Wissenschafter und Wissenschaftsjournalisten als „Problemlösungsgeschwister" also, das ist ein anzustrebendes Ziel, und es ist auch erreichbar, wenn die wechselseitigen Barrieren von Misstrauen und Vorurteilen überwunden werden.[16] Denn so desinteressiert, wie manche Wissenschafter – durchaus aus eigener Bequemlichkeit – meinen, ist die Öffentlichkeit nicht. Alle Untersuchungen, egal ob in den USA oder Großbritannien, Deutschland, Skandinavien oder Österreich durchgeführt, zeigen ein sehr hohes Interesse an wissenschaftlichen Themen in weiten Teilen der Bevölkerung. Allerdings schätzen sich nur relativ wenige auch als sehr gut informiert ein.[17] Diese skeptische Selbsteinschätzung findet auch insofern Bestätigung, dass beispielsweise 1989 fast 50% der Befragten die Aussage bejahten, dass Kernkraftwerke sauren Regen bewirken. Ich fürchte, dass eine Befragung heute, auf die Gentechnologie bezogen, zu ähnlich skurrilen Ergebnissen führen würde; nicht zuletzt verstärkt durch die zahlreichen Vernebelungsaktionen und fahrlässig falschen Argumente des Boulevards.

Dennoch sollte man deshalb nun keinesfalls die Sinnhaftigkeit von öffentlichen Debatten über technologische Risken in Frage stellen. Wir sollten uns vielleicht nur deutlicher bewusst machen, dass das Verständnis von Wissenschaft viel stärker ein interaktiver Prozess zwischen Laien und Experten ist als eine didaktische Vermittlung in eine Richtung. Die Annahme ist nahe liegend, dass wissenschaftliche Erkenntnisse und Fragestellungen, wenn sie nicht in einem isolierten System gedacht, sondern als Teil einer Wechselbeziehung mit Bereichen wie Politik, Ökonomie und Kultur verstanden werden, höchstes Publikumsinteresse finden und daher zu den zentralen Aufgaben öffentlich-rechtlichen Broadcastings gehören.*

Das allerdings gilt natürlich nur dann, wenn es gelingt, die oftmals schwierigen Prozesse wissenschaftlicher Forschung und Entwicklung so darzustellen, dass deren Alltagsrelevanz, Praxisorientiertheit und Verständlichkeit gesichert sind. Auf eine Kurzformel gebracht: Der Journalismus ist gefordert, nicht die Pädagogik!

Dazu zwei Befunde, die in ihrer Unterschiedlichkeit sehr bedeutsam sind. Unter dem Titel „Ware kennt kein Gewissen" schreibt der ehemalige ORF-Generalintendant Gerd Bacher:

„... Am auffallendsten ... erscheint mir der Wandel in den Massenmedien vom Aufklärerischen zum Unterhaltenden, richtiger gesagt, zum Zerstreuenden. Als die Verfassungsväter zivilisierter Rechtsstaaten die Meinungsfreiheit und damit die Medien privilegierten, hatten sie gewiß nicht Wettbewerbsvorteile für eine besondere Art von Bewußtseinsindustrie im Sinne. Für die Verfassungsväter stand wohl das freie Wort an der Wiege der Demokratie, die Information erachteten sie vermutlich als Gut und nicht bloß als eine Ware. Der Zweck der Ware ist ihre Verkäuflichkeit, jener des Gutes sein Inhalt. Der Lebensort der Ware ist der Markt, jener des

---

* Wann war Tschernobyl? Ich sage es Ihnen nicht, schauen Sie in irgendeiner Chronik der 80er Jahre nach. Und wenn Sie eine solche nicht besitzen, ist es eh nicht weit mit Ihnen her. Daß Sie vergessen, ist ja noch als gesunder Reflex zu bewerten. Daß Sie informationsstrategisch keine Kompensationsmaßnahmen getroffen haben (Erwerb von Informationsträgern, die Ihre Erinnerungsunfähigkeit in Sachen Partikelwissen kaschieren), wiegt weit schwerer. Ulrich Beck: Risikogesellschaft, S. 34

Gutes ist das Bewusstsein. Die Ware drückt sich in Bilanzen, das Gut in öffentlichen Zuständen aus. Das Gut hält etwas von Sozialpflichtigkeit, die Ware hat nie ein schlechtes Gewissen, weil sie an die Selbstregelung bis Selbstheilung des Marktes glaubt. Ich bin ein Anhänger des Kapitalismus, aber auch einer des Fortschrittes, der sich zwischen Manchester und der sozialen Marktwirtschaft als einer der wichtigsten Errungenschaften der zweiten Hälfte dieses Jahrhunderts ereignet hat. Und ich halte die Vergötzung des Marktes für so schädlich wie jede andere auch. Die Massenmedien sind wie kaum eine andere Branche auf dem Marsch zurück nach Manchester ..."[18]*

Demgegenüber sein Nachfolger und jetzige RTL-Chef Gerhard Zeiler unter dem Titel: „Das virtuelle Klassenzimmer":

„... Ich kann heute jeden Morgen auf meinem PC die New York Times zu einem Zeitpunkt aufschlagen (www.nytimes.com), an dem die meisten New Yorker noch schlafen ... Die Zukunft der Medien fällt in eins mit der Zukunft der elektronischen Medien, weil es andere als elektronische nicht mehr geben wird. Oder anders gesagt: wir stehen an der Schwelle eines neuen Abschnitts in der Mediengeschichte, in der alle alten Medien – Print, Radio, Fernsehen – in einem neuen Hypermedium aufgehen ...

Dieses vierte Medium wird uns durch unsere Schul-, Universitäts- und Berufsausbildungszeit als virtuelles Klassenzimmer begleiten; es wird in die Arbeitswelt vieler Branchen und Berufe eindringen, mehr noch, es wird neue Branchen und Berufsbilder nach sich ziehen und dadurch den bedeutsamsten Wachstumsbereich unserer Wirtschaft darstellen, und es wird bei all dem immer noch und mehr denn je die freizeitbestimmende Rolle spielen, die den konventionellen Medien heute zufällt.

Die Arbeitsteilung zwischen der Gesellschaft und den Medien, die heute darin besteht, daß wir Medienmacher produzieren und das Publikum konsumiert, wird verwischt werden. Jeder wird in ge-

---

* Deshalb kann man in den Massenmedien nicht nur Messgeräte zur Ermittlung des kleinsten gemeinsamen Nenners an Geschmack, Moral und Einsicht sehen, sondern auch Apparaturen zu seiner Erzeugung. Es sind Maschinen, die eine ständige Absenkung des Durchschnitts hervorbringen. Das Eigenartige am menschlichen Leben ist es, dass manche Höhepunkte vielleicht nicht überbietbar sind, aber ein noch tieferes Absinken jederzeit möglich bleibt. Wir beginnen am äußeren Rand des Fegefeuers und enden in der Hölle. Erwin Chargaff: Ernste Fragen, S. 146 f.

wisser Weise gleichzeitig Medienproduzent und -konsument sein. Wenn wir diesen Zustand erreicht haben, dann wird sich die Industriegesellschaft Österreichs in die Informationsgesellschaft Österreichs verwandelt haben. Sollten wir diesen Zustand nicht oder nicht schnell genug erreichen, dann werden wir als Immer-noch-Industriegesellschaft-Österreichs mit technologisch überlegenen Informationsgesellschaften einen ungleichen Wettbewerb austragen, wir werden also zweitklassig sein und den Platz unter den zehn wohlhabendsten Nationen der Welt nicht mehr halten können …"[19]

Über diesen Befunde und dieses Szenario kann man diskutieren und man kann seine entsprechende Sympathie und Besorgnis artikulieren. Aber darum geht es schon lange nicht mehr.

Wesentlich ist – wenn die beiden Darstellungen stimmen und daran besteht kein grundlegender Zweifel –, dass dann Wissenschafter und Journalisten ein neues, entkrampfteres Verhältnis zueinander finden müssen, was deshalb nicht ganz leicht sein wird, weil beide Professionen unterschiedlichen Kommunikationskulturen entstammen und unterschiedliche Interessen vertreten.

Hans Heinz Fabris hat darauf hingewiesen,[20] dass

- Wissenschaftsjournalisten immer wieder versuchen müssen, Komplexität zu reduzieren, zu vereinfachen, zu übersetzen; Wissenschaft aber in der Regel dazu beiträgt, Komplexität zu vermehren.
- Oder: Medien müssen sich am Publikumsmarkt und teilweise am Werbemarkt orientieren, Wissenschaft aber orientiert sich an wissenschaftsimmanenten Kriterien.
- Journalisten – auch Wissenschaftsjournalisten – müssen sich in einer immer beschleunigteren Medienwelt an Aktualität orientieren (was immer das heißen mag), aber zwischen Ereignis und Berichterstattung soll möglichst wenig Zeit vergehen.[21]
- Wissenschafter richten sich selten danach und stehen diesem Verlangen der Journalisten oftmals völlig verständnislos gegenüber.
- Die Medienlogik, vor allem des Fernsehens, verlangt die Konstruktion von Geschichten. Das Faktum allein ist zu wenig. Aber Wissenschaft besteht zum guten Teil aus der Dekonstruktion von Geschichten.*

---

* Vor allem humanistisch sich gebärdende Denker haben viel Mühe darin verwandt, einen Kulturkonflikt zwischen analoger und digitaler Informa-

– Und schließlich: Medien – und das gilt für Radio und Fernsehen –, wenn auch in unterschiedlicher Intensität, sind in ihrer Berichterstattung extrem personalisiert. „Scientainment“ und „Edutainment“ sind gefragt. Das Subjekt hingegen ist in vielen Wissenschaften verschwunden.

Nun kann man von diesem System-Gegensatz her hellwaches Misstrauen und Vorurteilsmuster konstruieren:

Das Vorurteilsmuster der Journalisten: Die Wissenschaft bedient sich eines eigenen, weitgehend unverständlichen Jargons, kümmert sich nur um ihre eigenen Belange und ist desinteressiert an öffentlicher Akzeptanz. Oder aber ihr wesentlichstes Kennzeichen sind Anmerkungen zu Anmerkungen. Und diese Spirale dreht sich so lange, bis die wirkliche Welt verloren geht.

Das Vorurteilsmuster der Wissenschafter: Journalisten sind mäßig gebildete, nur an Sensationen und nicht an den wirklichen Ergebnissen von Wissenschaft und Forschung interessierte Menschen. Daher wird wissenschaftliche Arbeit zumeist verkürzt, verzerrt und allzu oft falsch wiedergegeben.

Aber: Zur Rolle des Wissenschafters gehört auch die Kommunikation. Wissenschafter sind ja nicht nur Menschen, die etwas wissen, sie sind nicht nur Menschen, die etwas erforschen, sondern sie prägen auch das Denken ihrer Generation – über die Hörsäle hinaus. Von daher ist der Wissenschafter nicht nur Erzeuger wissenschaftlichen Wissens, sondern auch Publizist und Vermittler. Er definiert die Fragen unserer Zeit. Der Journalist wiederum ist nicht nur Wissenschaftsvermittler, der vereinfachte Ergebnisse wissenschaftlicher Forschung im Einbahnverkehr von der Wissenschaft via Medien an die Öffentlichkeit transportiert, sondern er kann auch Wissensermittler im außerwissenschaftlichen Feld sein.

Die richtigen Fragen zu stellen, könnte ja auch für die Wissenschaft von Interesse sein und auf Leerfelder der Forschung aufmerksam machen. Von daher plädiere ich schon seit einiger Zeit für die Kooperation zwischen Wissenschaft und Wissenschaftsjournalismus als „Problemslösungspartner“.

Zurück zum Szenario: Einem Papier der österreichischen For-

---

tion aufzubauen. Analoge Information sollte dabei die Statthalterrolle „humaner“ Information einnehmen. Während die schneidende Wohldefiniertheit digitaler Information dem „kalten“ inhumanen, perfekten Technikbetrieb zugewiesen wurde. Jo Vulner: Info-Wahn, S. 69

schungsgemeinschaft[22] ist zu entnehmen, dass laut einer Umfrage dieser Institution Geisteswissenschafter in öffentlichen Auftritten oder Beiträgen in den Medien nur zwei bis vier Prozent an „Gewicht" für eine wissenschaftliche Karriere sehen; Buchpublikationen werden hingegen 50 bis 80 Prozent eingeräumt, egal ob diese Publikation öffentlich rezipiert wird oder nicht. Ich halte diese Einstellung – wenn sie stimmt – für schlichtweg gefährlich und falsch. Wer als Wissenschafter in den Medien – auch in den neuen Medien – nicht präsent ist oder sein wird, ist „out". Angloamerikanische und auch französische Wissenschafter wissen das und handeln danach. Dennoch aber bedeutet das nicht, dass Wissenschaftsermittlung und -vermittlung im Sinne curricularer Bildungsprozesse zu sehen sind. Öffentlich-rechtliches Broadcasting ist keine Schule der Nation; keine Volkshochschule und auch keine Universität – selbst dann nicht, wenn der ORF auch bei Wissenschaftssendungen ein Vielfaches der Hörer einer Universität erreicht. Und öffentlich-rechtliches Broadcasting ist auch keine Institution zur Zwangsbeglückung seines Publikums.* Wir sollten uns endgültig von einer Idee – vielleicht war es ohnehin immer nur Illusion – der 60er Jahre verabschieden, Radio und Fernsehen als Hilfslehrer bei der Vermittlung curricularer Bildungsinhalte zu sehen.

Dass die Medienwelt sich im Umbruch befindet, mag eine banale Feststellung sein. Aber es ist nicht zu leugnen, dass das Zusammenwachsen von Telekommunikation, Informatik, Mikroelektronik, Computer-, Video- und Audiotechnologie ein neues technisches und kulturelles Szenario ermöglicht, in dem interaktives Fernsehen und Radio ganz neue und individuelle Zugänge zu Radio-, Film- und Fernseharchiven ermöglichen werden, zu Bilddokumentationen, Bibliotheken, Museen und laufend aktualisierten elektronischen Nachschlagewerken.[23] Das alles wird Auswirkungen auf die Bildungslandschaft und auf die Wissensvermittlung haben.

Die Stärken der Wissenschaftsberichterstattung im Fernsehen liegen vor allem in der die Sinne erweiternden Bildberichterstattung, wie die Beispiele „Modern Times" und „Universum" zeigen.**

---

* Ein Sender referiert nicht bloß, sondern ist selbst Veranstalter eines öffentlichen Denkprozesses.

GERD BACHER bei den Salzburger Humanismusgesprächen 1980

** Ich schau mir im Fernsehen nur an, was ich vorher aufgezeichnet habe. Ich habe seit Jahren schon nicht mehr live ferngesehen – außer bei Fuß-

Die Serie „Universum“ mit deutlich mehr als einer Million regelmäßiger Zuseher ist fast schon ein wissenschaftlicher „Straßenfeger“; sie bringt oft noch nie Gesehenes, annähernd schon nach den Regeln des Spielfilms in dramatisierter Form und bietet durch die illustrative Thematisierung vordem nicht gekannte Einsichten in komplexe Zusammenhänge. „Modern Times“ steht wiederum ganz nahe an den neuesten Entwicklungen und Ergebnissen nicht zuletzt der österreichischen Forschung und erreicht regelmäßig mehr als 300.000 Zuseher. Ähnliches gilt für eine ganze Reihe weiterer Sendungen.

Das sind gewaltige Zahlen – auch im internationalen Vergleich – und keine Quotenjägerei, das sollte wohl wieder einmal festgehalten werden. Die visuelle Zusatzebene erleichtert also die Vermittlung wissenschaftlicher Inhalte und popularisiert sie.

Aber während sich das Fernsehen, schon von der Kostenseite her an ein breites Publikum wenden muss, kann sich das Radio – in unserem Fall das Programm Österreich 1 – gleichsam als ein „Elitenprogramm“ gezielt an eine viel kleinere, hoch motivierte Gruppe wenden. Radio als das schnellere und billigere Medium, hat mehr Zeit.

- Zeit, um Gedanken sich entwickeln zu lassen,
- Zeit, um den Diskurs zu befördern,
- Zeit für Auseinandersetzung,
- Zeit, um den Hintergrund auszuloten,
- Zeit, um Wissenschaft und Forschung in den so notwendigen gesellschaftlichen Kontext zu stellen,
- Zeit, um aufzuklären.

Mehr als 10 Stunden wöchentlich ...

Das heißt, es findet eine höchst sinnvolle Aufgabenteilung im Bereich Wissenschaft und Bildung zwischen Radio und Fernsehen statt. Ich würde fast sagen eine „synergetische Aufgabenteilung“, die zumindest vorerst nicht geändert werden sollte.

Womit man – auf einem zweiten Weg – wieder beim Thema wäre. Nämlich: Welche Aufgaben hat der Wissenschaftsjournalismus im Hinblick auf die Öffentlichkeit? Genannt seien einige, si-

---

ballspielen ... Ich will beim Fernsehen all das machen können, was auch beim Lesen möglich ist. Ich muss mal Pause machen können, zurückblättern, ich will mir nichts eintrichtern lassen. Videorekorder finde ich befreiend. Allan Kay, Wissenschafter am Media Lab des MIT cher nicht vollständige Kriterien: Schnelligkeit, saubere Information, belegbare Meinung, Glaubwürdigkeit, Vielfalt, Verdeutlichung des sozialen Kontexts, Angemessenheit der Vermittlung, Qualität der Sprache, Wahrheit, Objektivität, ethische Verantwortlichkeit, Stärkung der eigenen Urteilsfähigkeit des Publikums.

Das heißt weiter: Der Journalist ist einer der wichtigsten Träger des öffentlichen Kommunikationsprozesses. Er hat die „Themen der Zeit" zu präsentieren und damit das wechselseitige „Zeitgespräch der Gesellschaft" immer wieder in Gang zu bringen. Und daraus ergeben sich für die „Problemlösungspartner" wechselseitige Anforderungen:

Wir müssen aufpassen!

Wir müssen aufpassen, dass der Wissenschaft nicht Ähnliches passiert wie der Politik, die im Grunde nur mehr auf ihre eigene Übertragung in den Medien reagiert.* Der Zwang zur Aktualität erzeugt einen Beschleunigungsdruck, dem man sich nur mehr gewachsen zeigen kann, wenn man auf Inhalte verzichtet. Denn Inhalte sind Gedanken; und Gedanken sind träge und brauchen Zeit. In Zeiten der Telekommunikation aber zählt Geschwindigkeit mehr als Argumente.[25]

Wissenschafter müssen akzeptieren, dass jeder Journalismus Vereinfachung bedeutet, aber nicht jede Vereinfachung Unrichtigkeit. Journalisten wieder müssen begreifen, dass nicht jede Forschungsleistung eine „Weltsensation" darstellt und Wissenschafter auch dann etwas zu sagen haben, wenn sie nicht gleich Alarm schlagen.[26]

Wissenschafter müssen erkennen, dass die Information der Öffentlichkeit über ihre Arbeit auch eine ihrer moralischen und öffentlichen Verpflichtungen darstellt. Journalisten müssen erkennen, dass dieser „Bringschuld" der Wissenschaft ihre „Holschuld" gegenübersteht. Solange allerdings Universitäten und auch außer-

---

* Demokratie ist zu einer Akklamationsshow von Wählerdompteuren degeneriert, die ihre Mandatssitze erhalten sehen wollen. Das ist so oft in Varianten formuliert worden, dass ich es (mit Unbehagen) auch hier nochmals tun kann. Was wiederum nur Beispiel für eine Meinungs- und Informationsgesellschaft ist, in der das Disparateste unablässig nebeneinander wiederholt werden kann, ohne dass es noch zu einer Auseinandersetzung kommt. Jo VULNER: Info-Wahn, S. 138

universitäre Forschungseinrichtungen zum Teil eine Öffentlichkeitsarbeit betreiben, für die „bemühter Dilletantismus" maßlose Übertreibung wäre; solange die „scientific community" ihre „Bringschuld", die Information der Öffentlichkeit, lediglich entlang wissenschaftlicher Disziplinen und nicht rund um gesellschaftliche Problemstellungen entwickelt, solange sollte sie die „Holschuld" der Journalisten nicht allzu rigid einfordern.

Wissenschafter sollten erkennen, dass wissenschaftliches Wissen für die Öffentlichkeit erst dann relevant wird, wenn es für den berühmten „Mann und die berühmte Frau auf der Straße" auch brauchbar und nützlich ist, bzw. ihnen erklärt werden kann, warum es brauchbar und nützlich ist. Journalisten sollten erkennen, dass genau diese Umsetzung in die alltagsrelevante Praxis eine ihrer wichtigen Aufgaben ist. Denn die Welt und unser Leben sind nicht so einfach, wie sie oft – auch in den Medien – dargestellt werden, und zu einfache Antworten und zu einfache Problemlösungsmodelle sind eben sehr oft auch falsch.

Wissenschafter und Journalisten sollten gemeinsam bekennen, dass ihrer Profession auch der Narzissmus nicht fremd ist und dass Selbstdarstellungen also auch zu beider Geschäft gehören. Sobald man sich dazu bekennt, ist die Gefahr der Übertreibung und wechselseitigen Betroffenheit schon wesentlich geringer.

Kommen wir damit zum Schluss und gleichzeitig zum Ausgangspunkt mit zwei Überlegungen zurück:

1. Wenn Astrologie-Seminare an Volkshochschulen mehr Besucher anlocken als eine Einführung in die abendländische Philosophie; wenn Esoterikliteratur sich als die umfangreichste Abteilung in manchen innerstädtischen Buchhandlungen findet; wenn sechs ständige, das UFO-Thema behandelnde, deutschsprachige Zeitschriften auf dem Markt sind und überleben können; wenn Studienzirkel für Weltuntergangsprophezeiungen wachsenden Zulauf haben; wenn relativ einfache naturwissenschaftliche Experimente nicht mehr physikalisch, sondern durch PSI „paraphysikalisch" erklärt werden, spätestens dann ist die Wissenschaft aufgerufen, ihre Erkenntnisse, ihr Wissen so populär weiterzugeben, dass es auch vom Nichtwissenschafter, dem interessierten Laien, verstanden werden kann.[27]*

---

* Die Intelligenz der Masse sinkt unter das Niveau der Einzelnen, die sich bilden. Wer sich den Beifall der Masse sichern will, wird sich an der unte-

Auch das ist ein Stück Aufklärung, die ja in einer sich als aufgeklärt verstehenden Welt besonders schwierig ist.[28] Denn „Wunder", so wusste es der Kirchenvater Augustinus schon im vierten Jahrhundert n. Chr. zu berichten: „Wunder geschehen nie im Widerspruch zur Natur, sondern nur im Widerspruch zu dem, was wir von der Natur wissen."

2. Die Entwicklung der Medien mag aus der Perspektive des Bildungshumanismus Warnzeichen enthalten für einen Niedergang der Kultur, des Gesprächs, der geistigen Differenziertheit. Und es mag auch stimmen, dass der humanistisch Gebildete in der neuen Medienwirklichkeit antiquiert wirkt, weil er quer zu den Beschleunigungsprozessen steht, die wir technologisch in Gang gesetzt haben.[29]

Aber es gibt natürlich Gegensteuerungsmodelle. Dann, wenn Wissenschaft und Journalismus ein Bündnis eingehen, dessen Ziel weiterhin Aufklärung und Bildung ist. Dieses Ziel – so meine ich – ist unteilbar und immer aktuell.*

Und was ist Bildung?

Welterkenntnis und Weltverständnis sagen die einen. Bescheidener und besser wohl: „Die geistige Verarbeitung von Erfahrung."[30] Es zahlte sich aus, diesem Ziel wieder ein Stück näher zu kommen.

---

ren Intelligenzgrenze orientieren und auf logisches Argumentieren verzichten. ERNESTO GRASSI im Enzyklopädischen Stichwort zu: Ortega y Gasset: Der Aufstand der Massen, S. 144

* Es ist wichtiger, Shakespeare oder Michelangelo gut zu kennen, als über sie Forschungen anzustellen.

ERNST H. GOMBRICH: Die Krise der Kulturgeschichte, S. 87

Medienethik in den Zeiten des Cyberspace

Im Jahre 1971 mußte Elisabeth Noelle-Neumann in der Einleitung zum Fischer Lexikon „Publizistik" eher resigniert vermerken:

„Das derzeitig geringe – oder jedenfalls äußerst partielle – Interesse für ethische Fragen hat in den letzten zwei Jahrzehnten keine neue Arbeiten zum Thema Ethik des Journalismus entstehen lassen. Wir haben darum auf einen Artikel dazu verzichtet."[1]*

Demgegenüber erschien 1979 ein Buch, das in jener Zeit noch die Aura einer gewissen Esoterik besaß. Schließlich handelte es sich um Philosophie, die sich an Kants kategorischem Imperativ anlehnte und vor metaphysischen Prämissen nicht zurückschreckte. Sein Titel: „Das Prinzip Verantwortung", sein Autor Hans Jonas.[2] Wie kaum ein anderes wissenschaftliches Werk des Jahrzehnts wurde das „Prinzip Verantwortung" zu einem öffentlichen Ereignis. Plötzlich war überall nur noch davon die Rede, so wie zwanzig Jahre früher vom „Prinzip Hoffnung" des marxistischen Philosophen Ernst Bloch.[3]

Hans Jonas hatte über die Gnosis publiziert und ein jüdisches Emigrantenschicksal. Schon der erste Satz seines Vorwortes war wie eine Proklamation:

„Der endgültig entfesselte Prometheus, dem die Wissenschaft nie gekannte Kräfte und die Wirtschaft ihren rastlosen Antrieb gibt, ruft nach einer Ethik, die durch freiwillige Zügel seine Macht davor zurückhält, dem Menschen zum Unheil zu werden."[4]**

---

* Die Einsetzung von Ethik-Kommissionen zur Kontrolle des Erkenntnisprozesses ist institutionell veraltet und unzeitgemäß ... In den modernen, vom Konsumverhalten der Gesamtbevölkerung geprägten Massendemokratien können Entscheidungen der Lebensführung nicht einer Gruppe von Spezialisten zur moralischen Lizenzierung übertragen werden. Peter Weingart: Der moderne Menschenpark, S. 27

** Wie immer die Macht einer Gesellschaft organisiert ist – sie braucht Kanäle, Medien, über die sie sich mitteilen und durchsetzen kann, und sie braucht die Bilder ihrer selbst. Keine Macht ohne Attribute, keine Macht ohne ästhetische Präsenz, keine Macht ohne Symbole, aber auch keine Macht ohne Ablenkung, falsche Fährten und Irreführungen. Es gibt nicht nur die glitzernde Oberfläche der Macht, ihre Demonstratio-

Jonas stand nicht allein mit seinem Versuch einer Ethik für die technologische Zivilisation und seiner Ausgangsthese, dass die Verheißung der modernen Technik in Drohung umgeschlagen sei. Dieses Gefühl beherrschte auch von Anfang an die öffentliche Debatte um die Auswirkungen der neuen Informations- und Kommunikationstechnologien, die seit Mitte der siebziger Jahre geführt wurde und im Grunde schon eine verkappte Ethikdebatte war: „Darf der Journalismus, was er kann?"[5]

Diese Debatte mutet heute – ein Vierteljahrhundert später – fast biedermeierlich an. Anhand von Fallstudien aus dem journalistischen Alltag versuchte man herauszudestillieren, was journalistische Ethik sein muss und was nicht Norm sein darf,[6] über journalistische Selbstkontrolle wurde diskutiert und über journalistische „Kunstfehler", die genauso zu behandeln seien wie solche bei Ärzten, Rechtsanwälten oder Wissenschaftern.[7] Und bis heute diskutiert man die „Macht des Wortes" im Journalismus.

Für viele ist Ethik des Journalismus weiterhin in wesentlichen Stücken eine Ethik der Sprache und ihres Verstehens. Die Welt als die „Signatur des Wortes" und Journalismus als Handeln nach der Maxime: „Sei verständlich."[8] Es ist allerdings bezeichnend bis heute, dass aus dem „Berg an Forschungsergebnissen", die die Kommunikationswissenschaften zu dieser Fragestellung hervorgebracht haben, nur eine „Maus an Erkenntnissen" in die journalistische Ethikdiskussion eingeflossen ist,[9] ganz zu schweigen von den zugegebenermaßen oftmals triefend moralisierenden Beschwörungen der „Mediengefahr" durch die Pädagogik.[10] Aber den moralisch erhobenen Zeigefinger anderer mögen Journalisten nicht.* Das vermeinen sie selbst ebenso gut zu können.

---

nen und ihre Präsenz auf den Bildschirmen, es gibt immer auch die geheimen und die dunklen Kanäle der Macht, die verborgenen Informations- und Befehlsflüsse, die im Hintergrund wirkenden Abhängigkeiten und Sachzwänge, die halb legalen und illegalen Druckmittel und Drohungen, die entscheidenden unausgesprochenen Gesten und Andeutungen, die ominösen Sekretäre und Hintermänner, die unbekannten Ratgeber, Ghostwriter und Einflüsterer, die grauen Eminenzen und die lustvoll kolportierten Gerüchte darüber, wer nun eigentlich „wirklich" das Sagen hat. KONRAD PAUL LIESSMANN: Die Kanäle der Macht. 5. Philosophicum Lech 2002

* Politik kann im Schweinwerferlicht der Medien schnell zu einer Show verkommen, so wie umgekehrt die Kontrollfunktion der Medien schnell

Dennoch: Am Ende dieser Einleitung muss trotzdem vorerst der Altmeister einer liberalen Pädagogik, Hartmut von Hentig, zitiert werden: „Je weiter das ‚electronic-age', die ‚TV-culture', die Informatisierung der Gesellschaft fortschreiten, um so mehr ist die Philosophie gefordert."[11]

Der Erwerb von Standhaftigkeit und Charakter in den kommunikativen Beziehungen ist gefragt. Dazu gehört eine gewisse „Prudentia" im Umgang mit den Medien, sich des eigenen Verstandes zu bedienen in einer Lebensphilosophie und Haltung, die sich als „Medienkompetenz" aktualisiert.[12] Oder anders: „Die Medienkonsumentenmoral ist faktoriell für die Zukunft unserer Kultur ungleich bedeutsamer als die Medienmoral."[13] In der gegenwärtigen Situation allerdings stehen auch solche Forderungen in Gefahr, zum bloßen „Wortgeklingel" zu verkommen, denn „die Diskussion über Computer und neue Medien wird beherrscht von Heilsverkündern und Apokalyptikern. Beide haben etwas gemeinsam: Propheten sind gegen die Tatsachen immun."[14]

Es wird daher notwendig sein, einen recht weiten gedanklichen Umweg zu machen. Und auf diesem Umweg werden die Begriffe „Ethik" und „Moral" gar nicht so oft angesprochen werden – wenn auch dauernd mitgedacht. Aber die Medien-, Informations- und Kommunikationsindustrie befindet sich in einer solch atemberaubenden Entwicklungsgeschwindigkeit, dass auch neuere Befunde schon wenige Wochen später wieder als „sehr alt" erscheinen.*

---

in saisonbedingte Scheinmoral verfallen kann. Der Skandal und die Erregung dienen weniger einer Reinigung der Politik von ihren moralisch zweifelhaften Begleiterscheinungen als vielmehr dem medieninternen Zwang zur Quote. Zuseher entrüsten sich eben gerne. Wenn hochrangige politische Funktionäre zurücktreten müssen, weil sie sich einen Freiflug oder ein kleines erotisches Abenteuer gegönnt haben, dann kann dies nur bedeuten, dass diese so genannten Entscheidungsträger schon längst nichts mehr zu entscheiden hatten. Eine Macht, die keinerlei persönliche Vorteile und Extravaganzen mehr erlaubt, ist auch keine Macht. Das pathetische Spiel von Aufdeckung und Rücktritt ist in der Regel deshalb nur Schein, inszeniert, um Aufmerksamkeit zu ergattern, und exekutiert an denjenigen, vor denen man sich nicht mehr fürchten muss.

Konrad Paul Liessmann: Die Kanäle der Macht.
5. Philosophicum Lech 2002

* Medien handeln im Gegensatz zu einer landläufigen Meinung nicht mit Informationen, sondern mit dem höchsten Gut, das eine Mediengesell-

Die heute vielfach noch gar nicht erkannte digitale Weltrevolution, die für alle, die Grundbegriffe der politischen Ökonomie noch nicht verlernt haben, ein digitaler Kapitalismus ist, wird noch weit in das nächste Jahrtausend verändernd hineinwirken. Dieser digitale Kapitalismus ist in seiner umfassenden, vereinnahmenden und magischen Wirksamkeit totalitär. Er erst hat das Tor zu jener unendlichen Utopie aufgetan, die morgen schon Tageswirklichkeit sein könnte.

„Wir streben nicht nach Glaubwürdigkeit, wir streben nach Unglaublichkeit", hatte schon Timothy Leary verkündet,[15] seine Jünger allerdings meinten dann schon sagen zu müssen: „Wir streben nach Unmöglichkeit", und die derzeitige Digital-Avantgarde meint: „Alles ist möglich", gerade weil nichts mehr real ist.[16]

Anfang Jänner 2000 kauft der größte Online-Dienst der Welt, American Online (AOL), einen Giganten der „alten" Medienwelt, Time Warner. Oder anders: Ein mit extrem hohen – völlig unrealistisch hohen – Börsenwerten aufgepumptes Internet-Unternehmen schluckt das zweitgrößte Kabelfernsehnetz der Welt. Und obwohl Time Warner die Inhalte liefert: Zeitschriften, Musiktitel, Filme, TV-Programme, den Nachrichtensender CNN, ist dieser alte Mediengigant an der Börse, vor Bekanntgabe dieses Deals, „nur" etwa 1400 Milliarden Schilling wert, AOL aber ca. 2200.

Einer der Gründe: Das Internet-Geschäft wächst schneller als

---

schaft bereitstellen kann: Aufmerksamkeit. Informationen sind bestenfalls das Rohmaterial, aus dem die Aufmerksamkeitsangebote verfertigt werden. Zu diesen Angeboten zu gehören, muss das Ziel von Politik sein, denn Medien versprechen Präsenz, und wer in den Medien präsent ist, hat Erfolg. Was wie ein geschlossener Kreislauf aussieht, bekommt seine Faszination allerdings erst dadurch, dass er immer wieder durchbrochen werden kann. Reine Medienprodukte, von Medien für Medien erfunden, sind selten wirklich durchschlagskräftig. Nach wenigen Wochen sind sie vergessen. Erst dort, wo ein Bewusstsein von der Differenz zwischen elementarer Wirklichkeit und ihrer medialen Vor- und Nachbearbeitung mitgedacht werden kann, können Medien den Eindruck hinterlassen, einer faszinierenden Sache auf der Spur zu sein. Aus diesem Grund ist auch die Wahlrede vor Ort nicht durch den Fernsehauftritt ersetzbar. Und es wird immer einer Grund zur Freude sein, wenn eine von Medienberatern auf Medienpräsenz getrimmte Medienerscheinung trotz allem nicht die Gunst des Wählers bekommt.

Konrad Paul Liessmann: Die Kanäle der Macht.
5. Philosophicum Lech 2002

das der klassischen Mediendienste und weckt größere Phantasien. Denn wie alle Global Players im Medienbereich lebt auch AOL vom Prinzip Hoffnung. Von der Erwartung des großen Geschäfts in der digitalen Welt.[17]

Dieses Geschäft ist zwar noch nicht da, und insofern sind alle diese gigantischen Summen „Cybercash", aber Realutopien als „Prinzip Hoffnung" haben auch schon unkonventionelle marxistische Denker wie Ernst Bloch fasziniert, warum sollten sie nicht eintreffen?

Wir bewegen uns also an einer Schnittstelle und steuern einer Situation entgegen, wo eiskalte Rechner mit dem Slogan „Der Markt regelt alles und allein" auf Skeptiker treffen, die zwar die Medienevolution erkennen und ihre Eigendynamik zur Kenntnis nehmen, vor allem aber auch noch über die Inhalte reden möchten.*

Über die Art der Information etwa oder die Qualität der Kommunikation, über den gleichberechtigten Zugang, die nachhaltige Nutzung der Ressourcen und vieles mehr. Diese Skeptiker haben im Augenblick die schlechteren Karten. Auch sie leben vom Prinzip Hoffnung: Dass sich die Stimme der Vernunft durchsetzen möge, auch wenn sie im Moment leiser ist, um einen Ausspruch Sigmund Freuds abzuwandeln.

Weltweit boomt die Heirat der Dinosaurier. Die Übernahme von Time Warner – mit so traditionsreichen Titeln wie dem Time-Magazine – durch AOL-Chef Steve Case – einem Mann, der seine Karriere bei „Pizza Hut" begonnen hat – lassen Skeptiker fragen, wie diese Entwicklung weitergeht. Time Warner – soeben von

---

* Die klassische soziologische Definition von Macht und Herrschaft, wie sie Max Weber im frühen 20. Jahrhundert festlegte, hat nichts von ihrer Brisanz eingebüßt, auch wenn die starren Autoritätsverhältnisse längst ausgedient haben und eine illusionäre Beschreibung der Gesellschaft gerne vollmundig von Kommunikation, Kooperation, Verantwortung, Teamwork und Sachkompetenz dort sprach, wo es in der Regel schlicht um Macht ging. Heute sehen wir wieder ein wenig klarer, auch wenn wir die Dinge ungern beim Namen nennen und, um der Wahrheit der eigenen Sprache zu entgehen, gerne in euphemistische Anglizismen verfallen. Aber natürlich meinen Leadership und Qualitätsmanagement nichts anderes, als dass die Abfolge von Befehl und Gehorsam wieder funktioniert.

KONRAD PAUL LIESSMANN: Die Kanäle der Macht.
5. Philosophicum Lech 2002

AOL geschluckt, frisst seinerseits EMI und wird damit – vorerst – zum größten Musikverlag der Welt. Warner und EMI werden damit voraussichtlich aber auch zum größten Musikanbieter im Internet aufsteigen. Mit Blick auf die Fusion mit der Konzernmutter AOL erhält EMI-Warner durch diesen Deal Zugang zu 22 Millionen Internet-Kunden.

Aber die Konkurrenz schläft nicht: Jetzt schielt Bertelsmann nach Sony und Universal ... Wie lange wird es noch dauern, bis nur mehr ein bis zwei Mediengiganten im Musikgeschäft übrig bleiben? Und was bedeutet das für die Vielfalt? Es ist zu vermuten, dass die Musikindustrie zunehmend eine einheitliche Entertainment-Soße verbreiten wird, die nicht mehr in Form von CDs verkauft, sondern aus dem Internet heruntergeladen werden kann.[18]

Derzeit haben die digitalen Kapitalisten das Sagen. Sie genießen das Wohlwollen finanzstarker Konzerne ebenso wie das der Politik, auch wenn eine Vielzahl ihrer Prognosen weniger auf wissenschaftliche Erkenntnis hinweist denn auf Verinnerlichung von Werbebotschaften.[19]

Selbst eine dem digitalen Kapitalismus absolut nicht abholde Tageszeitung wie die „FAZ" fragt anlässlich dieser Mega-Deals Time Warner – AOL – EMI besorgt, wie es in diesem neuen Unternehmen um die Unabhängigkeit bestellt sein wird.

„Müssen die Reporter von Time, Fortune und CNN künftig immer auf den großen Partner AOL schielen, wenn sie über das Internet berichten, über E-Commerce oder die heikle Frage nach dem Datenschutz im Internet? Wo wird die Grenze gezogen, wenn ein Bericht dem eigenen Haus schadet? Zu fürchten ist, dass die AOL/Time-Warner-Produkte noch weniger Tiefe haben werden als bisher ... Besorgt fragen Kritiker, inwieweit der Zusammenschluss die Kreativität und Freiheit jener einschränkt, die bei Warner Brother unter Vertrag stehen ... Der Kunde wird dann von überall her – aus der Küche, aus dem Bad, vom Spaziergang oder aus dem Urlaub – den totalen Zugang zum Internet haben, wenn nicht übers Kabel, dann übers Handy."

Und die FAZ kommt zum Schluss, dass der Konzern, oder Mediengiganten dieser Art, das Verlangen der Menschen nach einer völlig verdrahteten Welt überschätzen. Denn: „Das Schöne an den alten Medien ist, dass man sie ausschalten kann. Warum sollte einen das Internet auf Schritt und Tritt begleiten?"[20]

Alle diese hier skizzierten Befunde und Szenarien stellen die Frage nach der journalistischen Ethik sehr deutlich, obwohl dieser Begriff kein einziges Mal vorkommt. Dennoch wird sich die Frage nach einer journalistischen Ethik, besser nach einer Medienethik in den Zeiten des Cyberspace,[21] noch weiter zuspitzen.*

Denn in diesem Raum – dem Cyberspace –, so wird gesagt, sei alles möglich, was nur immer digital ist. Diese virtuelle Welt sei das wahre Land der unbegrenzten Möglichkeiten. Denn jenseits der rigiden physikalischen Beschränkung der wirklichen Welt stehe hier nichts der Realisierung selbst der unmöglichsten Projekte entgegen. An der Westküste der USA, wo Zeitschriften wie „Wired" und Organisationen wie die „Electronic Frontier Foundation" diese Ideologie der neuen Kommunikationsverhältnisse produzieren, gilt der Cyberspace als das bessere Hollywood, eine Realitätsfabrik, welche Träume wirklich wahr werden lässt. Ewige Jugend, makellose Schönheit, heldenhafter Mut, barbarische Stärke, morbide Eleganz, angsteinflößende Omnipotenz, göttliche Macht – alles ist online möglich.[22] Und nicht nur Bill Gates und Nicolas Negroponte, sondern auch Al Gore, John Perry Barlow und Esther Dyson predigen unermüdlich, dass im Cyberspace alle ethnischen Differenzen und physischen Behinderungen ihre Bedeutung verlieren und die User sich eine neue Identität selbst erschaffen. Sie glauben an die Humanisierung und die Demokratisierung der Welt, an den weltweiten friktionsfreien Kapitalismus, an telematische Heimarbeit, die neue Arbeitsplätze schafft, an Telemedizin und Kunst für alle, an neue Kreativität mittels Computergraphik und Computerani-

---

* Die Abhängigkeit des politischen Erfolgs von der Gunst vor allem der elektronischen Medien ist auf Schritt und Tritt zu spüren. Auch seriöse Zeitschriften veröffentlichen regelmäßig Statistiken, wie viel Sendezeit ein Politiker im Fernsehen für sich ergattern konnte. Diese Macht kommt den Medien allerdings nur insofern zu, als allgemein der Glaube herrscht, dass Medienpräsenz die Stimmung des Wählers beeinflussen kann. Die Medien sind Mittel, über die sich die Politik den Weg zum Wähler bahnt. Überhaupt gewählt werden zu müssen, Macht also nur auf Zeit geliehen zu bekommen, macht politische Macht in der Demokratie übrigens immer schon zu einer Macht aus zweiter Hand. Selten nimmt man diese demütig an. Eher versucht man, diese Macht hinter dem Rücken des Wählers zu stabilisieren. Manchmal scheitert dies an den Medien; manchmal kann man sich aber genau dafür auch einige Medien kaufen. KONRAD PAUL LIESSMANN: Die Kanäle der Macht. 5. Philosophicum Lech 2002

mation, an die klassenlose Gesellschaft der Nutzer oder an die Überwindung des Nationalstaates. Denn das Netz ist in jeder Hinsicht ein „Universal-Lösungsmittel“ für alle nur denkbaren Probleme.[23]

Jetzt fallen endlich die Grenzen zwischen Geist und Maschine, und das Gehirn wird als Maschine begriffen, mit einer gewaltigen Zahl von Einzelteilen, die in perfekter Übereinstimmung mit den Gesetzen der Physik funktionieren. Ray Kurzweil, einer der Säulenheiligen einer „human-maschinellen Unsterblichkeitssymbiose“ (Jochen Hörisch) rechnet uns bereits vor, dass man im Jahre 2020 einen Billigrechner erhalten wird, der die intellektuellen Fähigkeiten eines begabten Menschenhirns nicht nur simulieren, sondern in Einzelbereichen übertreffen wird. Im Jahr 2060 wird ein solcher (billiger) Rechner die Kapazität aller menschlichen Gehirne zusammengenommen übertreffen. Die Folgen daraus sind anthropotechnischer Art.[24]

„Menschen können danach ihr gesamtes Gehirn und ihr gesamtes Nervensystem auf eine Festplatte scannen. Ein Computerspezialist übersetzt das Eingescannte in Datensätze und Regelkreise. Bleibt das alte Problem von Körper und Geist. Der Geist braucht einen Körper ... Aber auch die Nanotechnologie macht Fortschritte. Im Zeitalter nach der totalen Dechiffrierung der menschlichen Genome erlaubt sie es, den menschlichen Körper Atom für Atom zu rekonstruieren. Natürlich aus besserem und haltbarerem Material als dem aus Fleisch und Blut. Doch solche vermeintlich handfeste Unsterblichkeit hat ihren Preis. Zum Beispiel den des Vielkörperproblems. Wer ist man, wenn man in vielen Repliken existiert? Die alten Pygmalion-, Frankenstein- und Homunculus-Motive bekommen, das belegen Filme wie Existence oder Matrix, im Umfeld von Gentechnologie und AI einen medienhistorischen Kick.“[25]

Der wahre Fortschritt zielt auf den Übermenschen Nietzsches. Ein Hybrid aus Mensch und technischem Gestell, ein Lebewesen mit einem erweiterten Körper, Laseraugen, einer dritten Hand, einem automatischen Arm und einem Videoschatten.[26]

Die Entfremdung zwischen Mensch und Maschine, das große philosophische Drama bei Hegel und Marx, wird dadurch aufgehoben, dass der Mensch sich aus freien Stücken und emphatisch dem Stärkeren und Effizienteren unterwirft. Die Maschine ist es, die das „Über“ am Übermenschen darstellt.[27]

„Am Ende sollen fortschrittliche Automaten, die mit dem Makel der Sterblichkeit nicht behaftet sind, das hinfällige Geschlecht gänzlich ersetzen. Diese Maschinen werden auch dem Durcheinander der Sexualität ein Ende machen; sie sind nämlich in der Lage, sich auf einwandfrei keimfreie Art und Weise fortzupflanzen. Von den militanteren Pionieren der künstlichen Intelligenz wurde dieses selbstlose Ziel schon vor Jahrzehnten verkündet."[28]

Dass unsere Zivilisation die Struktur und die Eigenschaften einer Maschine annimmt, hat Paul Valéry schon 1925 geschrieben. Und diese Maschine, so meinte er, würde sich mit nichts Geringerem als der Weltherrschaft abfinden. Sie würde keinem Menschen gestatten zu überleben außerhalb ihrer Kontrolle und ohne in ihre Funktionen einbezogen zu sein, denn sie könne sich mit unbestimmten Lebensweisen innerhalb ihres Funktionsbereichs nicht abfinden. Ihre Präzision, die ihr Wesen sei, könne keine Vagheit oder gesellschaftliche Sprunghaftigkeit ertragen, und ungeregelte Situationen seien mit gutem Funktionieren unvereinbar.[29]

Nun haben zwar sowohl die Apokalyptiker als auch die Propheten des Maschinenzeitalters ebenso wie die des Medienzeitalters ihre beste Zeit schon hinter sich, die einen, weil ihre Prognosen nicht eingetreten sind, die anderen, weil die ihren durch die Realität laufend überholt und verändert werden, deutlich aber wird dabei immer wieder die alte Sehnsucht der Propheten nach maschinengleicher Verlässlichkeit des Menschen, der Traum vom immer währenden Triumph der Rationalität. Alles beides ist auch der Traum einer neuzeitlichen Wissenschaft, die seit Francis Bacon davon spricht, dass die Arbeit des Geistes künftig „wie durch Maschinen zu bewerkstelligen"[30] sei.

Diesen Traum träumt Descartes[31] ebenso wie Marshall McLuhan[32] und seine Epigonen und es ist und bleibt bis in die Gegenwart der alte gnostische Traum von einer universellen Kommunikation zwischen Mensch, Materie und Kosmos.

Am Ende kehren wir ins Paradies zurück, als Engel und reine Geisteswesen.[33] Wer aber sein will wie Gott, muss vor allem die Trägheit überwinden und das Altern der Zellen. Er muss endlich dafür sorgen, dass die Kräfte des Geistes über die rohe Macht der Dinge siegen.[34] Wer ins digitale Nirwana eintritt, braucht keinen Körper mehr; er durchmisst eine schwerelose Welt. „Die digitale Netzwelt ist die Welt des hüllenlosen Geistes; die Welt des endgültig entfesselten Prometheus, der das Gefängnis der eigenen Körperlichkeit überschreitet."[35] Mit der prometheischen Scham, die noch ein Günter Anders in das Zentrum seiner Überlegungen rückte, ist es endgültig vorbei.[36]

Wo bleibt hier Platz für eine Ethik-Diskussion?

Wenn sich die Anstrengungen auf die Transformation des Homo sapiens konzentrieren, wo bleibt Platz für die Endlichkeit und Kreatürlichkeit des Menschen, für das, was wir Humanität nennen? „Die Humanität des Menschseins ist nur eine Durchgangsphase auf dem Pfad der Evolution", wird uns versichert, „wir sind nicht der endgültige Höhepunkt in der Entwicklung der Natur ... Es wird Zeit, dass wir unser Schicksal selbst in die Hand nehmen und unser Fortschreiten in die Transhumanität beschleunigen."[37]

Wenn es aber um die Transformation des Homo sapiens geht, dann ist das nichts anderes als die „Endlösung der Menschheitsfrage", wie es Joseph Weizenbaum drastisch formuliert.[38]

Das war ein weiter Umweg. Beim Fernsehen habe ich begonnen, das seinen Weg vom Aufklärerischen zum Zerstreuenden genommen hat, und auf dem Weg zurück nach Manchester ist ...[39]

„Darum laßt uns hier eine Stadt gründen / Und sie nennen Mahagonny / Das heißt: Netzstadt! / Sie soll sein wie ein Netz / Das für die eßbaren Vögel gestellt ist. / Überall gibt es Mühe und Arbeit / Aber hier gibt es Spaß. / Denn es ist die Wollust der Männer / Nicht zu leiden und alles zu dürfen. / Das ist der Kern des Goldes."[40]

Bert Brecht hat den digitalen Kapitalismus nicht gekannt. Seine Medientheorie war ja eine ganz andere und hoffnungsvoll demokratische. Ein bewusster Gegenentwurf zum Gebrüll der braunen Horden. Brecht hat aber auch den Kapitalismus gekannt und es wäre durchaus interessant, wie er die Goldgräberstimmung des Netzkapitalismus kommentiert hätte. Denn nie zuvor ist in die Medien so viel Geld investiert worden. Unternehmen der Netztechnologie, die – vorerst – Jahr für Jahr riesige Verluste erwirtschaften, werden an der Börse mit astronomischen Summen gehandelt.

Aber der Netzkapitalismus bleibt als Utopie bestehen, die Börsenkurse und die Arbeitslosigkeit steigen ...

Entlarvend ist in diesem Zusammenhang die Meinung des ehemaligen Bertelsmann-Vorstandsvorsitzenden Thomas Middelhoff in einem Interview in der Süddeutschen Zeitung. Auf die Frage, wo bei diesen „Global Players", die Information in Zukunft weitgehend monopolisieren, die Rolle der Journalisten sei, die ja bisher im demokratischen Staat eine Art „Wächteramt" ausübten? „Ich bin bei Bertelsmann derzeit noch damit beschäftigt, Schwachstellen zu beseitigen und die neue Ausrichtung unseres Unternehmens zu Ende zu bringen. Wir müssen unsere Buchklubgeschäfte wieder nach vorne bringen und die Musikgruppe zum Marktführer in der Welt ausbauen. Danach (sic!) wollen wir wieder stärker über Inhalte reden ... Da haben wir leider Defizite. Da sitzt noch kaum einer, von dem man sagen würde, das ist ein Inhaltsmensch ... Wir brauchen mehr solche Leute ganz vorn bei Bertelsmann."[41]

Abgesehen davon, dass Satzbau und Wortwahl wenig davon vermitteln, was dem angeblichen „Inhaltsmenschen" wichtig ist, wird hier absoluter Medienkonolialismus betrieben. Einige wenige Mediengiganten wollen – und werden – in Zukunft bestimmen, was allen gut tut, wie Information gesammelt, konfiguriert, bewertet, selektiert und distributiert wird.

Die Demokratisierung des Netzes – auch der Information – ist damit eine Chimäre.

„... das Internet (ist) ein Dorado für Kriminelle, Intriganten, Hochstapler, Terroristen, Triebtäter, Neonazis und Verrückte. Hier finden alle Sekten und alle Kulte ihr gemütliches Auskommen. Endlich können sich Welterlöser und Satanisten zusammenschalten. Kein Wunder, dass in solchen über den ganzen Globus verteilten Gruppen die Poranoia nistet und dass die Verschwörungstheorien unter ihren zahllosen Adressen blühen und gedeihen. Da kein Zentrum vorhanden ist, kann sich jeder einbilden, er befinde sich, wie eine Spinne in ihrem Netz, im Mittelpunkt der Welt. Kurzum, das interaktive Medium ist weder Fluch noch Segen, es bildet einfach die Geistesverfassung seiner Teilnehmer ab."[42]

Auch Hans Magnus Enzensberger, der intellektuelle Skeptiker, der sich über Apokalyptiker lustig macht, ist nicht von solchen Befunden frei; abgesehen davon, dass er damit einen Text, den er dazu vor etwa dreißig Jahren geschrieben hat, deutlich relativiert.[43]

Auch er bleibt aber die Antwort schuldig, ob die digitale Welt auch so etwas wie einen digitalen Humanismus entwickeln wird; eine Ethik im Cyberspace ...

Fast erscheint es so, als könnten alle die dazu erforderlichen Verbindlichkeiten nicht mehr durch die Besinnung auf eine objektive Ordnung, eine göttliche, seinsmäßige oder natürliche gewonnen werden. Es bleibt offenbar nur eine Ethik übrig, die sich durch Rekurs auf die Ratio, durch die Vernünftigkeit des Menschen und seine Fähigkeit zur Konsensbildung legitimiert.[44]

Mag ihre Verbindlichkeit auch weniger tief sein, so ist die damit einhergehende Verantwortung doch nicht geringer, da sich die Entscheidung auf objektive Normen abwälzen lässt, sondern dem Menschen die ganze Bürde der Entscheidung und Verantwortung auflastet. Ethisches Denken und darauf aufbauendes Handeln an sich besteht in diesem Verständnis in der systematischen Untersuchung der Beziehungen zwischen den Menschen. In der Untersuchung der Auffassungen, Interessen und Ideale, aus der sich die Art und Weise des Umgangs miteinander ergeben, und in der Untersuchung der Wertsysteme, auf denen solche Lebensziele beruhen.[45]

Das ist offenbar ethischer Minimalkonsens, wobei unlösbare Probleme par excellence zu Werten stilisiert werden.[46]

Ist also eine solche konsensuale Ethik lediglich eine für das Hier und Heute? Eine, die ohne Blick auf die künftige Medienentwicklung gemacht wird, in der die Zukunft die Gegenwart längst eingeholt hat? In der Tat ist es wohl eine „Allerweltsethik", die davon ausgeht, dass sich ihre Prämissen allein aus bestimmten Vorstellungen der gegenwärtigen Welt und Natur her bestimmen.* Ändern sich Welt- und Naturbild, so zieht dies auch eine Änderung der Ethik nach sich. Die Naturphilosophin Karen Gloy, die das postuliert, kommt denn auch zum Schluss: „Zwar kann unmöglich alles erlaubt sein, was machbar ist, oft aber findet mit der Erweiterung und Vertiefung der Erkenntnisse, mit der Gewinnung größerer Überblicke, mit fortschreitender Einsicht in die möglichen Konsequenzen und Risken sowie deren Beherrschung und Vermeidung, und nicht zuletzt mit zunehmender Gewöhnung, die neue Technik ihre moralische Akzeptenz."[47]

Das ist es offenbar, das Projekt Ethik in der Postmoderne.

Sämtliche vergangenen und gegenwärtigen Erfahrungen existieren nunmehr nebeneinander als Elemente der Gesamtsituation der Menschheit,[48] ohne irgendeine – auch nur vorläufige – Lösung der

---

* Ein verfeinertes situationsadäquates universalmoralisches Bewusstsein ist gefordert, eine der wenigen Chancen, mit den selbst gemachten technologischen Herausforderungen und Auswirkungen fertig zu werden. Der Weg ist technisch-industriell sehr weit gewesen, universalmoralisch hingegen bemerkenswert kurz: Er muss konsequent und kontinuierlich weiter beschritten werden.

Hans Lenk: Einführung in die angewandte Ethik, S. 11

Probleme anzubieten. Wir müssen mit der Ungewissheit der globalen Welt leben.*

Das „Universelle“ wird in vorübergehenden Begegnungen mit anderen gesucht.[49] Anders ausgedrückt: Wir sind nicht mehr Subjekte einer gegebenen objektiven Welt, sondern Projekte von alternativen Welten. „Aus der unterwürfigen subjektiven Stellung haben wir uns ins Projizieren aufgerichtet. Wir werden erwachsen. Wir wissen, daß wir träumen.“[50]

Das ist, wenn man so will, eine zwar durchaus positive, aber höchst unverbindliche Variante.

Heute scheint es aber notwendig zu sein, sowohl Elemente der Prinzipienethik als auch der Folgenethik in eine Gesamtethik zu integrieren, die Elemente der pflichtgemäßen Achtung vor dem anderen und dem Selbst mit Elementen des Wohlwollens verbindet. Weder rein formalistische noch rein inhaltliche Ethikbegründungen scheinen noch vertretbar zu sein.**

Hans Lenk plädiert daher auf der Basis einer Theorie der Gerechtigkeit und einer verbesserten Form der Idee des Gesellschafts-

---

* Statt einer Streitkultur – also einer „räsonierenden“ Öffentlichkeit – haben wir eine moralisierende Öffentlichkeit. Wissenschaft und Technik sind hier automatisch in der Defensive. Und kaum ein Wissenschaftler oder Techniker wagt es auszusprechen, dass unter dem Titel „Moral“ ein Dauerangriff auf die Errungenschaften der modernen Gesellschaft läuft. Bei Lichte betrachtet, braucht unsere Gesellschaft also nicht neue Werte oder eine erneute Orientierung an alten Werten, sondern im Gegenteil eine Art Fortschrittsschutz gegenüber der Ethik. Hier muss sich die Wissenschaft auf die Politik erlassen. Und da kann man durchaus optimistisch sein. NORBERT BOLZ: Weltkommunikation, S. 169 f.

** Ethisches Nachdenken und universalmoralisches Urteilen müssen sich stärker den Fragen des technischen Neuerschaffenden, die Welt verändernden Menschen widmen. In dieser Hinsicht und auch in der sozialen Öffnung muss die Ethik und (Universal-)Moral angesichts aller dynamischen Entwicklungen ständig weiter „erschaffen“ oder entwickelt, also in Teilen „dynamisiert“ werden. Dies gilt besonders für die neuartigen moralischen Probleme, die sich der hoch entwickelten Technik in ihren Auswirkungen stellen. Unter Beibehaltung der universalmoralischen Grundeinsichten müssen Ethik und (Universal-)Moral pragmatischer werden, sich praxisnah den gewandelten Situationen und Bedingungen im Technischen, ja informations- und systemtechnologischen Zeitalter stellen. Bisher gibt es hierzu noch keine umfassenden Ansätze.
HANS LENK: Einführung in die angewandte Ethik, S. 11

und Generationenvertrages bzw. der „Gerechtigkeit als Fairness" für eine „Universalmoral", die alle „rationalen Menschen öffentlich befürworten". Bernard Gert hat dazu zehn moralische Regeln entwickelt, die im Wesentlichen davon ausgehen, niemandem ein Übel zuzufügen.

„1. Du sollst nicht töten. 2. Du sollst keine Schmerzen verursachen. 3. Du sollst nicht unfähig machen. 4. Du sollst nicht Freiheit der Chancen entziehen. 5. Du sollst nicht Lust entziehen. 6. Du sollst nicht täuschen. 7. Du sollst Deine Versprechen halten. 8. Du sollst nicht betrügen. 9. Du sollst dem Gesetz gehorchen. 10. Du sollst Deine Pflicht tun."

Und Gert fordert: „Jedermann soll den Regeln gehorchen, es sei denn, er könnte ihre Verletzung öffentlich befürworten."[51]

Wenn wir also Vertrauen in alle rationalen Menschen haben, einen „Verlust der Menschlichkeit" (Finkielkraut) verhindern wollen, dann dürfen wir nicht schweigen. Egal ob wir den Beifall der Mehrheit finden oder nicht. Oftmals ist gerade das Unzeitgemäße das Zeitgemäße,[52] und die angebliche Ohnmacht des Einzelnen ist überhaupt die gefährlichste Illusion, die ein Mensch haben kann.[53]*

Am Beginn wurde Hans Jonas zitiert und sein Bild des entfesselten Prometheus. Man muss dieses Zitat fortsetzen:

„Die dem Menschenglück zugedachte Unterwerfung der Natur hat im Übermaß ihres Erfolges, der sich nun auch auf die Natur des Menschen selbst erstreckt, zur größten Herausforderung geführt, die je dem menschlichen Sein aus eigenem Tun erwachsen ist. Alles daran ist neuartig, dem Bisherigen unähnlich, der Art, wie der Größenordnung nach. Was der Mensch heute tun kann und dann in der unwiderstehlichen Ausübung dieses Könnens weiterhin zu tun gezwungen ist, das hat nicht seinesgleichen in vergangener Erfahrung. Auf sie war alle bisherige Weisheit über rechtes Verhalten zugeschnitten. Keine überlieferte Ethik belehrt uns daher über die Normen von ‚Gut' und ‚Böse', denen die ganz neuen Modalitäten

---

* Trunken von den Fortschritten des Wissens und Könnens, die über unsere Zeit hereinbrachen, vergaßen wir, uns um den Fortschritt in der Geistigkeit der Menschen zu sorgen. Gedankenlos glitten wir unversehens in den Pessimismus, an alle Fortschritte zu glauben, nur nicht mehr an den geistigen Fortschritt des Menschen und der Menschheit.

Albert Schweitzer: Kultur und Ethik, S. 360

der Macht und ihrer möglichen Schöpfungen zu unterstellen sind. Das Neuland kollektiver Praxis, das wir mit der Hochtechnologie betreten haben, ist für die ethische Theorie noch ein Niemandsland."[54]

Die Konsequenzen daraus?*

Offenbar stehen wir wieder einmal an einem Kreuzungspunkt. Mit dem Fortschreiten einer naturwissenschaftlich-technischen Weltbeherrschung scheint man in der Lage zu sein, die vordem absolut ungewisse (gleichsam in der Hand Gottes liegende) Zukunft kausal zu berechnen, technisch zu lenken und selbst beherrschen zu können. Aber ist es nicht eigentümlich, dass als adäquateste Metapher für das, was Weltkommunikation in Zukunft leisten könnte, immer wieder das Bild der Engel bemüht wird; dieser religiös mythologischen Wesen, die uns beschützen und bei einflussreichen Instanzen verteidigen? – Aber natürlich kennt die Mythologie auch Teufel. Was ist eigentlich mit ihnen?[55]

---

* Die religiöse Grundstruktur des Humanismus wird in Hans Jonas' Ethik sehr deutlich: Das „Prinzip Verantwortung" kreist um die Begriffe Furcht und Tabu, um das Humanum und das Heilige. Die Gentechnik tastet das Tabu über die menschliche Kreatürlichkeit an. Das ist für Hans Jonas der archimedische Punkt eines Generalangriffes gegen die wissenschaftliche Entzauberung der Welt. Und dieser Humanismus ist stets bereit, in Fundamentalismus umzukippen – so fordert Jonas ausdrücklich: „Unsere so völlig enttabuisierte Welt muss angesichts ihrer neuen Machtarten freiwillig neue Tabus aufrichten." Offenbar meint Jonas mit „freiwilligen Tabus" Praktiken, die uns das Fürchten lehren. Denn Angst ist der Kompass seiner Ethik: Wir sollen uns fürchten vor dem, was wir können. Und das ist einer der entscheidenden rhetorischen Tricks des „Prinzips Verantwortung": Jonas deutet die blinde Angst vor der Machbarkeit in die „sehende Furcht" vor dem Menschenmöglichen um. Der Mensch ist sich hier selbst zum bösen Demiurgen geworden, gegen den er tabuisierte Sicherheitsvorkehrungen treffen muss. Mit anderen Worten: Der Mensch mit seinen technischen Möglichkeiten wird zum letzten und eigentlichen Feind der Menschheit stilisiert. Ausdrücklich spricht Jonas von einer „Ethik der Furcht vor unserer eigenen Macht". Eine Angstkultur soll das naturwissenschaftlich-technische Wissen der Gegenwart vermenschlichen. Damit wird Angst zur ersten Bürgerpflicht.

Norbert Bolz: Weltkommunikation, S. 166 f.

Literatur

Albrow, Martin: Abschied vom Nationalstaat. Franfurt/M. 1998

Alt, Jürgen August: Wenn Sinn knapp wird. Über das gelingende Leben in einer entzauberten Welt. Frankfurt/M. 1997

Altmeppen, Klaus-Dieter (Hg.): Ökonomie der Medien und des Mediensystems: Grundlagen, Ergebnisse und Perspektiven medienökonomischer Forschung. Opladen 1996

Amery, Jéan: Jenseits von Schuld und Sühne. München 1966

Anders, Günther: Die Antiquiertheit des Menschen. München 1956

Arendt, Hannah: Wahrheit und Lüge in der Politik. Zwei Essays. München 1969

Arendt, Hannah: Was ist Politik? München 1993

Aufderklamm, Kurt (Hg.): Aufklärung als Beruf. Wien 1996

Barlow, John, Perry: Unabhängigkeitserklärung des Cyberspace. barlow@eff.org. 8. 2. 1996

Baudrillard, Jean: Die Illusion des Endes oder der Streik der Ereignisse. Berlin 1994

Beck, Ulrich: Risikogesellschaft. Auf dem Weg in eine andere Moderne. Frankfurt/M. 1986

Beck, Ulrich: Gegengifte. Die organisierte Unverantwortlichkeit. Frankfurt/M. 1988

Beck, Ulrich: Politik in der Risikogesellschaft. Essays und Analysen. Frankfurt/M. 1991

Berlin, Isaiah: Das krumme Holz der Humanität. Kapitel der Ideengeschichte. Frankfurt/M. 1992

Benetka, Gerhard: Psychologie in Wien. Sozial- und Theoriegeschichte des Wiener Psychologischen Instituts 1922–1938. Wien 1995

Bericht über die menschliche Entwicklung. Veröffentlicht für das Entwicklungsprogramm der Vereinten Nationen (UNDP) von der Deutschen Gesellschaft für die Vereinten Nationen e.V. Bonn 1999, 2000, 2001

Bernhofer, Martin (Hg.): Fragen an das 21. Jahrhundert. Wien 1999

Bloom, Howard: Global Brain. Die Evolution sozialer Intelligenz. Stuttgart 1999

Bollmann, Stefan/Heibach, Christiane (Hg.): Kursbuch Internet. Anschlüsse an Wirtschaft und Politik, Wissenschaft und Kultur. Mannheim 1996

Bolz, Norbert: Theorie der neuen Medien. München 1990

Bolz, Norbert: Chaos und Simulation: München 1992

Bolz, Norbert: Am Ende der Gutenberg-Galaxis. München 1993

Bolz, Norbert: Das kontrollierte Chaos. Vom Humanismus zur Medienwirklichkeit. Düsseldorf, Wien, New York, Moskau 1994

Bolz, Norbert: Die Sinngesellschaft. Düsseldorf 1997
Bolz, Norbert: Weltkommunikation. München 2001
Boventer, Hermann: Ethik des Journalismus. Konstanz 1984
Brecht, Bert: Radiotheorie. In: Gesammelte Werke, Bd. 18 (Schriften zur Literatur und Kunst 1), Frankfurt/M. 1975
Burger, Rudolf: Massenmediale Öffentlichkeit zwischen Aufklärung und Hysterisierung. In: Busek, Erhard (Hg.): Europa – Vision und Wirklichkeit. Europäisches Forum Alpbach 2001. Wien 2002
Busek, Erhard (Hg.): Europa – Vision und Wirklichkeit. Europäisches Forum Alpbach 2001, Wien 2002
Canetti, Elias: Die Provinz des Menschen. München, Wien 1973
Castells, Manuel: Das Informationszeitalter I. Der Aufstieg der Netzwerkgesellschaft. Opladen 2001
Casti, John: Szenarien der Zukunft. Was Wissenschaftler über die Zukunft wissen können. Stuttgart 1992
Chargaff, Erwin: Kritik der Zukunft. Stuttgart 1983
Chargaff, Erwin: Ernste Fragen. Stuttgart 2000
Chomsky, Noam: Media Control. Wie die Medien uns manipulieren. Hamburg, Wien 2003
Dachs, Herbert: Aufklärung und menschliches Maß. 25 Jahre Salzburger Humanismusgespräche. Salzburg 1990
Dahl, Peter: Radio. Sozialgeschichte des Rundfunks für Sender und Empfänger. Reinbeck 1983
Dertouzos, Michael: What will be? Die Zukunft des Informationszeitalters. Wien, New York 1999
Dokumentationsarchiv des Österreichischen Widerstandes (Hg.): Das Netz des Hasses. Wien 1997
Dürr, Hans-Peter: Für eine zivile Gesellschaft. Beiträge zu unserer Zukunftsfähigkeit. München 2000
Eberlein, Gerald L. (Hg.): Kleines Lexikon der Parapsychologie. München 1995
Ehrenreich, Barbara: Arbeit poor. Unterwegs in der Dienstleistungsgesellschaft. Reinbek 2003
Enzensberger, Hans Magnus: Baukasten zu einer Theorie der Medien. In: Kursbuch 20, Frankfurt/M. 1970
Enzensberger, Hans Magnus: Mittelmaß und Wahn. Gesammelte Zerstreuungen. Frankfurt/M. 1988
Enzensberger, Hans Magnus: Das digitale Evangelium. In: „Der Spiegel", 2/2000
Eppler, Erhard: Kavalleriepferde beim Hornsignal. Die Krise der Politik im Spiegel der Sprache. Frankfurt/M. 1992
Ergert, Viktor: 50 Jahre Rundfunk in Österreich. Salzburg 1975 ff.
Felt, Ulrike/Novotny, Helga/Taschwer, Klaus: Wissenschaftsforschung. Eine Einführung. Frankfurt/M., New York 1995

Filla, Wilhelm et al. (Hg.): Wissenschaft und Erwachsenenbildung. Wien 1996
Finkielkraut, Alain: Verlust der Menschlichkeit. Versuch über das 20. Jahrhundert. Stuttgart 1998
Fischer, Roland/Costazza, Markus/Pellert, Ada (Hg.): Argumentation und Entscheidung. Zur Organisation von Wissenschaft. München 1993
Fleck, Ludvik: Entstehung und Entwicklung einer wissenschaftlichen Tatsache. Einführung in die Lehre von Denkstil und Denkkollektiv. (1935) Frankfurt/M. 1980
Flusser, Vilém: Medienkultur. Frankfurt/M. 1997
Foerster, Heinz v.: Wissen und Gewissen. Frankfurt/M. 1993
Gates, Bill: Der Weg nach vorn. Die Zukunft der Informationsgesellschaft. Frankfurt/M. 1995
Gates, Bill: Digitales Business. Wettbewerb im Informationszeitalter. München 1999
Gert, Bernard: Die moralischen Regeln. Frankfurt/M. 1983
Gloy, Karen: Das Verständnis der Natur. Bd. II, Die Geschichte des ganzheitlichen Denkens. München 1996
Gombrich, Ernst: Die Krise der Kulturgeschichte. Gedanken zum Wertproblem in den Geisteswissenschaften. Stuttgart 1983
Gottwald, Franz-Theo/Sprinkart, Peter: Multi-Media Campus. Die Zukunft der Bildung. Düsseldorf, Regensburg 1998
Gronemeyer, Marianne: Lernen mit beschränkter Haftung. Über das Scheitern der Schule. Berlin 1996
Grossmann, Ralph (Hg.): Wie wird Wissen wirksam? Wien, New York 1997
Guggenberger, Bernd: Das digitale Nirwana. Hamburg 1997
Habermas, Jürgen: Moralbewußtsein und kommunikatives Handeln. Frankfurt/M. 1983
Habermas, Jürgen: Technik und Wissenschaft als „Ideologie". (1968) Frankfurt/M. 1995
Hattinger, Gottfried/Russel, Morgan/Schöpf, Christine (Hg.): Virtuelle Welten. Ars Electronica 1990, Bd. 2. Linz 1990
Hentig, Hartmut v.: Die Sache und die Demokratie. Drei Abhandlungen zum Verhältnis von Einsicht und Herrschaft. Frankfurt/M. 1975
Hentig, Hartmut v.: Bildung. Ein Essay. München 1996
Hentig, Hartmut v.: Der technischen Zivilisation gewachsen bleiben. Nachdenken über die Neuen Medien und das gar nicht mehr allmähliche Verschwinden der Wirklichkeit. Wien, München, Weinheim, Basel 2002
Hiebel, Hans H. (Hg.): Kleine Medienchronik. Von den ersten Schriftzeichen zum Microchip. München 1997
Höffe, Otfried et al. (Hg.): Lexikon der Ethik. München 1997
Horkheimer, Max/Adorno, Theodor W.: Dialektik der Aufklärung. Frankfurt/M. 1969

Horgan, John: An den Grenzen des Wissens. Siegeszug und Dilemma der Naturwissenschaft. München 1997
Hörisch, Jochen (Hg.): Mediengenerationen. Frankfurt/M. 1997
Hörisch, Jochen: Der Sinn und die Sinne. Eine Geschichte der Medien. Frankfurt/M. 2001
Jahoda, Marie/Zeisl, Hans: Die Arbeitslosen von Marienthal. Ein soziographischer Versuch über die Wirkungen langdauernder Arbeitslosigkeit. Leipzig 1933
Jens, Walter: Einsprüche. Reden gegen Vorurteile. München 1972
Jens, Walter: Ort der Handlung ist Deutschland. Reden in erinnerungsfeindlicher Zeit. München 1981
Jochum, Manfred: Medien und Erwachsenenbildung im Medienverbundsystem. In: Heitger, Marian/Diem-Wille, Gertraud (Hg.): Medien und Pädagogik. Wien, Freiburg, Basel 1981
Jochum Manfred: Wissenschaft und Öffentlichkeit. Marginalien eines vielschichtigen Verhältnisses am Beispiel des Programms Österreich 1. In: Stadler, Friedrich (Hg.): Wissenschaft als Kultur. Österreichs Beitrag zur Moderne. Wien, New York 1995
Jochum, Manfred: Wissenschaft – Journalismus – Öffentlichkeit. Unvollständige Überlegungen zu einem ungeklärten Verhältnis. In: Matis, Herbert (Hg.): Relation. Medien – Gesellschaft – Geschichte. 4/1/1997
Jochum, Manfred (Hg.): Recht, Moral und Datenhighway. Wien 1998
Jochum, Manfred: Medien und Wissenschaft. In: Zeitschrift für Sozialpsychologie und Gruppendynamik in Wirtschaft und Gesellschaft. 24/4/1999
Jochum, Manfred: Wissenschaftswissen und Medienwissen oder die Virtualität des Wissens. Innsbruck 1999
Jochum, Manfred (Hg.): Elektronik und Urkunde. Elektronisches Dokument und Rechtssicherheit. Wien 2000
Jonas, Hans: Das Prinzip Verantwortung. Frankfurt/M. 1979
Jonas, Hans: Philosophische Untersuchungen und metaphysische Vermutungen. Frankfurt/M., Leipzig 1992
Karmasin, Matthias: Journalismus. Beruf ohne Moral? Journalistisches Berufsverständnis in Österreich. Wien 1996
Karmasin, Matthias: Medienökonomie als Theorie (massen)medialer Kommunikation. Kommunikationstheorie und Stakeholder Theorie. Graz, Wien 1998
Kurz, Robert: Der Kollaps der Modernisierung. Frankfurt/M. 1991
Leggewie, Claus: From Voice to Vote: Neue Medien und Demokratie. In: Informationen zur Politischen Bildung. 16/1999
Lenk, Hans: Einführung in die angewandte Ethik. Verantwortlichkeit und Gewissen. Stutgart, Berlin, Köln 1997
Lenz, Werner: Zwischenrufe. Bildung im Wandel. Wien 1995

Lenz, Werner: On The Road Again. Mit Bildung unterwegs. Innsbruck 1999
Lévy, Pierre: Cyberkultur. Universalität ohne Totalität. In: „telepolis“ – Die Zeitschrift der Netzkultur, 0/96
Liessmann, Konrad Paul: Die großen Philosophen und ihre Probleme. Wien 2001
Liessmann, Konrad Paul: Vom Nutzen und Nachteil des Denkens für das Leben. Vorlesungen zur Einführung in die Philosophie 1. Wien 2002 (3. Auflage)
Liessmann, Konrad Paul (Hg.): Die Kanäle der Macht. Wien 2003
Liessmann, Konrad Paul: Alter Geist und neue Medien. Das humanistische Bildungsideal im Zeitalter der Netzkultur. In: Reiter Anton/Herbert Schwetz/Manuela Zeyringer (Hg.): Schule im Bannkreis der neuen Medien – Wo bleibt die humanistische Bildung? Wien 2003
Luhmann, Niklas: Die Wissenschaft der Gesellschaft. Franfurt/M. 1989
Luhmann, Niklas: Die Realität der Massenmedien. Opladen 1996
Marcuse, Herbert: Ideen zu einer kritischen Theorie der Gesellschaft. Frankfurt/M. 1969
Mark, Desmond (Hg.): Paul Lazarsfelds Wiener RAVAG-Studie 1932. Der Beginn der modernen Rundfunkforschung. Musik und Gesellschaft 24, Wien 1996
Markl, Hubert: Wissenschaft gegen Zukunftsangst. München, Wien 1998
Mazakarini, Leo: Die zwei Weltrevolutionen des Wissenstransfers. Unveröffentlichtes Typoskript.
McLuhan, Marshal: Die magischen Kanäle. Düsseldorf 1968
Meier-Seethaler, Carola: Gefühl und Urteilskraft. Ein Plädoyer für die emotionale Vernunft. München 1997
Menzel, Ulrich: Globalisierung versus Fragmentierung. Frankfurt/M. 1998
Meyer, Thomas: Mediokratie. Die Kolonisierung der Politik durch die Medien. Frankfurt/M. 2001
Middelhoff, Thomas: Strategien für einen Medienkonzern im 21. Jahrhundert. In: „Conturen“, 3/99
Minsky, Marvin: Mentopolis. Stuttgart 1990
Mitscherlich, Alexander: Die Unwirtlichkeit unserer Städte. Anstiftung zum Unfrieden. Frankfurt/M. 1967
Mittelstraß, Jürgen: Leonardo Welt. Über Wissenschaft, Forschung und Verantwortung. Frankfurt/M. 1992
Mittelstraß, Jürgen: Die unzeitgemäße Universität. Frankfurt/M. 1994
Mittelstraß, Jürgen: Zwischen Information und Wissen. Vortrag beim Europäischen Forum Alpbach 2000
Mittelstraß, Jürgen: Wissen und Grenzen. Philosophische Studien. Frankfurt/M. 2001
Moravec, Hans: Mind Children. Der Wettlauf zwischen menschlicher und künstlicher Intelligenz. Hamburg 1990

Moravec, Hans: Computer übernehmen die Macht. Vom Siegeszug der künstlichen Intelligenz. Hamburg 1999
Negroponte, Nicholas: Total digital. Die Welt zwischen 0 und 1 oder die Zukunft der Kommunikation. München 1995
Negt, Oskar: Kindheit und Schule in einer Welt der Umbrüche. Göttingen 1997
Noelle-Neumann, Elisabeth/Schulz, Wilfried Hg.): Fischer Lexikon Publizistik, Frankfurt/M. 1971
Novotny, Helga: Wissenschaft und Öffentlichkeit. Krise einer Beziehung. In: Wissenschaftliches Österreich. Ein Magazin zum Österreich-Schwerpunkt auf der Frankfurter Buchmesse 1995. Herausgegeben vom Institut Wiener Kreis und von der ORF-Wissenschaftsredaktion im Radio. Wien 1995
Pfusterschmid-Hardtenstein, Heinrich (Hg.): Materie, Geist und Bewusstsein. Europäisches Forum Alpbach 1999, Wien 2000
Pellert, Ada/Welan, Manfried: Die formierte Anarchie. Die Herausforderung der Universitätsorganisation. Wien 1995
Pelinka, Anton: Internet – Globalisierung des Rechtsextremismus oder Globalisierung der Demokratie? In: Informationen der Gesellschaft für Politische Aufklärung. 55/12/97
Pietschmann, Herbert: Das Ende des naturwissenschaftlichen Zeitalters. Wien 1980
Popper, Karl: Objektive Erkenntnis. Ein evolutionärer Entwurf. Hamburg 1973
Postman, Neil: Wir amüsieren uns zu Tode. Urteilsbildung im Zeitalter der Unterhaltungsindustrie. Frankfurt/M. 1985
Postman, Neil: Das Technopol. Die Macht der Technologien und die Entmündigung der Gesellschaft. Frankfurt/M. 1992
Postman, Neil: Die zweite Aufklärung. Vom 18. ins 21. Jahrhundert. Berlin 1999
Prisching, Manfred: Die McGesellschaft. In der Gesellschaft der Individuen. Graz, Wien, Köln 1998
Reiter, Anton / Schwetz, Herbert / Zeyringer, Manuela (Hg.): Schule im Bannkreis der neuen Medien – Wo bleibt die humanistische Bildung? Wien 2003
Richter, Horst Eberhard: Der Gotteskomplex. Die Geburt und die Krise des Glaubens an die Allmacht des Menschen. Reinbek 1979
Riedel, Heide: 60 Jahre Radio. Von der Rarität zum Massenmedium. Deutsches Rundfunk-Museum Berlin 1987
Rifkin, Jeremy: Das Ende der Arbeit und ihre Zukunft. München 1995
Rosenbaum, Oliver: Chat-Slang. Lexikon der Internet-Sprache. München, Wien 2001
Rousseau, Jean, Jaques: Emil oder über die Erziehung. Paderborn, Wien, München, Zürich 1989

Russel, Peter: Die erwachende Erde. Unser nächster Evolutionssprung. München 1982
Safranski, Rüdiger: Grundlagen des modernen Menschenbildes in Europa. In: Busek, Erhard (Hg.): Europa – Vision und Wirklichkeit. Europäisches Forum Alpbach 2001. Wien 2002
Sandbothe, Mike: Der Pfad der Interpretation. Medienethik im Zeitalter des Internet. In: „telepolis". Die Zeitschrift für Netzkultur. 0/1996
Schelsky, Helmut: Die skeptische Generation. Düsseldorf 1957
Schmolke, Michael (Hg.): Der Generalintendant. Gerd Bachers Reden, Vorträge, Stellungnahmen aus den Jahren 1967–1994. Eine Auswahl. Wien, Köln, Weimar 2000
Schulze, Gerhard: Die Erlebnisgesellschaft. Frankfurt/M. 1993
Schulze, Gerhard: Die beste aller Welten. Wohin bewegt sich die Gesellschaft im 21. Jahrhundert? München, Wien 2003
Schweitzer, Albert: Kultur und Ethik. (1923) München 1990
Sittek, Dietmar: Das Internet-Lexikon. Begriffe, Abkürzungen, Slang – enträtselt und erläutert. München 1997
Sloterdijk, Peter: Kritik der zynischen Vernunft. Frankfurt/M. 1983
Sloterdijk, Peter: Regeln für den Menschenpark. Ein Antwortschreiben zu Heideggers Brief über den Humanismus. Frankfurt/M. 1999
Snow, Charles Peirce: Two Cultures. Cambridge 1953
„Spiegel-special": Der digitale Mensch. Computer verändern die Welt. 3/1997
Spinner, Helmut F.: Das „wissenschaftliche" Ethos als Sonderethik des Wissens. Über das Zusammenwirken von Wissenschaft und Journalismus im gesellschaftlichen Problemlösungsprozeß. Tübingen 1985
Steinbuch Karl: Maßlos informiert. Die Enteignung unseres Denkens. München, Berlin 1978
Stocker, Gerfried/Schöpf, Christine (Hsg.): Info War. Information. macht. Krieg. Ars Electronica 1998. Wien, New York 1998
Stoll, Clifford: Die Wüste Internet. Geisterfahrten auf der Datenautobahn. Frankfurt/M. 1996
Stoll, Clifford: LogOut. Warum Computer nichts im Klassenzimmer zu suchen haben und andere High-Tech-Ketzereien. Frankfurt/M. 2001
Stolte, Dieter et al.: Die Zukunft des Fernsehens. Beiträge zur Ethik der Fernsehkultur. Stuttgart 1996
Straßner, Erich: Fernsehnachrichten. Eine Produktions-, Produkt- und Rezeptionsanalyse. Tübingen 1982
Struck, Peter: Netzwerk Schule. Wie Kinder mit dem Computer das Lernen lernen. München, Wien 1998
Thurow, Lester C.: Die Zukunft des Kapitalismus. Düsseldorf 1996
Tuppy, Hans: Verliert die Naturwissenschaft ihre Glaubwürdigkeit? In: Busek, Erhard (Hg.): Europa – Vision und Wirklichkeit. Europäisches Forum Alpbach 2001, Wien 2002

Vovelle, Michelle: Die Französische Revolution und ihr Echo. Budapest 1987
Vulner, Jo: Info-Wahn. Eine Abrechnung mit dem Multimedienjahrzehnt. Wien, New York 2000
Walter, Ulrich: Zivilisationen im All. Sind wir allein im Universum? Heidelberg, Wien 1997
Watzlawick, Paul: Wie wirklich ist die Wirklichkeit? München 1969
Weizenbaum, Joseph: Kurs auf den Eisberg. München 1987
Weizenbaum, Joseph: Die Macht der Computer und die Ohnmacht der Vernunft. Frankfurt/M. 1994
Weizsäcker, C.-F. v.: Der Garten des Menschlichen. Beiträge zu einer geschichtlichen Anthropologie. München, Wien 1997
Weizsäcker, E. U. v./Lovins, Amory B./Lovins, Hunter L.: Faktor Vier. Doppelter Wohlstand – halbierter Naturverbrauch. München 1995
Welsch, Wolfgang: Unsere postmoderne Moderne. Weinheim 1987
Welsch, Wolfgang: Künstliche Paradiese? Betrachtungen zur Welt der elektronischen Medien – und zu anderen Welten. Schriften der Universität Magdeburg. 1994
Welsch, Wolfgang: Vernunft. Die zeitgenössische Vernunftkritik und das Konzept der transversalen Vernunft. Frankfurt/M. 1995
Wilke, Jürgen (Hg.): Ethik der Massenmedien. Wien 1996
„Zeitpunkte". Der Mensch im Netz. Kultur, Kommerz und Chaos in der digitalen Welt. Sonderheft von „Die Zeit", 5/1996

Quellenverzeichnis

Alle Beiträge wurden für diese Ausgabe überarbeitet, z. T. gestrafft z. T. erweitert und mit den notwendigen Anmerkungen versehen. Der Autor dankt den Verlagen für die Abdruckgenehmigung.

Die seichten Wünsche der breiten Masse oder: Das Radio ist zur Bildung und Erziehung da. Aus der Frühzeit des Radios in Österreich 1924–1932. Erstmals in: „Spurensuche“, Zeitschrift für Erwachsenenbildung und Wissenschaftspopularisierung, 1/1996

Vom Homo sapiens zum Homo inform@ticus. Mediokrität und Infantilisierung versus Aufklärung. Vortrag an der Universität Salzburg, Juni 2002. Erstmals in: „Wespennest“, Nr. 130

Der neue Kult der Oberfläche. Vortrag am 3. Wiener Kulturkongress, November 1997. Veröffentlicht in: „Conturen“ – Das Magazin zur Zeit, II/98

Totale Information? Zu viele Fragen, zu wenige Antworten. Vortrag Unisys, St.-Paul de Vence, Mai 1999

Informiert bis zur Bewusstlosigkeit? Einleitung zum 25. Salzburger Humanismusgespräch, September 2001

Humane Informationsgesellschaft oder Informationszwang? Vortrag bei den 10. Europäischen Notarentagen, Salzburg, Juni 1998. Veröffentlicht in: Manfred Jochum (Hg.): Recht, Moral und Datenhighway. Wien 1998 (Manz)

Von Mickey-Mouse zu Microsoft. Bildung im Informationszeitalter. „Der Österreich 1-Essay“, ORF, September 1999. Veröffentlicht unter dem Titel: „Die Kinder von Bill Gates – Bildung im Informationszeitalter“ in: Martin Bernhofer (Hg.): Fragen an das 21. Jahrhundert. Wien 2000 (Zsolnay)

(K)eine Zukunft für ein Bildungsradio? Vortrag bei den Alpbacher Mediengesprächen, August 1999

Irgendwann wird es Sisyphos gelingen, den verdammten Stein über den Berg zu bringen. Wissenschaft – Journalismus – Öffentlichkeit im Medienzeitalter. Vortrag beim ORF-Symposion „Wissenschaft und Öffentlichkeit“, April 1997. Veröffentlicht als Separatum in der Reihe „Texte“, des Instituts für Wissenschaft und Kunst. Wien 1997

Medienethik in den Zeiten des Cyberspace. Vortrag am 5. Wiener Kulturkongress, November 1999. Veröffentlicht unter dem Titel: „Journalistische Ethik in Verantwortung“ in: Theo Faulhaber/Bernhard Stillfried (Hg.): Auf den Spuren einer Ethik von morgen. Freiburg/Br. 2001 (Herder)

Danksagung

Ein solches Buch der Öffentlichkeit zu übergeben ist immer ein gewisses Risiko. Denn die Kritik ist vorprogrammiert und unausweichlich.

Bekanntlich ist jeder, der einen Fernsehapparat besitzt, fallweise Radio hört und allenfalls auch eine Zeitung buchstabieren kann, bereits ein ausgewiesener Medienexperte, der naturgemäß alles besser weiß, so wie sich auch die Mehrheit nach Absolvierung der Pflichtschule als Bildungsexperten versteht.

Expert(inn)en sind aber bekanntlich Menschen, die vorgeben, sehr vieles besser zu wissen, dieses öffentliche Vorurteil gewissenhaft pflegen und geradezu eifersüchtig bemüht sind, es auch zu erhalten.

Stephan Laske, Vorstand am Institut für Organisation und Lernen an der Universität Innsbruck, verdanke ich in diesem Zusammenhang einen höchst amüsanten Gedanken.

Im Zusammenhang mit der jüngsten, durchaus nicht glorreichen Universitätsreform meinte er: „Wer glaubt, dass Universitätsreformer(innen) Universitäten reformieren, glaubt auch, dass Zitronenfalter Zitronen falten."

Ich schließe mich diesem Gedanken mit höchstem Vergnügen an: Wer also glaubt, dass Medienpolitiker – die sich natürlich als Experten verstehen – in der Medienpolitik mehr zustande bringen als eine ökonomische Brutalisierung dieser Medien, die alle Qualitätskriterien vernichtet und eine politische Willfährigkeit hervorruft, die natürlich politisch erwünscht und erwartet, aber gerade von denjenigen, die sie klammheimlich herbeisehnen, immer heftig und entrüstet zurückgewiesen wird – wer das also glaubt, der darf sich auch weiterhin dem Glauben hingeben, dass die Zitronenfalter ihre Zitronen falten.

Die ORF-Radios und in Sonderheit das Programm Österreich 1 waren für mich durch Jahrzehnte eine absolute Insel der Klugheit, der Reflexion, aber auch des überlegten Ungehorsams und hartnäckigen Widerstands gegen Vereinnahmungen dieser und anderer Art.

Mein Dank gilt daher ganz wesentlich allen Kolleg(innen) im Wiener Funkhaus, die mir Freunde und Weggefährten, hilfreiche

Kritiker und Partner waren, die mit mir viele Stunden und viele Nächte gemeinsam nachgedacht, diskutiert und gestritten haben und bei allem unvermeidlichem Dissens mit mir immer einer Meinung waren, dass es einen ganz wesentlichen und großen gemeinsamen Nenner gibt: Radio kann ein besonders kluges, aufklärendes, informatives und unterhaltendes Medium sein, wenn entsprechende Rahmenbedingungen erhalten und beschützt werden.

Diese Bedingungen heißen: Offenheit, Liberalität und Mut zu Neuem. Sie ermöglichen Toleranz und machen es auch möglich, gewähren zu lassen und Chancen zu bieten, die ohne das Bewusstsein des Vertrauens in die kreative Kraft wohl nur tollkühn wären. Dass mir gerade dieses Vertrauen, weder in meiner Funktion als „Wissenschaftschef" des Radios, besonders aber als Hörfunkintendant, nie enttäuscht wurde, gehört zu meinen ganz großen und beglückenden Erfahrungen. Und trotz neuer und vielfältiger Gefährdungen besteht immer noch das „Prinzip Hoffnung", dass die ORF-Radios diesen Erfolgskurs fortsetzen. Ich wünsche mir sehr, dass dies auch gelingen möge.

Mein Dank gilt aber auch dem Kollegen und Freund, Herrn Univ.-Prof. Dr. Konrad Paul Liessmann: Mit nostalgischem Vergnügen denke ich an unseren gemeinsamen Lehrauftrag an der Uni Wien vor vielen Jahren, mit Freude an viele schöne gemeinsame und höchst erfolgreiche Arbeiten im ORF-Radio und an zahlreiche gute und kritische Gespräche, was die „Wirkung der Medien" betrifft. „Seine" Philosophie-CDs und die über „sein" Philosophicum – Lech waren und sind ausgesprochene Erfolgstitel.

Mein Dank gilt dem Verlag Kremayr und Scheriau. Prof. Leo Mazakarini, der langjährige Freund, hat mich nicht nur ermutigt, endlich dieses Projekt zu verwirklichen, sondern war auch unerbittlich bei den Terminen. Frau Dr. Michal Scheriau hat das Manuskript nicht nur genau gelesen, sondern mich auf eine Vielzahl von Unklarheiten, Ungenauigkeiten oder missverständlichen Formulierungen hingewiesen, Frau Claudia Rinne hat es geschafft, ein (viel zu umfangreiches) Manuskript so einzurichten, dass die Interessen des Autors gewahrt und die des Verlags nicht überstrapaziert wurden. Dafür gilt allen mein besonderer Dank, wie dem Verlag insgesamt für eine Gesprächskultur, die heute zunehmend verloren geht.

Ich widme dieses Buch meinen Kindern Wolfgang, Konstanze und Anna. Alle drei sind sie Kinder der „Mediengeneration(en)".

Alle drei werden sie in unterschiedlicher Weise (auch) von den Medien geformt und „formatiert".

Ich wünsche ihnen, dass sie trotz TV und PC, CD und MTV, Hypertext und Cyberspace ihr Leben selbstbestimmt, differenziert, tolerant und freudig leben können.

Wien, im Juli 2003 Manfred Jochum

Zum Autor

Dr. Manfred Jochum, geb. 1942 in Wien, aufgewachsen in Villach. Studium der Erziehungswissenschaften, Psychologie und Geschichte in Wien. Volksschullehrer, Sozialarbeiter, Universitätsassistent, Erwachsenenbildner. Ab 1976 Redakteur Wissenschaft, Bildung im ORF-Radio. Aufbau und Leitung der Redaktion „Radiokolleg", Leiter der Radiohauptabteilung „Gesellschaft, Bildung, Wissenschaft" (1992–1998), Wissenschaftssprecher des Gesamtunternehmens (1997–2002), Hörfunkintendant (1998–2002).

Derzeit ist er Vorsitzender des Klubs der Bildungs- und Wissenschaftsjournalisten Österreichs, Präsident (Medien) der Österreichischen Wissenschaftsgesellschaft (ÖWIG), Vizepräsident des Instituts für Wissenschaft und Kunst (IWK), Vorstandsmitglied des Instituts für Kulturwissenschaften (IFK), des Musik Information Centers Austria (MICA), des Österreichischen Buchclubs der Jugend und Universitätsrat an der Universität Klagenfurt.

Manfred Jochum wurde u. a. mit dem Förderungspreis „Zur Pädagogik der Gegenwart" (1972), dem Staatspreis für Wissenschaftspublizistik (1982), dem Hans-Czermak-Preis (1992), dem Preis der Stadt Wien (1996) und dem Österreichischen Ehrenkreuz für Wissenschaft und Kunst I. Klasse (2000) ausgezeichnet.

Anmerkungen

Die seichten Wünsche der breiten Masse oder: Das Radio ist zur Bildung und Erziehung da! (S. 11)

1 Zit. b. Peter Dahl: Radio. Sozialgeschichte des Rundfunks für Sender und Empfänger. Reinbek 1993, S. 113

2 Viktor Ergert: 50 Jahre Rundfunk in Österreich. Band I, Salzburg 1975, S. 41ff.

3 So berichtet Rudolf Henz, der seit 1931 die „wissenschaftliche Abteilung" der RAVAG leitete: (Auch) „Herrschaften der zweiten Garnitur waren selten bereit, auch nur eine Zeile ihres Manuskripts zu opfern. Und einer dieser kleinen Gelehrten meinte sogar: ‚Wenn ich mich klar und allgemeinverständlich ausdrücke, bin ich bei meinen Fachkollegen unten durch.'" (Ergert: a. a. O. S. 71)

4 Viktor Ergert: a. a. O. S. 71 ff. „Das Verbot politischer und religiöser Themen wurde ziemlich streng interpretiert, und so kam es zwangsläufig zu einer fast totalen Abkehr der wissenschaftlichen Vortragstätigkeit des Radios von allen aktuellen Strömungen des Geisteslebens. Die Themen beschränkten sich demnach auf historische und technische Gebiete."

5 Radiokritik im „Berliner Tagblatt" vom 31. 12. 1931; zit. bei Peter Dahl, a. a. O. S. 116.

6 Viktor Ergert: a. a. O. S. 72

7 „Radiowelt", 41/1924, S. 7

8 „Radiowelt", 19/1925, S. 1 f.

9 Desmond Mark: „Entstehungsgeschichte, kulturelles Umfeld und Rezeption der RAVAG-Studie von 1932." In: ders. (Hg.): Paul Lazarsfelds Wiener RAVAG-Studie 1932. Der Beginn der modernen Rundfunkforschung. Wien 1996, S. 76 ff.

10 Rudolf Henz in „Radiowelt", 20. 3. 1931, S. 3; zit. bei Desmond Mark a. a. O. S. 76 f.

11 Rudolf Henz (1897–1987). Schriftsteller, Volksbildner, Radiopionier; Vertreter eines prononcierten politischen Katholizismus. 1932–1938 Leiter der „wissenschaftlichen Abteilung" der RAVAG; 1945–1957 Programmdirektor, danach bis 1971 Mitglied des Aufsichtsrats und des Programmbeirats. 1947–1958 Präsident der Katholischen Aktion, 1967–1980 Präsident des Österreichischen Kunstsenats. Österreichischer Staatspreis für Literatur 1953

12 Fritz Brügel (1897–1955). Leiter der Bibliothek der Wiener Arbeiterkammer, zählt er „zu den klügsten Köpfen der austromarxistischen Kunst- und Kulturkritik" (Ernst Glaser). Autor der Texte „Die Arbeiter von Wien" und „Februarballade". Emigriert 1933 zunächst nach Prag

und dann über Frankreich nach England, wo er in den Dienst der tschechischen Exilregierung tritt. Nach 1945 – als Mitglied der KP – Chef der tschechischen Militärmission in Berlin. Nach seinem Bruch mit der KP Emigration aus der Tschechoslowakei nach England.

13 Karl Bühler (1879–1963) studierte in Freiburg, Berlin, Straßburg und Bonn Medizin und Philosophie, habilitierte sich 1907 in Würzburg mit einer Arbeit über die „Psychologie der Denkvorgänge"; wurde Professor in München und Dresden und erhielt 1922 einen Ruf nach Wien. Gemeinsam mit seiner Gattin Charlotte Bühler (1893–1974), die 1929 in Wien eine Professur erhielt, widmete er sich vor allem der experimentellen Psychologie. Karl Bühler wurde 1938 verhaftet und in den dauernden Ruhestand versetzt. Er emigrierte über Schweden nach den USA, wo er an verschiedenen Hochschulen arbeitete. Charlotte Bühler, die von 1939 bis 1945 in London lehrte, erhielt dann in den USA einen Lehrstuhl für Psychiatrie. Beide kehrten nicht mehr nach Österreich zurück.

14 Viktor Ergert: a. a. O. S. 123 f.

15 Vgl.: Desmond Mark: a. a. O. S. 80 f. und Gerhard Benetka: „Psychologie in Wien. Sozial- und Theoriegeschichte des Wiener Psychologischen Instituts 1922–1938." Wien 1995, S. 203

16 Lotte Radermacher (Psychologisches Institut der Wiener Universität): „Warum Hörer ihre Teilnehmerschaft aufgeben." In: ‚Radio Wien' 47/1931, S. 3

17 In der im Heft 33/1931 von ‚Radio Wien' unter dem Titel „Was erraten wir aus der menschlichen Stimme?" abgedruckten Ankündigung wurde das Experiment wie folgt beschrieben:
„Am 19., 21. und 22. Mai werden jeweils drei Leute einen Text durchs Radio verlesen, und die Hörer sollen jeweils folgendes von den Sprechern anzugeben versuchen: Geschlecht, Alter, Beruf, wobei unter Beruf vor allem zu verstehen ist, ob es sich um einen Menschen in führender Lebensstellung handelt, und dann ungefähr, was er sein könnte. Es wird weiter gefragt, ob die Stimme sympathisch ist und wie der Sprecher aussieht. Unsere nächste Frage zielt auf die allgemeine Sicherheit des Sprechenden ab. Ist er geeignet, andere zu führen, anzuleiten oder umgekehrt: ist er unselbständig und darauf gestellt, sich anleiten zu lassen. Ob die Stimme sympathisch oder unsympathisch ist, soll jeder nach seinem Gutdünken entscheiden. Beim Aussehen soll es so gemacht werden. Wir unterschieden im groben: ob groß, ob klein, ob dick, ob dünn (hager) und empfehlen für Fälle, wo man den Eindruck hat, der Sprecher dürfte zu der breiten Mittelgruppe der Menschen unseres Schlages gehören, das Urteil ‚m' (mittel) …
Wenn jemand noch allgemeine Bemerkungen machen will, dann möge er sie auf einem eigenen Blatt beifügen; wir sind dafür sehr dankbar."
Zit. bei Gerhard Benetka: a. a. O. S. 301 f.

18 Gerhard Benetka: a. a. O. S. 202

19 Ing. Paul Bellac (1891–1975) war seit Ende 1928 Chefredakteur der Programmzeitschrift ‚Radio Wien', der offiziellen Zeitung der RAVAG. Von 1931 bis 1938 war er Abteilungsleiter des „wissenschaftlich-volksbildnerischen Programms"; von 1945 bis 1957 Programmdirektor.

20 Paul Lazarsfeld, ursprünglich Gymnasiallehrer für Mathematik, kam Anfang des Jahres 1930 – und nicht, wie er selbst später berichtete, 1927 – als „informeller Institutsassistent" an das Psychologische Institut, wo er über eine Art Stipendium aus Mitteln der Rockefeller-Stiftung bezahlt wurde, über die Karl und Charlotte Bühler seit der zweiten Hälfte der zwanziger Jahre verfügen konnten.

Erst ab Jänner 1931 wurde er bis zum Sommer 1933 „von der Unterrichtserteilung an Mittelschulen" für die Mitarbeit am Bühler-Institut zur Gänze freigestellt (Benetka: a. a. O. S. 201).

Lazarsfeld selbst berichtet über diese Zeit und den Beginn der „wirtschaftspsychologischen Forschungsstelle":

„Ich führte auch Veranstaltungen in Sozialstatistik und psychologischer Statistik durch. Damals bekam ich eine kleine Vergütung, die mir jedoch in keiner Weise erlaubt hätte, meine Stelle am Gymnasium aufzugeben. Trotzdem spürte ich immer stärker den Wunsch, ganz zum Psychologischen Institut überzuwechseln und, etwa um das Jahr 1927, fasste ich schließlich den Plan, in dem Institut eine Abteilung für Sozialpsychologie zu errichten. Das würde mir ermöglichen. So rechnete ich mir aus, Auftragsforschungen durchzuführen und auf diese Weise mit einen kleinen, aber für den allgemein niedrigen Lebensstandard ausreichenden Einkommen zu leben. Diese Idee nahm dann Gestalt an in Form eines unabhängigen Forschungszentrums (Wirtschaftspsychologische Forschungsstelle, eine Bezeichnung, die allgemein die Anwendung der Psychologie auf soziale und wirtschaftliche Probleme ausdrückt), als dessen Präsident Karl Bühler fungierte. Von da an leitete ich die angewandten Studien dieses Zentrums, führte Veranstaltungen an dem Universitätsinstitut durch und betreute Dissertationen. An dem Forschungszentrum arbeitete eine Reihe von Studenten, deren Dissertationen auf Datenmaterial aus dem Zentrum aufbauten."

Paul Lazarsfeld: „Eine Episode in der Geschichte der empirischen Sozialforschung". In: T. Parsons/E. Shils/P. F. Lazarsfeld: „Soziologie autobiographisch". Stuttgart 1975, S. 147–225; zit. bei Benetka: a. a. O. S. 200

21 Paul F. Lazarsfeld (1901–1976) gilt als Begründer der so genannten „Zweistufenhypothese der Kommunikation", nach der die über die Massenmedien verbreiteten Informationen oftmals zunächst von so genannten „Meinungsführern" aufgenommen werden. Diese Personen geben dann die Informationen gefiltert, interpretiert oder verstärkt weiter und beeinflussen somit das Verhalten und die Einstellung ihrer weniger informierten Mitmenschen.

Weniger bekannt ist, dass P. L. in seiner Wiener RAVAG-Studie diejenigen methodologischen Grundzüge entwickelt hat, die später für die gesamte Massenkommunikationsforschung in den USA entscheidend werden sollten. Mit Recht kann man also sagen, dass die Weichen für die weltweite Entwicklung der Kommunikationsforschung in den Massenmedien und ihrer Methoden im Wien der dreißiger Jahre gestellt wurden.

22 Anlässlich der siebenten Salzburger Humanismusgespräche, die unter dem Titel „Die elektronische Revolution. Öffentliche Kommunikation und Sprache in der Mediengesellschaft" standen, hielt P. L. am 24. 10. 1974 den Vortrag: „Wie groß ist der Einfluß der Massenmedien? Zum gegenwärtigen Stand der so genannten Wirkungsforschung."
Obwohl auf diesem „todernsten Kongreß" (u. a. nahmen daran Elisabeth Noelle-Neumann, Harry Pross, Friedrich Knilli, Karl Steinbuch, Anton J. Zijderveld, Arnold Gehlen und Hermann Lübbe teil) einzig P. L. sich „konsequent und wohlgelaunt" von der pessimistischen Beurteilung der Medien distanzierte und seine mit „souveränem Humor" vorgetragene Rede sich wohltuend abhob in dieser Runde der „schwarzsehenden Beobachter" (Edwin Hartl in der „Presse" vom 29. 10, 1974), hat der ORF diese Rede nie gesendet. Je eine Tonbandkopie liegt allerdings seit 1996 auf Vermittlung des damaligen Wissenschaftschefs Manfred Jochum in den Lazarsfeld-Archiven in New York und Wien.

23 Marie Jahoda/Hans Zeisl: Die Arbeitslosen von Marienthal. Ein soziographischer Versuch über die Wirkungen langdauernder Arbeitslosigkeit. Leipzig 1933

24 Dieser Hinweis von P. L. ist nicht exakt.
In der Tat veröffentlichte Gertrud Wagner im „Archiv für die gesamte Psychologie" 90/1934 unter dem Titel „Die Programmwünsche der österreichischen Radiohörer" einen kommentierten Auszug aus der Studie von insgesamt acht Seiten und begründete dies wie folgt:
„Das psychologische Institut Wien hat zusammen mit der Österreichischen Wirtschaftspsychologischen Forschungsstelle eine Massenerhebung über die Programmwünsche der österreichischen Radiohörer durchgeführt, die wegen ihres großen Umfanges und der dabei verwendeten Methoden wert ist, auch von Fachpsychologen zur Kenntnis genommen zu werden."
Erstmals komplett publiziert wurde die Studie von Desmond Mark im Jahre 1996 (!).

25 Auch hier erinnert P. L. sich nicht mehr genau: Die Fragebögen wurden auch den einschlägigen Programmzeitschriften wie z. B. „Radio Wien" oder „Radiowelt" beigelegt und erreichten damit auch ihr primäres Zielpublikum. Allerdings dürfte es durchaus auch Schwierigkeiten bei der Verteilung gegeben haben, denn P. L. zitiert im Anhang der Studie einen Brief, in dem es heißt:
„Ich danke bestens für die Fragebogen, die ich nun endlich bekommen

habe. Wenn mir Bogen übrig bleiben, gebe ich sie der Trafikantin, die auch so jammerte, daß die Kunden sie überlaufen wegen Fragebogen und sie keine mehr bekomme. Für die nächsten Male wäre eine bessere Beschickung nötig."

26 Desmond Mark: a. a. O. S. 82 f.

27 Viktor Ergert: a. a. O. S. 125
Tatsächlich war es so, dass 36.000 Fragebogen zurückgesandt wurden, mit durchschnittlich drei antwortenden Hörern – exakt 110.312. Grundsätzlich, wenn auch mit unterschiedlicher Gewichtung wollten alle Hörer(innen) weniger Kunst- und Literaturvorträge als bisher, umgekehrt wünschten alle mehr leichte Musik, mehr heitere Literatur und mehr Vorträge mit möglichst spektakulärem Inhalt.

28 Radio Wien, 6/32, S. 5

29 Ernst Glaser: „Die Kulturleistung des Hörfunks in der Ersten Republik". Wissenschaftliche Kommission des Theodor-Körner-Stiftungsfonds und des Leopold-Kunschak-Preises zur Erforschung der österreichischen Geschichte der Jahre 1918–1938. Wien o.J. (1982). Zit. bei Mark: a. a. O. S. 86

30 Anhang zur Lazarsfeldstudie 1932. Im Faksimile wiedergegeben bei Mark: a. a. O. S. 32 ff.

31 Paul Lazarsfeld: „Zwei Wege der Kommunikationsforschung". In: Oskar Schatz (Hsg.): Die elektronische Revolution. Graz 1975
Dieser Aufsatz von P. L. unterscheidet sich allerdings gravierend von seiner „gesprochenen Fassung" anlässlich der Salzburger Humanismusgespräche 1974.

32 Beitrag von Paul Neurath anlässlich der erstmaligen Präsentation der RAVAG-Studie im Wiener Funkhaus am 16. April 1996.
Einen Bericht darüber, gestaltet vom Verfasser dieses Artikels und Bernhard Pelzl, brachte der ORF im „Medienjournal" am 19. 4. 1996 im Programm Österreich 1.

33 Desmond Mark: a. a. O. S. 102

34 Horst Pöttker: „E-Musik und ihr Publikum. Frühe quantitative Untersuchungen von Paul F. Lazarsfeld und Theodor Geiger". In: Irmgard Bontinck (Hsg.): „Wege zu einer Wiener Schule der Musiksoziologie. Konvergenz der Disziplinen und empirische Tradition." Wien 1996, S. 16. Zit. bei Mark: a. a. O. S. 97

35 Desmond Mark: a. a. O. S. 102

36 Ernst Glaser: a. a. O. S. 65

Vom Homo sapiens zum Homo inform@ticus oder: Mediokrität und Infantilisierung versus Aufklärung (S. 27)

1 Isaiah Berlin: Das krumme Holz der Humanität. Kapitel der Ideengeschichte. Frankfurt/M. 1992

[2] Vgl.: Peter Sloterdijk: Kritik der zynischen Vernunft. Frankfurt/M. 1983, S. 160 ff.

[3] Hartmut v. Hentig: Über die Schwierigkeit, eine Gesellschaft aufzuklären, die sich für aufgeklärt hält (1973). In: ders. (Hg.): Die Sache und die Demokratie. Drei Abhandlungen zum Verhältnis von Einsicht und Herrschaft. Frankfurt/M. 1975, S. 94

[4] Michelle Volvelle: Die Französische Revolution und ihr Echo. Budapest 1987, S. 16

[5] Hans Magnus Enzensberger: Das Nullmedium oder warum alle Klagen über das Fernsehen gegenstandslos sind. In: ders.: Mittelmaß und Wahn. Gesammelte Zerstreuungen. Frankfurt/M. 1988, S. 89

[6] Vgl.: Jochen Hörisch: Der Sinn und die Sinne. Eine Geschichte der Medien. Frankfurt/M. 2001, S. 340

[7] Thomas Meyer: Mediokratie. Die Kolonisierung der Politik durch die Medien. Frankfurt/M. 2001, S. 125

[8] A. a. O. S. 126

[9] Hans Magnus Enzensberger: a. a. O. S. 97

[10] Neil Postman: Die zweite Aufklärung. Vom 18. ins 21. Jahrhundert. Berlin 1999, S. 52

[11] Marshall McLuhan: Die magischen Kanäle. Düsseldorf 1968, S. 35

[12] A. a. O.

[13] Thomas Meyer, a. a. O. S. 139 ff.

[14] Jürgen Mittelstraß: Wissen und Grenzen. Philosophische Studien. Frankfurt/M. 2001, S. 76

[15] Martin Bolz: Ordnung im Cyberspace? In: Manfred Jochum (Hg.): Recht, Moral und Datenhighway. Wien 1998, S. 6

[16] Vgl.: Bernd Guggenberger: Das digitale Nirwana. Hamburg 1997, S. 171 ff.

[17] Jean Baudrillard: Die Illusion des Endes oder der Streik der Ereignisse. Berlin 1994, S. 27

[18] Ich habe diese Geschichte erstmals bei Hartmut v. Hentig gefunden. In seinem Buch: Der technischen Zivilisation gewachsen bleiben. Nachdenken über die neuen Medien und das gar nicht mehr allmähliche Verschwinden der Wirklichkeit. Wien, München, Weinheim Basel 2002, S. 199. Joseph Weizenbaum hat diese Geschichte aber auch selbst erzählt, und zwar anlässlich seiner „Wiener Vorlesung" beim Europäischen Forum Alpbach im August 2002.

[19] Jürgen Mittelstraß: Zwischen Information und Wissen. Typoskript des Vortrags beim Europäischen Forum Alpbach 2000

[20] Jürgen Mittelstraß: Der Verlust des Wissens. In: ders.: Leonardo Welt. Über Wissenschaft, Forschung und Verantwortung. Frankfurt/M. 1992, S. 231 ff.

[21] Manfred Prisching: Die McGesellschaft. In der Gesellschaft der Individuen. Graz, Wien, Köln 1998, S. 12 ff.

22 Aus dem Protokoll eines „event-marketin-workshops", des „Event-Marketing-Board-Austria" (emba), zit. n. a3-BOOM 14/2001; S. 26 f.
23 Michael Fischer: Reflexive Aufklärung. Vortrag an der Universität Salzburg, August 2001
24 Hartmut v. Hentig: Der technischen Zivilisation gewachsen bleiben. A. a. O. S. 271

Der neue Kult der Oberfläche (S. 41)

1 Achtung Cyberpolitik. Zit. n. „Die Zeit", 20/96, S. 3
2 Diese Titel entnehme ich z. T.: Winfried Schneider: Wo bleibt das Ganze? In: „Die Presse/Spektrum"; 19. 6. 1997, S. VI
3 Norbert Bolz: Die Sinngesellschaft. Düsseldorf 1997
4 Jürgen August Alt: Wenn Sinn knapp wird. Über das gelingende Leben in einer entzauberten Welt. Frankfurt/M. 1997
5 Norbert Bolz: a. a. O. S. 36. Bolz zitiert auch den Brief S. Freuds vom 13. August 1937
6 Ratlos unterm Regenbogen. In: „Der Spiegel", 28/97, S. 160
7 Robert Kurz: Der Kollaps der Modernisierung. Frankfurt/M. 1991, S. 5
8 Inzwischen antworten „klar und deutlich" nur mehr bestimmte Politiker, vor allem dann, wenn sie ganz besonders verschwommen formulieren.
9 Ulrich Beck: Ohne Ich kein Wir. Die Demokratie braucht Querköpfe. Plädoyer für eine Sozialmoral des „eigenen Lebens". In: „Die Zeit", 35/96, S. 10
10 „Der Spiegel", a. a. O. S. 161
11 Vgl.: Norbert Bolz: Das kontrollierte Chaos. Vom Humanismus zur Medienwirklichkeit. Wien, New York, Moskau 1994, S. 76
12 Vgl.: Ulrich Beck: Risikogesellschaft. Auf dem Weg in eine andere Moderne. Frankfurt/M. 1986
13 Niklas Luhmann: Die Realität der Massenmedien. Opladen 1996, S. 9 f.
14 Vgl.: Paul Watzlawick: Wie wirklich ist die Wirklichkeit? München 1969
15 Marshall McLuhan: Die magischen Kanäle, Düsseldorf 1968, S. 90
16 Ihab Hassan: The New Gnosticism. Speculations on an Aspect of the Postmodern Mind. In: ders.: Paracriticism. Seven Speculations of the Times. Illinois 1975, S. 121 ff.
17 Zit. n. „Der Spiegel", a. a. O. S. 161
18 Franz Josef Radermacher: „Multimediale weltweite Ausbildungssysteme: eine Chance für die Zukunft." Referat am 3. Wiener Kulturkongress: „Menschsein an der Zeitenwende", 10./11. November 1997
19 Francis Bacon: Neues Organ der Wissenschaften. Übersetzt und herausgegeben von Anton Theobald Brück. Darmstadt 1974, S. 22
20 Rene Descartes: Werke VI; hg. Von Charles Adam und Paul Tannery, Paris 1964 ff. S. 62 f.

[21] Wolfgang Welsch: Künstliche Paradiese? Betrachtungen zur Welt der elektronischen Medien – und zu anderen Welten. Schriften der Universität Magdeburg 1994, S. 56

[22] A. a. O. 56 f.

[23] A. a. O. S. 57

[24] Vgl.: Hans Preinfalk: Neue Medien und Bildung. In: Kurt Aufderklamm (Hsg.): Aufklärung als Beruf. Wien 1996, S. 38 ff.

[25] Wolfgang Frühwald: Vor uns die Cyber-Sintflut. In: Der Mensch im Netz. Kultur, Kommerz und Chaos in der digitalen Welt. „Zeitpunkte", 5/96, S. 12

[26] In besonders euphorisch-naiver Weise nähert sich dieser Thematik Nicholas Negroponte in seinem Buch: Total digital. Die Welt zwischen 0 und 1 oder die Zukunft der Kommunikation. München 1995.
Wesentlich differenzierter: Michael Dertouzos: What will be. Die Zukunft des Informationszeitalters. Wien, New York 1999

[27] Vgl.: Norbert Bolz: Rechtsprobleme im Internet. In: Manfred Jochum (Hg.): Elektronik und Urkunde. Elektronisches Dokument und Rechtssicherheit. Wien 2000, S.17 ff.

[28] Vgl.: Jürgen Mittelstraß: Die unzeitgemäße Universität. Frankfurt/M. 1994, S. 139 f. und Matthias Senoner: Die Springflut der Daten. In: „Die Zeit", 21/97, S. 38

[29] Norbert Bolz: 1953 – auch eine Gnade später Geburt. In: Jochen Hörisch (Hg.): Mediengenerationen. Frankfurt/M. 1997, S. 61 f.
Zur Kritik über den „Schmalspurbegriff" Bildung bei Norbert Bolz siehe auch den Beitrag in diesem Band: Von Mickey-Mouse zu Microsoft. Bildung im Informationszeitalter.

[30] Norbert Bolz: Das kontrollierte Chaos, a. a. O. S. 189

[31] Jochen Wegner: Dörfer im Netz. In: Der digitale Mensch. „Spiegel spezial", 3/97, S. 44 f.

[32] Norbert Bolz: 1953 – auch eine Gnade später Geburt, a. a. O. S. 63

[33] Norbert Bolz: a. a. O. S. 69

[34] Vgl.: Clifford Stoll: Die Wüste Internet. Geisterfahrten auf der Datenautobahn. Frankfurt/M. 1996, und Carola Meier-Seethaler: Gefühl und Urteilskraft. Ein Plädoyer für die emotionale Vernunft. München 1997, S. 364 ff.

[35] So argumentierte Norbert Bolz anlässlich des 3. Wiener Kulturkongresses, a. a. O.

[36] Fluchtpunkt Internet. In: „Hightechpresse", 6/97, S. 5

[37] A. a. O.

[38] Carola Meier-Seethaler: a. a. O. S. 365

[39] Hubert Winkels. Gleiten und Stottern. Zwei Paradigmen der Mediennutzung. In: Jochen Hörisch (Hsg.): Mediengenerationen, a. a. O. S. 132

[40] So Erhard Busek bei den Alpbacher Technologiegesprächen 1996

[41] Norbert Bolz: Vom Humanismus zur Medienwirklichkeit, a. a. O.

42 A. a. O. S. 244 ff.

43 Lester C. Thurow: Die Zukunft des Kapitalismus. Düsseldorf 1996, S. 407

44 Ernst Ulrich v. Weizsäcker/Amory B. Lovins/L. Hunter Lovins: Faktor Vier. Doppelter Wohlstand – halbierter Naturverbrauch. München 1995, S. 324 ff.

45 Jeremy Rifkin: Das Ende der Arbeit und ihre Zukunft. Frankfurt/M. 1995, S. 226
Bestürzend in seiner Drastik auch Barbara Ehrenreich: Arbeit poor. Unterwegs in der Dienstleistungsgesellschaft. Reinbek 2003

46 Carola Meier-Seethaler: a. a. O. S. 386

47 So definierte Norbert Bolz „Bildung" in der Diskussion im Anschluss an sein Referat „Abschied von der Bildung – Überlebenstechniken in der Sintflut des Sinns" am 3. Wiener Kulturkongress: „Menschsein an der Zeitenwende". 10./11. November 1997

48 Hartmut v. Hentig: Bildung. Ein Essay, a. a. O. S. 73 ff.

Totale Information? Zu viele Fragen, zu wenige Antworten (S. 57)

1 Vgl.: Peter Russel: Die erwachende Erde. Unser nächster Evolutionssprung. München 1982, S. 101 f.

2 Die „virtuelle Realität" ist eine durch Computersimulation entstehende dreidimensionale Scheinwirklichkeit, in die Benutzer(innen) mittels „Datenhandschuh" oder „Datenanzug" eintreten können. Die virtuelle Realität kann auf einer realen Umgebung basieren oder frei erfunden sein.

3 Vgl.: Franz-Theo Gottwald/K. Peter Sprinkart: Multi-Media Campus. Die Zukunft der Bildung. Düsseldorf, Regensburg 1998, S. 253

4 Vgl.: Marvin Minsky: Mentopolis. Stuttgart 1990, S. 288

5 Vgl.: Ulrich Walter: Zivilisationen im All. Sind wir allein im Universum? Heidelberg, Wien 1997, S. 58 ff.

6 Hubert Markl: Wissenschaft gegen Zukunftsangst: München, Wien, 1998, S. 355

7 A. a. O. S. 358

8 Vgl.: Ernst Pöppel: Geist aus naturwissenschaftlicher Sicht. In: Materie, Geist und Bewusstsein. Europäisches Forum Alpbach 1999, hg. Von Heinrich Pfusterschmid-Hardtenstein, Wien 2000, S. 47 ff.

9 Vgl.: Howard Bloom: Global Brain. Die Evolution sozialer Intelligenz. Stuttgart 1999, S. 23

10 Norbert Bolz: Ordnung im Cyberspace? In: Manfred Jochum (Hg.): Recht, Moral und Datenhighway. Wien 1998, S. 5

11 Aus der heute unüberschaubaren Literatur zum Thema lediglich zwei Titel, die für den vorliegenden Text in erster Linie herangezogen wurden: Matthias Karmasin: Medienökonomie als Theorie (massen)medialer

Kommunikation. Kommunikationsökonomie und Stakeholder Theorie. Graz, Wien 1998, und Bernd Guggenberger: Das digitale Nirwana. Hamburg 1997

[12] Vgl.: Bericht über die menschliche Entwicklung 1999, veröffentlicht für das Entwicklungsprogramm der Vereinten Nationen (UNDP) von der Deutschen Gesellschaft für die Vereinten Nationen e.V.; Bonn 1999

[13] Vgl.: Nicholas Negroponte. Total Digital. Die Welt zwischen 0 und 1 oder die Zukunft der Kommunikation. München 1997, S. 9 ff.

[14] Vgl.: Bericht über die menschliche Entwicklung 2001. Neue Technologien im Dienste der menschlichen Entwicklung. Veröffentlicht für das Entwicklungsprogramm der Vereinten Nationen (UNDP) von der Deutschen Gesellschaft für die Vereinten Nationen e.V.; Bonn 2001

[15] Vgl.: Gerfried Stocker/Christine Schöpf (Hg.): Info War. Information. macht. krieg. Ars Electronica 1998; Wien, New York 1998

[16] Shen Weiguang: Der Informationskrieg – eine neue Herausforderung. In: Ars Electronica 1998, a. a. O. S. 67 ff.

[17] Vgl.: John Arquilla/David Ronfeldt: Der CyberKrieg kommt! A. a. O. S. 24 ff.

[18] Vgl.: Ute Bernhardt: Das Imperium schlägt zurück, a. a. O. S. 154 ff.

[19] Niklas Luhmann: Die Realität der Massenmedien. Opladen 1996, S. 42

[20] Neil Postmann: Wir informieren uns zu Tode. In: „Die Zeit", 2/10/92, S. 61 f.

[21] Vgl.: Jürgen Mittelstraß: Die unzeitgemäße Universität. Frankfurt/M. 1994, S. 139 ff.

[22] Vgl.: Matthias Senoner: Die Springflut der Daten. In: „Die Zeit", 16/05/97, S. 38
Senoner beschreibt sehr treffend, dass es sich dabei um keine „Explosion des Wissens" handelt, sondern um ein rasantes Wachstum der weltweit gespeicherten Informationen, für die eine Verdopplungszeit von drei bis fünf Jahren anzunehmen ist. „Dabei" – so Senoner – „handelt es sich nur um gedruckte oder elektronisch gespeicherte Information, deren Wachstum vor allem auf die Produktion von Information durch den Computer selbst beruht.

[23] Hubert Markl: a. a. O. S. 356

[24] Bill Gates: Digitales Business. Wettbewerb im Informationszeitalter. München 1999

[25] Norbert Bolz: Weltkommunikation. München 2001, S. 76

[26] Hubert Markl: a. a. O. S. 358

Informiert bis zur Bewusstlosigkeit? (S. 73)

[1] Bill Gates in: Berliner Zeitung, 25. Juli 1996

[2] Claus Leggewie: From Voice to Vote. Neue Medien und Demokratie. In: Neue Medien und Politik, 16/99, S. 6 f.

[3] Vgl.: „Jetzt wird die Moral dereguliert“, in: „Die Zeit“, 2. August 2001
[4] Vgl.: Niklas Luhmann: Die Realität der Massenmedien. Opladen 1996, S. 53 ff.
[5] Manfred Prisching: „e-world“. Typoskript des Vortrags bei den Alpbacher Wirtschaftsgesprächen 2000
[6] Niklas Luhmann: a. a. O. S. 32 ff.
[7] Jürgen Mittelstraß: „Zwischen Information und Wissen“. Typoskript des Vortrags bei den Alpbacher Technologiegesprächen 2000
[8] Roger de Weck: „Die Gier der Medien“. In: „Die Zeit“, 29. Dezember 1999
[9] Jürgen Mittelstraß: a. a. O.
[10] A. a. O.
[11] Norbert Bolz: Weltkommunikation. München 2001, S. 173
[12] Niklas Luhmann: Die Wissenschaft der Gesellschaft, Frankfurt/M. 1989, S. 631 ff.
[13] Norbert Bolz: Weltkommunikation. München 2001, S. 173
[14] Milan Kundera: Verratene Vermächtnisse. Frankfurt/M. 1996, S. 227

Humane Informationsgesellschaft oder Informationszwang? (S. 81)

[1] Vgl.: Wolfgang Frühwald: Vor uns die Cyber-Sintflut. In: Der Mensch im Netz. Kultur, Kommerz und Chaos in der digitalen Welt. Sonderheft „Die Zeit“, 5/96, S. 8 ff.
[2] Uwe Jean Heuser: Die fragmentierte Gesellschaft. In: a. a. O. S. 17
[3] Aus der Fülle der Literatur hier nur einige wenige Anmerkungen: Stewart Brand: Medialab – Computer, Kommunikation und neue Medien – Die Erfindung der Zukunft am MIT. Reinbek 1990. Stan Davis/Jim Botkin: Wissen gegen Geld – Die Zukunft der Unternehmen in der Wissensrevolution. Frankfurt/M. 1995. Bill Gates: Der Weg nach vorn – Die Zukunft der Informationsgesellschaft. Hamburg 1995. Norbert Bolz: Das kontrollierte Chaos – Vom Humanismus zur Medienwirklichkeit. Düsseldorf, Wien, New York, Moskau 1994. Bernd Guggenberger: Das digitale Nirwana. Hamburg 1997. Uwe Jean Heuser: Tausend Welten – Die Auflösung der Gesellschaft im digitalen Zeitalter. Berlin 1996. Neil Postman: Das Technopol – Die Macht der Technologien und die Entmündigung der Gesellschaft. Frankfurt/M. 1992. Howard Rheingold: Virtuelle Gemeinschaft – Soziale Beziehungen im Zeitalter des Computers. Bonn 1994. Theodore Roszak: Der Verlust des Denkens – Über die Mythen des Computer-Zeitalters. München 1994. Peter Struck: Netzwerk Schule – Wie Kinder mit dem Computer Lernen lernen. München, Wien 1998. Alvin Toffler: Machtbeben – Wissen, Wohlstand und Macht im 21. Jahrhundert. Düsseldorf 1993. Jacques Vallee: Computernetze – Träume und Alpträume von einer neuen Welt.

Reinbek 1984. Theo Wetzstein: Datenreisende – Die Kultur der Computernetze. Opladen 1995. (Nicht berücksichtigt sind Beiträge, die im vorliegenden Text zitiert werden.)

4 Ulrich Menzel: Globalisierung versus Fragmentierung. Frankfurt/M. 1998, S. 57 ff.

5 Gerfried Stocker/Christine Schöpf: „Information. macht. Krieg". Ars Electronica Festival 1998

6 Neil Postman: Wir informieren uns zu Tode. In: „Die Zeit", 2. Oktober 1992, S. 61 f.

7 Manfred Prisching: Multimediale Bildung – Mode, Bluff, Instrument? In: Anton Reiter/Herbert Schwetz/Manuela Zeyringer (Hsg): Schule im Bannkreis der neuen Medien. Wo bleibt die humanistische Bildung? Wien 2003, S. 80

8 Vgl.: Clifford Stoll: Die Wüste Internet. Geisterfahrten auf der Datenautobahn. Frankfurt/M. 1996

9 Mike Sandbothe: Der Pfad der Interpretation: Medienethik im Zeitalter des Internet. In: „telepolis." Die Zeitschrift für Netzkultur. 0/1996, S. 43

Vgl. dazu auch: Wolfgang Welsch. Vernunft. Die zeitgenössische Vernunftkritik und das Konzept der transversalen Vernunft. Frankfurt/Main 1995; sowie: Mike Sandbothe: Interaktive Netze in Schule und Universität. Philosophische und didaktische Aspekte. In: Kursbuch Internet. Anschlüsse an Wirtschaft und Politik, Wissenschaft und Kultur, hg. von Stefan Bollmann und Christiane Heibach. Mannheim 1996

10 „Hot Bot" deckt 34% ab, es folgen „Alte Viante" mit 28% und „Northern Light" mit 20%. Danach „Excite" mit 14%, und „Infoseek" mit 10%. (Quelle: „Teletext", 7. 4. 1998)

11 Konrad Paul Liessmann: Alter Geist und neue Medien. In: Anton Reiter/Herbert Schwetz/Manuela Zeyringer (Hg.): Schule im Bannkreis der neuen Medien. Wo bleibt die humanistische Bildung? Wien 2003, S. 40

12 David Shenk: Data Smog; zit. n. „Neue Zürcher Zeitung", 13. 3. 1989

13 Peter Atteslander: Mehr oder weniger Demokratie? Durch die neuen Medientechniken droht eine gefährliche Überinformation. In: „Die Zeit", 20. Dezember 1985, S. 42

14 Zit. n. Mittelstraß: a. a. O. S. 144

15 Zit. n. „Horizont", 7. 2. 1997

16 Wirtschaftsuniversität Wien. Institut für Unternehmensführung (Leitung Rolf Eschbach). Zit. n. „Wirtschaftsblatt", 15. 2. 1997

17 Vgl. Matthias Horx: Die neue europäische Innovationskultur. In: „Conturen", Nr. 1/98, S. 19

18 Vgl.: Erwin Chargaff: Über das Recht, nicht zu wissen. In: „Die Presse" – Spectrum, 22./23. Juli 1995, S. II f.

[19] Auf dem Weg zur Informationsgesellschaft. Grünbuch der EU 1995

[20] Ich folge bei diesem Gedankengang dem Vortrag von Erhard Busek „Vom Abfragen zum Fragen" anlässlich der „Alpbacher Technologiegespräche" 1996.

[21] Vgl. Hartmut v. Hentig: Bildung. Ein Essay. München 1996, S. 73 ff.

[22] Jakob Steuerer: Frage, wenn du Fragen hast! In: „Die Presse" – Spectrum, 27. Juli 1996, S. VIII

[23] Zit. n. Frank A. Morath: Realität ist nicht wirklich. In: „Die Zeit", 26. 9. 1997, S. 71

[24] Vgl. dazu die umfangreiche Dokumentation: „Das Netz des Hasses", herausgegeben vom Dokumentationsarchiv des österreichischen Widerstandes. Wien 1997

[25] Frank A. Morath: a. a. O.

[26] John Perry Barlow: Unabhängigkeitserklärung des Cyberspace. barlow@eff.org. 8. 2. 1996

[27] Geert Lovink/Pit Schultz: Anti-Barlow. In: telepolis. Die Zeitschrift der Netzkultur, 0/96, S. 89

[28] Franz-Theo Gottwald/K. Peter Sprinkart: Multi-Media Campus. Düsseldorf, Regensburg, 1998, S. 39 f.

[29] Vgl.: Anton Pelinka: Internet – Globalisierung des Rechtsextremismus oder Globalisierung der Demokratie? In: Informationen der Gesellschaft für Politische Aufklärung, Nr. 55/12/97

[30] Vgl.: Matthias Senoner: Die Springflut der Daten. In: „Die Zeit", 16. 5. 1997, S. 38, und Jürgen Mittelstraß: Die unzeitgemäße Universität. Frankfurt/M. S. 139 ff.

[31] Vgl.: Brigitte Pallas: Der Schatz in den Köpfen. In: Managermagazin, 1/97, S. 112 ff.

[32] Franz-Theo Gottwald/K. Peter Sprinkart: Multi-Media Campus, a. a. O. S. 226

[33] Vgl.: Erwin Chargaff: Über das Recht, nicht zu wissen, a. a. O. S. II f.

[34] Leo Mazakarini: Die zwei Weltrevolutionen des Wissenstransfers. Unveröffentlichtes Typoskript.

[35] In seinem Aufsatz „Recht und Cyberspace" hat Franz C. Mayer zwei Antworten auf die Frage nach der Verrechtlichung des Cyberspace genannt: „Mögliche Lösungen könnten darin liegen, entweder Cyberspace als eigenständigen Rechtsraum anzuerkennen oder aber konzertierte internationale Regelungen zu finden."

[36] Nicholas Negroponte: Total Digital. Die Welt zwischen 0 und 1 oder Die Zukunft der Kommunikation. München 1997, S. 241

[37] Vgl.: Jörg Becker: Im Netz der Vernetzung. In: „Die Presse" – Spectrum, 6. 12. 1997, S. VIII

[38] Jéan Amery: Jenseits von Schuld und Sühne. München 1966, S. 93

[39] Jean Jacques Rousseau: Emil oder über die Erziehung. Paderborn, München, Wien, Zürich 1989, S. 68

[40] So bei Alain Finkielkraut: Verlust der Menschlichkeit. Versuch über das 20. Jahrhundert. Stuttgart 1998, S. 167 ff.

[41] Vgl.: Jochen Wegner: Dörfer im Netz. In: Der digitale Mensch. „Spiegel-Special", 3/97, S. 44, und Wolfgang Welsch: Künstliche Paradiese? Betrachtungen zur Welt der Medien – und zu anderen Welten. Schriften der Universität Magdeburg 1994. S. 56

[42] Leo Mazakarini: a. a. O.

Von Mickey-Mouse zu Microsoft Bildung im Informationszeitalter (S. 97)

[1] Vgl.: Alexander Mitscherlich: Die Unwirtlichkeit unserer Städte. Anstiftung zum Unfrieden. Frankfurt/M. 1965, S. 7

[2] Zit. n. Karlheinz A. Geissler: Zukunft Lernen. In: Martin Bernhofer (Hg.): Fragen an das 21. Jahrhundert. Wien 1999, S. 268–275, hier S. 268

[3] Helmut Schelsky: Die skeptische Generation. Düsseldorf 1957

[4] Franz-Theo Gottwald/K. Peter Sprinkart: Multi-Media Campus. Die Zukunft der Bildung. Düsseldorf, Regensburg 1998

[5] Jürgen Mittelstraß: Wissensgesellschaft. Typoskript, Steirische Akademie, Graz 2002

[6] So bei Peter Struck: Netzwerk Schule. Wie Kinder mit dem Computer das Lernen lernen. München, Wien 1998, S. 222 f.

[7] Konrad Paul Liessmann: Alter Geist und neue Medien: In: Anton Reiter/Herbert Schwetz/Manuela Zeyringer (Hg.): Schule im Bannkreis der neuen Medien – Wo bleibt die humanistische Bildung? Wien 2003, S. 40

[8] Vgl.: Manfred Jochum: Medien und Wissenschaft. In: Zeitschrift für Sozialpsychologie und Gruppendynamik in Wirtschaft und Gesellschaft, 24/4/1999, S. 3 ff.

[9] Vgl.: Manfred Jochum: Wissenschaftswissen und Medienwissen oder: Die Virtualität des Wissens. Innsbruck 1999, S. 49

[10] Vgl.: Bernd Guggenberger. Das digitale Nirwana. Hamburg 1997

[11] Oskar Negt: Kindheit und Schule in einer Welt der Umbrüche. Göttingen 1997, S. 31

[12] Heinz v. Foerster: Wissen und Gewissen. Frankfurt/M. 1993, S.109

[13] Siehe dazu: Samo Kobenter: Im Rausch der Geschwindigkeit. „Der Standard", 8. Februar 2001, S. 8

[14] Marianne Gronemeyer: Lernen mit beschränkter Haftung. Über das Scheitern der Schule. Berlin 1996, S. 15

(K)EINE ZUKUNFT FÜR EIN BILDUNGSRADIO? (S. 107)

1 1982 hat in Hilversum eine Generalkonferenz der Europäischen Rundfunkunion (EBU) stattgefunden, die sich mit Funktion, Bedeutung und Entwicklung des „Erziehungs- und Bildungsradios" beschäftigte. Eines der Resultate dieser Konferenz war die Einrichtung einer Arbeitsgruppe, die alle Diskussionsbeiträge und Erkenntnisse dieser Konferenz weiterverarbeiten sollte. 1983 hat diese Arbeitsgruppe, in der je ein Mitglied der BBC, der ARD, des Niederländischen Rundfunks (NOS) des Finnischen Rundfunks (YLE), des Schweizer Rundfunks (SRG), der RAI und des ORF vertreten waren, als „EBU-working-party" unter dem Vorsitz von Paul Beugels (NOS), ab 1987 unter dem Vorsitz des Verfassers offiziellen Status erhalten. Diese Arbeitsgruppe hat in den Folgejahren in Wien (1986), Basel (1988) und Heidelberg (1990) internationale Workshops zur Thematik „Bildungsradio" abgehalten.
Obwohl jeweils hervorragend besucht, ließ sich von allem Anfang an nicht übersehen, dass im Gefolge einer sich immer heftiger entwickelnden Diskussion um Rolle und Funktion nationaler öffentlich-rechtlicher Rundfunkunternehmen in ihrer Konkurrenz zu privaten Anbietern, speziell das Kultur- und Bildungsradio, in zunehmende Schwierigkeiten und stärker werdenden Legitimationsdruck geriet.
Äußeres Indiz dafür war, dass die „working-party-educational-radio" durch Beschluss der EBU-Vollversammlung im Herbst 1988 ihren Status als permanente Arbeitsgruppe verlor, ein Zeichen dafür, dass Fragen der Bildung und Erziehung von der Mehrheit der in der EBU vertretenen Rundfunkanstalten kein zentraler Stellenwert im Programmangebot mehr eingeräumt wurde.
Die Konsequenzen daraus sind ausführlich zu diskutieren, die Perspektiven sind ernüchternd.

2 Ich folge hier weitgehend Werner Lenz und seinen Büchern „Zwischenrufe. Bildung im Wandel", Wien 1995, und „On the Road Again. Mit Bildung unterwegs", Innsbruck 1999

3 1932 schreibt Bertold Brecht in seiner „Rede über die Funktion des Rundfunks": „... Ganz abgesehen von seiner zweifelhaften Funktion (wer vieles bringt, wird keinem etwas bringen), hat der Rundfunk eine Seite, wo er zwei haben müßte; er ist ein reiner Distributionsapparat, er teilt lediglich zu. Und um nun positiv zu werden, das heißt, um die Positive am Rundfunk aufzustöbern, ein Vorschlag zur Umfunktionierung des Rundfunks: Der Rundfunk ist aus einem Distributionsapparat in einen Kommunikationsapparat zu verwandeln: der Rundfunk wäre der denkbar großartigste Kommunikationsapparat des öffentlichen Lebens, ein ungeheures Kanalsystem, das heißt, er wäre es, wenn er es verstünde, nicht nur auszusenden, sondern zu empfangen, also den Zuhörer nicht nur hören, sondern auch sprechen zu machen und ihn nicht zu isolieren,

sondern in Beziehung zu setzen. Der Rundfunk müßte demnach aus dem Lieferantentum herausgehen und den Hörer als Lieferanten organisieren ..."
Brechts „Radiotheorie", ein aufklärerisch-demokratisches Konzept gegen den braunen Ungeist, scheint sich heute in den Heilserwartungen einer weltweiten medialen Kommunikation zu erfüllen.
Brecht stellt daher gegen Ende seiner „Rede" eher resignativ fest: „... Undurchführbar in dieser Gesellschaftsordnung, durchführbar in einer anderen, dienen die Vorschläge, welche doch nur eine natürliche Konsequenz der technischen Entwicklung bilden, der Propagierung und Formung dieser anderen Ordnung."

[4] Österreich – wie immer etwas verspätet – hat eine „Projektgruppe Massenmedien" am 19. Jänner 1970 eingerichtet. Sozialpartnerschaftlich besetzt sollten durch sie Studienprogramme erarbeitet und deren Durchführung koordiniert werden. Der Projektgruppe gehörten Vertreter des Unterrichtsministeriums, der Universität (Institut für Erziehungswissenschaften), der Verbände der Erwachsenenbildung, der Religionsgemeinschaften der Sozialpartner und des ORF an. Die Programmerarbeitung war bei der Heterogenität der Interessen entsprechend schwer und selten „logisch". Die Gruppe wurde im Jänner 1980 von Unterrichtsminister Sinowatz aufgelöst und durch eine „Kommission für Bildungsprogramme im Medienverbund" ersetzt. Der Verfasser gehörte der Projektgruppe von 1975 bis 1980 an.

[5] Neil Postman: Wir amüsieren uns zu Tode. Urteilsbildung im Zeitalter der Unterhaltungsindustrie. Frankfurt/M. 1985

[6] Vgl.: Manfred Jochum: Medien und Erwachsenenbildung im Medienverbundsystem. In: Marian Heitger/Gertraud Diem-Wille: Medien und Pädagogik. Wien, Freiburg, Basel 1981
Ich habe damals sehr zum Missvergnügen der Erwachsenenbildung, aber auch der Erziehungswissenschaft das „Ritual" der Entstehung von Bildungsprogrammen kritisiert, als ich sagte:
„Wir haben viele Programme gemacht, einige davon waren sehr gut, einige sehr schlecht.
Wir haben – bei einigen wenigen Programmen – relativ viele Menschen dieses Landes erreicht, primär aber die bildungsfreundlichen.
Wir haben in der Projektgruppe Massenmedien viel diskutiert, oft gestritten und viele Kompromisse geschlossen, die keine Synthese aus These und Antithese waren, sondern der Weg des kleinsten Übels.
Wir haben auch nach einem Jahrzehnt kein System der Fortbildung in den Medien gefunden, sondern haben einige Bausteine, allerdings aus verschiedenen Baukästen, angeboten.
Und was hätten wir tun sollen, oder zumindest in der Zukunft machen?
Wir müssen die Bildungsmotivationen und Interessen Erwachsener aufspüren, um neue Schichten der Bevölkerung zu erreichen.

Wir müssen zielgruppenspezifischer produzieren. Das geschieht möglicherweise auf Kosten der ‚Einschaltquote', dafür werden die Programme maßgeschneidert sein. Wir müssen medienspezifisch produzieren. Nicht jeder Inhalt eignet sich gleich gut für Radio oder Fernsehen.
Das ist zwar eine mediale Binsenweisheit, die aber in die Gremien der Erwachsenenbildung offenbar noch nicht eingedrungen ist.
Wir müssen erreichen, dass die Inhalte der Programme frühzeitig feststehen, damit Zeit zu einer ausgedehnten inhaltlichen Diskussion bleibt und zu einer Produktion ohne Zeitdruck und Interventionen.
Wir brauchen ein medienspezifisches Curriculum der Fortbildung.
Ich wünsche mir persönlich, dass die Programme, die von der Erwachsenenbildung vorgeschlagen werden, keine Programme sind, die niemanden wehtun, weil man sich auf diese Weise in den Gremien am leichtesten einigen kann. Programme, die schon bei der ersten Diskussion nicht zur Auseinandersetzung reizen, werden diese Auseinandersetzung auch bei den Sehern und Hörern nicht ermöglichen. Das sind aber dann genau die Programme, die nicht interessieren, die langatmig und fad sind und das ganze Projekt der Bildung in den Medien gefährden.
Bildung und Lernen können sich nicht getrennt von der praktischen Erfahrung der Lernenden vollziehen. Sei es am Arbeitsplatz, in ihrer Freizeit, zu Hause, mit ihren Kindern, als Berufstätige oder Nichtberufstätige, als alte Menschen oder als Kranke, als Gastarbeiter, Arbeitslose, Außenseiter und Unterprivilegierte. Das Modell sozial- und kulturpolitischer Erwachsenenbildung in den Medien muss mehr sein als ein ideologischer Grabenkampf der Institutionen, welcher Inhalt wann zum Zug kommt. Schließlich müssen wir alle dazu beitragen, dass ein schon fast professionelles Misstrauen zwischen Bildungsfachleuten auf der einen und Medienproduzenten auf der anderen Seite zunehmend abgebaut wird. Vielleicht wäre dies sogar der erste der notwendigen Schritte."
Auch aus einer Distanz von mehr als zwanzig Jahren ist dem nichts hinzuzufügen.

7 Das ORF-Radioprogramm Österreich 1 ist in diesem Zusammenhang ein europäisches Unikat.
Dem Kultur- und Informationssender ist es in den letzten Jahren gelungen, sein Image durch mehr Hörernähe und verstärktes programmadäquates Service, eine hervorragende Werbekampagne und erstklassiges Marketing stark zu verbessern. Parallel dazu wurde durch eine Ausweitung der Off-Air-Aktivitäten der Kontakt zum Hörer intensiviert. Service und Publikumsnähe wurden für Österreich 1 wesentliche Grundsätze, um damit noch besser seinem Kultur- und Bildungsauftrag gerecht zu werden. Der erfolgreichste Kultursender Europas ist ein Musterbeispiel für die gelungene Verbindung von öffentlich-rechtlicher Qualität und Hörerakzeptanz. Das werbefreie Programm hat keine Quotenvorgaben und ist dennoch überaus erfolgreich. Es geht also auch so!

„Irgendwann wird es Sisyphos gelingen, den verdammten Stein über den Berg zu bringen“ Wissenschaft – Journalismus – Öffentlichkeit im Medienzeitalter (S. 119)

1 Bild der Wissenschaft, 6/1994, S. 59 ff.

2 Carl-Friedrich von Weizsäcker: Der Garten des Menschlichen. Beiträge zu einer geschichtlichen Anthropologie. München, Wien 1997, S. 264 ff.

3 Jürgen Audertsch: Physiker als Hüter letzter Geheimnisse. In: FAZ, 9. November 1994

4 Vgl.: Helga Novotny: Wissenschaft und Öffentlichkeit. Krise einer Beziehung. In: Wissenschaftliches Österreich. Ein Magazin zum Österreich-Schwerpunkt auf der Frankfurter Buchmesse 1995, hg. vom Institut Wiener Kreis und der ORF-Wissenschaftsredaktion im Radio

5 Charles Peirce Snow: Two Cultures. Cambridge 1953

6 Vgl.: Günther Anders: Die Antiquiertheit des Menschen. Bd. 1; München 1956, S. 164 f.

7 Norbert Bolz: Das kontrollierte Chaos. Vom Humanismus zur Medienwirklichkeit. Düsseldorf, Wien, New York, Moskau 1994, S. 19

8 Norbert Bolz: Am Ende der Gutenberg-Galaxis. Die neuen Kommunikationsverhältnisse. München 1993, S. 117

9 Vgl.: Christian Stifter: Emanzipation versus Pazifizierung? In: Kurt Aufderklamm et al. (Hg.): Demokratische Bildung. Realität und Anspruch. Wien 1996, S. 29

10 Ralph Grossmann (Hg.): Wie wird Wissen wirksam? Iff-Texte. Wien, New York 1997, S. 6

11 Vgl.: Klaus Taschwer: Die sozialen Kontexte von Wissenschaft. Beiträge der Wissenschaftsforschung zur Erwachsenenbildung. In: Filla et al. (Hg.): Wissenschaft und Erwachsenenbildung. Wien 1996, S. 14 f.

12 Ludvik Fleck: Entstehung und Entwicklung einer wissenschaftlichen Tatsache. Einführung in die Lehre von Denkstil und Denkkollektiv. (1935) Frankfurt/M. 1980, S. 152

13 Im November 1996 war das Thema übrigens „Wissenschaft und Öffentlichkeit“.
Es ist allerdings bezeichnend, dass nach dem neuen ORF-Gesetz, das dem Unternehmen massive finanzielle Einbußen beschert hat, neben vielem anderen auch die Humanismusgespräche abgeschafft wurden.
Ein „Weltpanorama des Geistes des 20. Jahrhunderts“, wie die auch international hoch angesehenen Humanismusgespräche immer wieder genannt wurden, haben im September 2001 letztmalig stattgefunden.

14 1996/97 veranstaltete die Radiowissenschaft im Wiener Funkhaus in Kooperation mit dem Wiener Büro der Europäischen Kommission, der Wiener Industriellenvereinigung, der Arbeiterkammer Wien und den Tageszeitungen „Die Presse“ bzw. „Kurier“ drei international besetzte

Symposien zu den Themen „Zukunft der Demokratie“, „Zukunft der Arbeit“, „Zukunft der Gentechnik“. Diese Symposien wurden in den Jahren darauf u. a. mit den Themen „Zukunft der Währung – EURO“, „Zukunft des Lernens“, „Zukunft Osteuropas“ etc. fortgesetzt. Diese „Zukunftssymposien“, jeweils vom Bundespräsidenten eröffnet, haben den öffentlich-rechtlichen Charakter des ORF wesentlich gestärkt.

[15] Nicht nur die „Zukunftssymposien“ wurden inzwischen – aus Kostengründen – eingestellt, auch die „Salzburger Humanismusgespräche“ (siehe Anm. 13) und eine Reihe weiterer wissenschaftlicher Veranstaltungen, bei denen der ORF zumindest Mitveranstalter war. Eine jämmerliche Performance des öffentlich-rechtlichen Medienunternehmens, vor allem wenn man weiß, welche insgesamt bescheidenen Beträge seitens des ORF dafür veranschlagt werden mussten und wie groß der „Mehrwert“ in der „scientific-community“ war.

[16] Vgl.: Helmut Spinner: Findiger Journalismus. Wissensermittlung statt Wissensvermittlung. In: Jürgen Wilke (Hg.): Ethik der Massenmedien. Wien 1996, S. 141 ff.

[17] Vgl.: Durant/Ewans/Thomas: The Public Understanding of Science. In: Nature 340, 6. Juli 1989, S. 11 ff.

[18] Gerd Bacher: Ware kennt kein Gewissen. In: „Die Presse“, 26. Jänner 1996

[19] Gerhard Zeiler: Das virtuelle Klassenzimmer. In: „Die Presse“, a. a. O.

[20] Hans Heinz Fabris: Schwierige Kommunikation. In: Relation. Medien – Gesellschaft – Geschichte. Vol. 4 (1997), Nr. 1. Vgl. auch Friedmann Schulz v. Thun: Miteinander reden: Störungen und Klärungen. Reinbek 1984

[21] Laien, aber auch Wissenschafter können sich gar nicht vorstellen, was es für einen Radio- oder Fernsehjournalisten bedeutet, wenn vor einer wichtigen Pressekonferenz einem Print-Kollegen bereits ein Vorab-Interview gegeben wird, das am Morgen der Pressekonferenz bereits in einer Tageszeitung erscheint. Die Geschichte ist damit für die Journalisten elektronischer Medien oftmals bereits „tot“. – An Sperrfristen hält sich ohnehin niemand mehr.

[22] Österreichische Forschungsgemeinschaft: Modell für die Beurteilung der Effizienz wissenschaftlicher Arbeiten in den Geisteswissenschaften. Wien 1997. Typoskript

[23] Vgl.: Hans Preinfalk: Neue Medien und Bildung. In: Kurt Aufderklamm (Hg.): a. a. O. S. 38 ff.

[24] Wolfgang Frühwald: Vor uns die Cyber-Sintflut. In: Der Mensch im Netz. Kultur-Kommerz und Chaos in der digitalen Welt. „Zeit“punkte, 5/96, S. 12

[25] Vgl.: Niklas Luhmann: Die Realität der Massenmedien. Opladen 1996, S. 72

[26] „PLUS“, Zeitung der Universität Salzburg, 1/1993/94, S. 17

[27] Gerald L. Eberlein (Hg.): Kleines Lexikon der Parapsychologie. München 1995, S. 7

[28] Wolfgang Wagner hat anlässlich des Gentechnik-Symposions im Wiener Funkhaus (13./14. Oktober 1997) festgestellt: „Politische Entscheidungsträger, aber auch sehr viele Wissenschafter, die sich mit dem Popularisierungsmodell von Wissenschaft beschäftigen, hängen einem ‚Aufklärungsmodell' an. Dieses Modell besagt, dass, je mehr die Öffentlichkeit über eine Technologie oder wissenschaftliche Erkenntnisse inhaltlich weiß, desto mehr wird sie diese Entwicklung unterstützen. Demgemäss wäre es daher relativ einfach, öffentliche Zustimmung zu neuen technologischen Entwicklungen zu erhalten: man muss die Leute nur aufklären, ihnen sagen, wie eine Technologie funktioniert, Wissen vermitteln und informieren. Wer die Technologie versteht, wird ihr nicht mehr mit unbegründeten Ängsten begegnen … Wie (aber) schon die Erfahrungen z. B. mit der Kerntechnologie zeigten, ist Wissen kein guter Prädikator für Akzeptanz. Es scheint vielmehr so zu sein, dass ein höheres Wissensniveau zu einer festeren Meinung führt. Diese Meinung kann sowohl positiv als auch negativ sein. Mit anderen Worten: Wissen führt zur Polarisierung.

[29] Vgl.: Günther Anders: a. a. O. und Norbert Bolz: Das kontrollierte Chaos, a. a. O. S. 126

[30] Hartmut v. Hentig: Bildung. Ein Essay. München, Wien, 1996, S. 96

Medienethik in den Zeiten des Cyberspace (S. 135)

[1] Elisabeth Noelle-Neumann/Wilfried Schulz (Hg.): Fischer Lexikon Publizistik. Frankfurt/M. 1971, S. 9

[2] Hans Jonas: Das Prinzip Verantwortung. Frankfurt/M. 1979

[3] Ernst Bloch: Das Prinzip Hoffnung. Frankfurt/M. 1959

[4] Hans Jonas: a. a. O. S. 7

[5] Vgl.: Hermann Boventer: Macht der Medien. Zum aktuellen Stand der Ethikdebatte in Journalismus und Wissenschaft. In: Jürgen Wilke (Hg.): Ethik der Massenmedien. Wien 1996, S. 53

[6] Vgl.: Peter von Zahn: Warum wir eine Ethik für Journalisten brauchen. Zum Ethik-Bedarf des Journalisten in einer hochindustrialisierten Gesellschaft. Vorlesung an der FU-Berlin vom 20. 10. 1987

[7] So bei Siegfried Weischenberg: Fragen der Moral. In: „journalist", 12/87, S. 30

[8] Erich Straßner: Fernsehnachrichten. Eine Produktions-, Produkt- und Rezeptionsanalyse. Tübingen 1982, S. 50

[9] Marie Luise Kiefer: Blick zurück nach vorn. Bestandsaufnahme zur Kommunikationsforschung. In: „Media-Perspektiven", 5/88, S. 275

[10] Vgl.: Hermann Lübbe: Mediennutzungsethik. Medienkonsum als moralische Herausforderung. In: Jürgen Wilke (Hg.): a. a. O. S. 68

[11] Hartmut von Hentig: Das allmähliche Verschwinden der Wirklichkeit. Ein Pädagoge ermutigt zum Nachdenken über die neuen Medien. München 1984, S.70

[12] Hermann Boventer: a. a. O. S. 63

[13] Hermann Lübbe: a. a. O. S. 69

[14] Hans Magnus Enzensberger: Das digitale Evangelium. In: „Der Spiegel", 2/2000, S. 92–101, hier S. 92

[15] Zit. n. G. S. Freyermuth: Cyberland. Eine Führung durch den High-Tech-Underground. Berlin 1996, S. 17

[16] Vgl.: Bernd Guggenberger: Das digitale Nirwana. Berlin 1997, S. 205

[17] Vgl. dazu: Uwe Jean Heuser: Angriff der neuen Wilden. In: „Die Zeit", 13. 1. 2000, und A. Hotz: Wachsende Skepsis gegenüber AOL Time Warner. In: „Neue Zürcher Zeitung", 13. 1. 2000; sowie „Deutsche Medienkonzerne können die Börse nicht mehr ignorieren" in „FAZ", 12. 1. 2000; und „Früher hieß es, der Middelhoff spinnt, jetzt lacht keiner mehr". In: „Süddeutsche Zeitung", 15. 1. 2000

[18] Vgl.: Laszlo Molnar: Durch die Einheit zum Einerlei. In: „Salzburger Nachrichten", 25. 1. 2000, S. 13

[19] Vgl. etwa in diesem Zusammenhang: Thomas Middelhoff: Strategien für einen Medienkonzern im 21. Jahrhundert. In: „Conturen", 3/99, S. 12–30; vor allem aber auch: Hans Magnus Enzensberger: Das digitale Evangelium. In: „Der Spiegel" 2/2000, S. 93.

[20] Wo ist der Ausschaltknopf? Warum AOL und Time Warner ihre Kunden überschätzen. In: „FAZ", 20. 1. 2000, S. 54

[21] Der ursprünglich aus der Science-Fiction-Literatur kommende Begriff bezeichnet die elektronische Welt, in der die Netzbenutzer während ihres Aufenthalts im Internet oder World Wide Web eintauchen. In seiner umfassenden, auch hier benutzen Form steht er für die virtuelle Form des Netzes.

[22] Niels Weber: Der Cyberspace als Medium der Literatur. www.diss.sense.Uni-Konstanz.de

[23] Thomas Mandel/Gerard van der Leun: Die zwölf Gebote des Cyberspace. Mannheim 1997, S. 254

[24] Ray Kurzweil: Homo s@piens. Leben im 21. Jahrhundert. Was bleibt vom Menschen? Köln 1999

[25] Jochen Hörisch: Der Sinn und die Sinne. Eine Geschichte der Medien. Frankfurt/M. 2001, S. 384 f.

[26] Bernd Guggenberger: a. a. O. S. 98

[27] Wolfgang Müller-Funk: Bis einem Hören und Sehen vergeht. In: „Die Presse – Spectrum", 10. Jänner 1998

[28] Hans Magnus Enzensberger: a. a. O. S. 93

[29] Zit. b. Bernd Guggenberger: a. a. O. S. 199

[30] Francis Bacon: Neues Organ der Wissenschaften. Übersetzt und herausgegeben von Anton Theobald Brück. Darmstadt 1974. S. 22 ff.

[31] René Descartes: Werke Bd. VI, herausgegeben von Charles Adam und Paul Tannery. Paris 1964 ff. S. 62 f.
[32] Marshall McLuhan: Die magischen Kanäle. Düsseldorf 1968, S. 90
[33] Eine gute Zusammenfassung findet sich bei Wolfgang Welsch: Künstliche Paradiese? Betrachtungen zur Welt der elektronischen Medien – und zu anderen Welten. Schriften der Universität Magdeburg 1994
[34] Bernd Guggenberger: a. a. O. S. 188
[35] A. a. O. S. 202
[36] Günter Anders: Über die Seele im Zeitalter der technischen Revolution. München 1956, S. 31 ff.
[37] Max More: zit. n. G. S. Freyermuth: Cyberland, a. a. O. S. 13
[38] Joseph Weizenbaum: Kurs auf den Eisberg. München 1987
[39] So der ehemalige ORF-Generalintendant Gerd Bacher
[40] Bert Brecht: Mahagonny (1929), Gesammelte Werke in einem Band. Frankfurt/M. 1979; sowie „Radiotheorie". In: Gesammelte Werke Bd. 18 (Schriften zur Literatur und Kunst 1). Frankfurt/M. 1975
[41] In: „Süddeutsche Zeitung", 15. Jänner 2000
[42] Hans Magnus Enzensberger: a. a. O. S. 96
[43] Hans Magnus Enzensberger: Baukasten zu einer Theorie der Medien. In: Kursbuch 20, Frankfurt/M. 1970
[44] Vgl.: Jürgen Habermas: Diskursethik – Notizen zu einem Begründungsprogramm. In: Ders.: Moralbewußtsein und kommunikatives Handeln. Frankfurt/M. 1983, S. 75
[45] Vgl.: Isaiah Berlin: Das krumme Holz der Humanität. Kapitel zur Ideengeschichte. Frankfurt/M. 1992, S. 75
[46] Vgl.: Karen Gloy: Das Verständnis der Natur. Bd. II. Die Geschichte des ganzheitlichen Denkens. München 1996, S. 217
[47] A. a. O.
[48] Bereits Nietzsche spricht von einem „Zeitalter der Vergleichung", in dem verschiedene Weltanschauungen, Sitten und Kulturen verglichen und nebeneinander durchlebt werden können. In: Menschliches, Allzumenschliches, München 1980, S. 44
[49] Vgl. Martin Albrow: Abschied vom Nationalstaat. Frankfurt/M. 1998, S. 183
[50] Vilém Flusser: Digitaler Schein. In: Ders.: Medienkultur. Frankfurt/M. 1977, S. 190 f.
[51] Hans Lenk: Einführung in die angewandte Ethik. Verantwortlichkeit und Gewissen. Stuttgart, Berlin, Köln 1997, S. 9 ff. Lenk zitiert hier auch ausführlich Bernard Gert: Die moralischen Regeln. Frankfurt/M. 1983, S. 176 ff.
[52] Vgl.: Albert Schweitzer: Kultur und Ethik (1923). München 1990, S. 117
[53] Joseph Weizenbaum: a. a. O. S. 89
[54] Hans Jonas: a. a. O. S. 7

[55] Luc Steels: Engel mit Internetflügeln. In: Die Gegenwart der Zukunft. Die Serie der Süddeutschen Zeitung über unsere Welt im neuen Jahrhundert. Berlin 2000, S. 90 ff.